Christian Schünemann

Der Bruder

Ein Fall für den Frisör

Roman

Diogenes

Umschlagfoto
von Jens Schünemann
unter Verwendung eines Gemäldes
von Christopher Winter,
›No Fear‹, 2007 (Ausschnitt)
Mit freundlicher Genehmigung der
Galerie Neuhoff Edelmann,
New York

Für Sally

www.diogenes.ch
150/08/8/1
ISBN 978 3 257 23723 8

1

Eine Tanne wanderte durch die Hotelhalle. Sie spazierte am Gepäckwagen vorbei bis zur Säule, kippte, schwenkte einen Meter nach rechts, nach links und steckte fest, ein Schlagbaum zwischen Aufzug und Rezeption. Die Gäste mussten kopfschüttelnd Umwege machen, niemand, außer mir, hatte Zeit. Ich saß im Sessel und schaute auf die Uhr. Aljoscha wollte mich abholen. Ich rechnete: Daheim in München würde Kitty, meine Mitarbeiterin am Empfang, gleich den Salon aufschließen, die Kunden begrüßen, zu ihrem Platz führen, würde die netten mit Aufmerksamkeit verwöhnen, und die weniger netten? Die natürlich auch. Aber dass dort, in München, an diesem Morgen etwas anders war, dass ein Mann von draußen in den Salon spähte und Kitty beim Anblick des blassen Gesichts an der Scheibe erschrak, ahnte ich zu diesem Zeitpunkt nicht. Ich war frei und sorglos, mit Kräuterrührei und Krevetten im Bauch, und vor mir ein Tag, an dem alles möglich war. Ich war im Urlaub.

Eine Hotelangestellte lotste den Baum aus der Sackgasse und dirigierte ihn an seinen Platz. Die Tanne wurde aufgerichtet, stand gerade, die Zweige nach oben gestreckt, schmucklos und unbeholfen. Nur noch zwei Wochen bis zum ersten Advent. Zu Hause musste ich mich gleich nach meiner Rückkehr auch um die Weihnachtsdekoration kümmern. Vor den

Feiertagen ist im Salon immer der Teufel los. Manche Kunden, die auf Nummer sicher gehen, buchen den Dezembertermin schon im Spätsommer. Ich wollte nicht daran denken. Die Tannennadeln dufteten und weckten Appetit auf Anisplätzchen, Nusskipferl und Spitzbuben.

»Entschuldigung«, sagte eine Frau auf Russisch. »Sind Sie Vladimir Hausmann? Wir sind verabredet.«

»Nein«, antwortete ich mit meinem deutschen Akzent. Seit eineinhalb Jahren lerne ich Russisch, seit aus der Affäre mit Aljoscha eine Beziehung wurde, aber meine Fortschritte sind dürftig. Zwar kann ich das Alphabet in Druck- und Schreibschrift, aber bei der Aussprache mit all den Zischlauten hapert es noch. Ich sagte: »Ich heiße Tomas Prinz.«

Die Frau murmelte eine Entschuldigung. Mir gefiel ihre Kappe, gefärbter synthetischer Pelz, eine flauschige rosa Perücke, unter der kein einziges Haar hervorschaute. Ich wollte eine Unterhaltung probieren und fragte wie im Lehrbuch, Lektion eins: »Und wie heißen Sie?«

Sie schaute sich um. Hatte sie mich nicht verstanden? Ich muss auf die Betonungen achten, mahnt meine Lehrerin daheim in München.

Ich sah zu, wie das Rosakäppchen mit dem Portier diskutierte. Die Hotelangestellte zerrte mit zwei Männern in Overalls an den Kabeln einer Lichterkette, und mir gegenüber redete ein Mann in die Hand an seinem Ohr, die wohl ein Telefon barg. Seine Stimme klang melodisch wie auf meiner Sprachkassette, aber er verschluckte die Endungen, die ich in den Deklinationen mühsam auswendig lerne. Ich verstand kaum etwas. Eigenartig sah er aus. Das Haar ohne

Scheitel glatt in die Stirn gekämmt und über den Augenbrauen gerade abgeschnitten. Die Koteletten, die dem runden Gesicht Kontur geben könnten, endeten bereits über dem Ohrläppchen. Der Mann guckte zur Drehtür. Am Hinterkopf dasselbe: Alles auf einer Länge, der flache Schädel betont, statt mit einer Stufung das fehlende Volumen zu kompensieren. Der russische Haarschnitt ist eine Katastrophe. Bei uns treiben die Männer mit Wachs und Gel den größten Aufwand, rasieren und trimmen das Haar an allen Körperteilen, während man hier denkt, mit einem sauber ausrasierten Nacken sei es getan. Seit drei Tagen war ich nun schon bei Minusgraden in der russischen Hauptstadt unterwegs, schaute mir die Menschen an und achtete darauf, den Kreml mit seinen hohen roten Mauern als Orientierungspunkt nicht aus dem Blick zu verlieren. Die Moskauerinnen auf der Twerskaja Straße sahen aus wie Models – aber was war mit den Männern los? War das die »neue Generation«, von der Aljoscha immer erzählte? Ich überlegte, wie es wäre, hier in Moskau eine Frisör-Filiale aufzumachen, mit meiner Philosophie vom perfekten Haarschnitt. Aber einen Laden mit russischem Personal ohne Disziplin? Eine Schnapsidee, würde Bea, meine Farbstylistin, sagen.

Endlich kam Aljoscha durch die Drehtür, mit einer viel zu dünnen Jacke bekleidet, die Hände tief in den Taschen, aus der das scheußliche rote Schlüsselband hing, das Werbegeschenk, das er bei seinem Münchenbesuch im vergangenen Sommer von der Kaufingerstraße mitgebracht hatte. Das Ersatzband mit den edel eingewebten Pferdeköpfen, das ich ihm gleich darauf von der Maximilianstraße mitgebracht hatte, war wohl perdu. Aber so richtig gefallen hatte ihm das edle Luxusteil, glaube ich, nie. Während Aljoscha das Rosakäppchen begrüßte, steckte der Mann an der Säule sein Telefon weg und ging auf die beiden zu, mit Ziehharmonikafalten im Jackett und Knittern in den Kniekehlen, die Hochwasser machten. Aljoscha lächelte erleichtert, streckte ihm die Hand entgegen und verbeugte sich aus der Hüfte, als ob er auch Anzug und Krawatte trüge. Die Frau bot dem Russen ihre Hand zum Kuss, huldvoll, wie eine Fürstin am Zarenhof. War das ein zufälliges Treffen? Aljoscha winkte. Ich? Er winkte mich zu der Runde.

»Darf ich vorstellen?«, sagte Aljoscha. »Mein Freund Tomas Prinz, zu Besuch aus München. Tomas, das ist Katharina Nikolskaja. Und Vladimir Hausmann, ein Kunde von uns.«

»Freut mich«, sagte die Nikolskaja. »Ich habe schon viel von Ihnen gehört.«

Ich antwortete: »Ganz meinerseits«, sagte zu Hausmann: »Sehr angenehm!«, und schüttelte Hände. Das war also Aljoschas Chefin, die Frau, der eine der wichtigsten Galerien in Moskau gehörte. Aljoscha hatte schon als Student für sie gearbeitet. Und war das etwa der neue Sammler, von dem Aljoscha erzählt hatte, seine größte Sorge sei, dass er nicht wisse, wohin mit seinem Geld? *»I like your hat«,* sagte ich zu Katharina Nikolskaja.

Sie lächelte, schlug die dunkel schattierten Augenlider nieder, eine Sekunde zu lang, und sah an mir vorbei auf den Weihnachtsbaum. Das Anhängsel von Aljoscha interessierte sie nicht.

»Sei nicht so empfindlich«, sagte Aljoscha, als wir uns durch die Drehtür ins Freie schoben. »Es geht hier ums Geschäft. Ich musste Katharina mit Hausmann bekannt machen, das war's.« Er stellte mir den Pelzkragen auf. »Jetzt habe ich frei. Wir können heute tun, was wir wollen. Und ich weiß auch schon, was.«

Er hatte recht. Ich war hier nicht die Hauptperson, war auf Urlaub, neugierig auf Aljoschas Leben und die russische Seele, die vielleicht Abgründe hat, wie die der Raskolnikows und Karamasows in den dicken Dostojewskij-Wälzern auf meinem Nachttisch. Der Nieselregen ging in Schnee über, die Flocken schaukelten um uns herum und setzten sich über Umwege auf Aljoschas geknoteten Schal. Ich betrachtete zum hundertsten Mal die bunten Zwiebeltürme der Basiliuskathedrale, das Prunkstück am Roten Platz. Ich hatte gelesen, dass Zar Iwan der Schreckliche den Baumeister dieser Kirche blenden ließ, damit er nie wieder etwas so Schönes erschaffen konnte. Ich finde die Kirche mit den bizarr geformten Dächern und den exzentrischen Farben eher schrill als schön und die russische Geschichte ziemlich brutal.

Aljoscha wartete geduldig. Ich fragte: »Womit verdient dein Russe eigentlich sein Geld?«

»Er handelt mit gefrorenem Fisch.«

»Und ist Kunstkenner?«

»Er legt sein Geld in Kunst an. In moderner Kunst. Das ist für einen russischen Sammler eher ungewöhnlich. Wer Bilder kauft, investiert meistens in die alten Meister, Goya zum Beispiel. Oder die klassische Moderne, Monet, Picasso, Chagall, Dalí. Sie kaufen, was sie kennen und schon einmal im Museum gesehen haben.«

»Aber so ein Dalí ist doch unbezahlbar!«

Aljoscha zuckte die Achseln. »Gegenwartskünstler haben

bei uns kaum Chancen, erst recht, wenn sie unbekannt sind. Das macht das Geschäft so schwer. Hausmann ist eine Ausnahme. Er will Maler, die erst im Kommen sind. Das ist schlau. Die Zukunft liegt in der modernen Kunst.«

»Klingt nach einem harten Business.«

»Es ist knallhart, Tomas.« Aljoscha grinste.

»Ist Hausmann etwa einer von diesen reichen Russen?«

»Reich ist er schon. Aber mit diesen schrillen Reichen will er nichts zu tun haben. Er will kultiviert sein. Ich glaube, deswegen versteckt er seine Freundin. Ich habe sie nur einmal gesehen, aber sie hat irgendwie von allem zu viel: zu viel Lidschatten, zu viel Gold, zu viel Pelz. Er zeigt sich nicht mit ihr, weil er sich vor uns mit ihr geniert.«

Wir schlenderten entlang der Moskwa, dem grauschwarzen Moskau-Fluss, durch einen kleinen Park. Unter den Bäumen schauten die kurzen Stoppeln der Grashalme durch eine schüttere weiße Decke. Der Wind arbeitete wie ein Straßenkehrer und fegte den Schnee vor unseren Füßen hin und her. Ein Besen, dachte ich, ein Schneebesen. Ich zog den Kragen enger und fragte: »Wo gehen wir eigentlich hin?«

»In die Tretjakow-Galerie.«

»Wir machen in Kunst?« Das war also die Überraschung.

An einem Denkmal, einer Büste, buchstabierte ich die geschwärzten kyrillischen Lettern im Sockel: Ilja Repin.

»Jetzt komm schon!«, rief Aljoscha.

Wir schlitterten über die Brücke, die im Bogen über die Moskwa führt, und hielten uns aneinander fest. Aljoschas Hände waren ganz rot, ich versuchte sie mit meinem Atem zu wärmen. Diese Gegend kannte ich nicht. Kleinere Straßen, kaum Verkehr, fast eine Münchner Dimension in dieser Zehnmillionenstadt. Immer wieder vergleiche ich Aljoschas riesiges, anonymes Moskau mit meinem kleinen München, wo man sich kennt und die Welt noch ordentlich ist. So dachte ich jedenfalls.

»Schau mal«, sagte Aljoscha. Hinter wackligen Stellwänden aus Beton ragten fünf halbfertige Glastürme in den Winterhimmel. »Das neue, protzige Moskau, gebaut von Architekten aus den Niederlanden. Das ist Putins Zeit. Vorher parkten hier unsere Denkmäler aus der Sowjetzeit, die niemand mehr sehen will – Lenin, Stalin, Dshershinskij und wie sie alle heißen. Sie hatten meistens diesen wehenden Mantel und einen ausgestreckten Arm, heroisch, ungefähr so! Standen in der ganzen Stadt herum, überall auf den Plätzen. Verflixt, dass du sie nie gesehen hast.«

Auf dem Bauschild las ich: »Russische Avantgarde«. Als ob es hier um Kunst ginge.

»Geranien wie bei euch in München, am Rathaus am Marienplatz, kannst du hier vergessen. Die wirst du auch im Sommer nicht finden«, sagte Aljoscha.

Mein Telefon klingelte. Ich benutze es nur auf Reisen, damit man mich im Notfall erreichen kann.

Es war Bea. »Stör ich?«

»Wir gehen ins Museum.«

»Du weißt, wir würden dich nicht anrufen, wenn es nicht dringend wäre, aber ich muss dir etwas erzählen. Vorhin war hier ein Mann im Salon, den wir alle ziemlich merkwürdig fanden.«

»Wieso?«

»Er sah nicht gerade wie ein Penner aus, war aber ziemlich abgerissen. Uns war sofort klar, einen Haarschnitt will der nicht. Aber weißt du, wen er sprechen wollte? Ausgerechnet dich. Wir haben ihn gefragt, um was es geht, aber er wollte nicht mit der Sprache rausrücken.« Bea war ganz atemlos. »Stand da, guckte sich im Salon um und ließ sich einfach nicht abwimmeln. Wir hatten den Eindruck, er kennt dich. Und weißt du, was er gesagt hat? Dass es für dich wichtig ist, mit ihm zu sprechen. Und zwar bald.«

»Bea, stopp! Ich verstehe gar nichts. Wer soll das sein? Ich kenne so einen Mann nicht. Wie sah er denn aus?«

»Na, abgerissen.«

»Das sagt mir überhaupt nichts. Ruf mich bitte an, wenn er noch einmal auftaucht. Und macht euch keine Gedanken.«

»Geht klar.«

Ich steckte das Telefon wieder ein.

»Stimmt etwas im Salon nicht?«

»Ein komischer Typ wollte mich sprechen, und jetzt sind alle aufgeregt. Komm, was soll's.«

Am Ende der Straße stand eine Wand aus Reisebussen. Einer parkte aus und riss eine Lücke, doch der Nächste rückte gleich nach und stopfte das Loch. Die Frau, die ihren roten Regenschirm in die Luft gestreckt hielt, kümmerte es nicht, dass das Dach ihr keinen Schutz bot vor den Flocken, die immer übermütiger tanzten. Eine Gruppe Anoraks trottete hinter ihr her, durch eine Eisenpforte in einen Hof hinein, in dem andere Gruppen um ihr Zentrum, ihre Reiseführerin, klumpten. Manche hielten Plastiktüten oder Zeitungen über dem Kopf. Ich fragte: »Wo wollen die denn alle hin?«

»Ins Museum, in die Tretjakow-Galerie.«

»Da müssen wir uns jetzt anstellen?«

Der Wind lärmte, und Aljoscha konnte mich nicht hören. Er steuerte auf die Tür zu, hinter der ein Wachmann lehnte, die Mütze in den Nacken geschoben, gestützt vom steifen Stoff seiner Uniform. Den Arm hatte er lässig auf seinem Maschinengewehr abgelegt und ließ die Menschen an sich vorüberziehen, als wären es die Bilder eines Films, den er schon tausendmal gesehen hatte. Aljoscha lief im Galopp die Treppe hinunter ins Untergeschoss, immer an der Wand entlang, auf dem schmalen Pfad, den niemand aus der Masse nutzte, die sich schwatzend nach unten schob. Ich rannte ihm hinterher. Museumsbesuche können eine Strafe sein. Zu viele Menschen, unterirdische Gänge, umständlicher Kartenkauf. Aber ich hatte Aljoscha, der mich ins Museum schleift, mir etwas über die Bilder erzählt und es manchmal schafft, mich für Kunst zu begeistern und vom Salon abzulenken, wo sie sich jetzt wahrscheinlich über den geheimnisvollen Fremden den Kopf zerbrachen und sich fragten, ob ich ihnen nicht etwas verschwieg.

Oder kannte ich den Fremden vielleicht doch?

Aljoscha ging, ohne auf die Schlange zu achten, an einen Schalter, krümmte den Rücken und fragte: »Lenka, hast du zwei Karten für mich?«

Er kannte sich aus. Jemand schob zwei Papierschnipsel durch das kleine Türchen.

Aljoscha zeigte mit dem Finger auf mich: »Das ist Tomas.«

»Hallo«, sagte ich. Ich konnte kein Gesicht hinter der Scheibe erkennen und fragte: »Was macht das?« Meine Brieftasche war voller Papier, man muss die Rubelscheine nach Größe sortieren, um nicht die Übersicht zu verlieren.

»Der Besuch ist umsonst.« Aljoscha lachte, und ich stand da, mit den Scheinen in der Hand und meinem Einwand, ich, als reicher Ausländer, wolle dieses Museum nicht umsonst besuchen. »Ich bin kein Schmarotzer.«

Aljoscha schlug vor: »Dann spendest du unser Eintrittsgeld draußen einem Bettler, okay? Der Preis für Touristen entspricht ungefähr einer Monatsrente.«

Wir durchquerten die Räume mit den Ikonen. Die Gesichter, die aus den goldenen Rahmen schauten, lächelten und wirkten dennoch finster. Dann tote Fische und Federvieh mit Früchten, Zinn und Glas auf Seide dekoriert, ich weiß schon, die holländischen Meister. Weiter, in den nächsten Saal.

»Aljoscha, warte mal!«

Ich blieb vor einem Gemälde stehen. Zerlumpte und verschwitzte Männer, die unter großen Mühen ein Schiff stromaufwärts ziehen, russische Kerle.

»Die Wolgatreidler. Versklavte Menschen.« Aljoscha sprach leise. »Jedem kannst du seine Geschichte, sein Schicksal, seine Qual am Gesicht ablesen, selbst wenn es nur eine Nebenfigur ist. Und siehst du, wie viel Kraft in ihnen steckt? Repin zeigt das, ohne zu idealisieren oder mit irgendeinem Schönheitsideal zu verwässern. Das ist etwas völlig Neues gewesen in der russischen Malerei.«

»Russischer Realismus?« Auch ich flüsterte.

»Das Bild hat er als Student gemalt, so um 1870 herum. Sozialer Protest war auch damals nicht gefragt. Repin hat einfach immer behauptet, er bilde das alltägliche Leben ab.«

Ein Stück weiter erzählte eine Frau ihrer Gruppe mit leisen, eindringlichen Worten eine dramatische Geschichte. Die

Leute hörten stumm zu und zogen stumm weiter. Wir rückten nach.

Dieses Bild war viel kleiner als die Wolgatreidler. Ich trat einen Schritt näher. Ein Greis hält einen sterbenden Mann im Arm, drückt den leblosen Kopf mit der blutenden Wunde an seine Brust, das blanke Entsetzen im Gesicht. Der reuige Mörder und sein wehrloses Opfer?

»Iwan der Schreckliche mit seinem sterbenden Sohn, den er erschlagen hat«, sagte Aljoscha.

»Derselbe Iwan, der auch den Baumeister von der Basiliuskathedrale blenden ließ?«

Aljoscha nickte. »Eine wahre Geschichte. Wusstest du eigentlich, dass Iwan auf Russisch gar nicht der Schreckliche ist, sondern der Drohende? Schau mal, wie Repin die Lichter setzt. Und wie das Rot und das Rosa in der Düsternis hervortreten.«

Iwan der Schreckliche war hier nicht schrecklich, sondern selbst zu Tode erschrocken. Ein Mörder, der bereut und die Tat nicht rückgängig machen kann. Ich dachte an den Mord an meiner Kundin, der mich im vergangenen Sommer in Atem gehalten hatte. Warum bringt jemand einen anderen Menschen um? Wie groß muss die Kränkung sein, die Wut, die keine Kontrolle kennt? Und dann das Entsetzen über die eigene Tat. Das alles ist in dem Bild eingefangen. Dieser Repin gefiel mir.

Daneben hing noch ein Bild von ihm, noch eine Geschichte. Ich trat näher. Etwas hielt mich fest. Ein behagliches Zimmer. Ein Mann kommt in die Stube getappt, ausgezehrt sieht er aus, mit tiefen Ringen unter den Augen. Wahrscheinlich kehrt er aus dem Krieg heim. Eine alte Frau in Schwarz geht auf den Mann zu, fassungslos, als hätte sie eine Erscheinung. Vielleicht ist sie die Mutter, die den Sohn für tot gehalten hatte, oder die Ehefrau. Eine Dienstbotin in der offenen Tür ist die stumme Zeugin dieser Begegnung. Ein dramatischer Moment. Rechts, am Bildrand, sitzt ein Geschwisterpaar am Tisch. Der kleine Junge reckt den Hals, betrachtet den Ankömmling neugierig, will nichts verpassen und den Fremden sicher bald mit Fragen bestürmen. Das Mädchen dagegen duckt sich skeptisch und zurückhaltend, beinahe ängstlich. Der Mann muss jahrelang fort gewesen sein, die Kinder erkennen ihn nicht. Irgendwie waren mir die Geschwister vertraut. Ich wusste nicht, woher. Hatte ich das Bild schon einmal gesehen? Wohl kaum. Ich schaute auf das kleine Täfelchen und entzifferte: *Neožidanno*. Ich hatte das Wort einmal gelernt und suchte nach der Bedeutung. Ich bemerkte eine Museumswärterin, die sich in Pantoffeln zu mir stellte, als wäre ihr das Bild auch schon lange nicht mehr aufgefallen. Unerwartet! Klar, das Bild heißt: Unerwartet. Plötzlich steht jemand in der Stube, von dem man gar nicht wusste, dass er existiert, oder von dem man sogar dachte, er sei tot, und plötzlich verändert sich alles – das ganze Leben.

Aljoschas Stimme: »Tomas, wo bleibst du denn?«

2

Wann hatte ich eigentlich zum letzten Mal einen Lockenwickler in der Hand gehabt? Ich hatte Aljoscha versprochen, Babuschka die Haare zu machen, als wir im Café gegenüber der Tretjakow-Galerie saßen und heiße Schokolade tranken. Die Sahne lud ich in Portionen auf seine Tasse um, damit sie sich bei mir nicht in Ringen um Bauch und Hüften legt. Aljoscha löffelte die weiße Fracht wie Joghurt und erzählte, dass er als Kind oft mit Babuschka ins Museum gefahren war, mit der Straßenbahn, bei schönem Wetter ein Eis und manchmal zur Kindervorstellung ins Kino, »und alles für einen Rubel«.

Wie anders ich aufgewachsen bin. Ich legte ein paar Scheine auf den Tisch. »Komm, Babuschka wartet.«

Im nassen Ostwind liefen wir durch Schneematsch auf den Pavillon zu, dessen Schwingtüren uns ins Innere der Metrostation wedelten. Vor der Rolltreppe hingen Zeitschriften auf der Leine, wie Wäschestücke zum Trocknen. Ich entdeckte viele westliche Magazine.

»Jetzt komm schon!«, rief Aljoscha.

An der automatischen Schranke zur Metro war ich unsicher, prüfte, wie herum man das Ticket mit dem Magnetstreifen in den Automatenschlitz steckt. Sofort war Gedrängel in meinem Rücken. Ein Uniformierter schrie mich an, ich verstand nicht das Wort, aber die Geste. Aljoscha war schon durchgegangen, vorne in der Menge sah ich seine wirren, dunklen Haare zwischen Mützen aus Pelz und meliertem Strick. Fremde schubsten mit ihren Taschen und Beuteln. Ich machte einen schnellen Schritt, ergatterte den Platz hinter Aljoscha auf der Rolltreppe, die wie eine Sortiermaschine Ordnung in den Haufen brachte, die Menschen rechts stellte, hintereinanderstufte und sie ruhig und zügig viele hundert Meter in die Tiefe transportierte. Links war freie Bahn für Eilige, die entlang der Leuchten galoppierten. Gegenüber, auf dem Weg ans Tageslicht, küsste sich ein Liebespaar, andere lasen, schwatzten oder träumten sich in diesen dreieinhalb Minuten mit glasigen Augen an einen anderen Ort, berieselt von der Stimme aus dem Lautsprecher, die, wenn ich es richtig verstand, für Urlaubsreisen ins Ausland warb und tausend Ohren immer wieder dieselbe Telefonnummer vorsagte, die niemand von hier aus anrufen konnte. Es gab kein Netz.

Unten schritten wir durch hohe Gewölbe, sahen goldene Ornamente und hellen Marmor, Brücken mit verzierten Geländern als Übergang zu anderen Linien. Jeder Bahnhof begeistert mit einer anderen Pracht. Schon gestern war ich mit dem Kopf im Nacken durch die Metrostation ›Majakowskaja‹ gegangen, hatte wie im Museum die runden Mosaikbilder im Deckengewölbe betrachtet: schlanke Körper beim Sprung ins Wasser, pfeilschnelle Flugzeuge am blauen Himmel, lachende Pioniere mit flatterndem Halstuch, beinahe kindliche Visionen von Schönheit, Kraft und Fortschritt. Die Züge fuhren mit Getöse im Zwanzig-Sekunden-Takt ein. Frauen saßen auf einer Bank unter einem kolossalen Leuchter und warteten, dass Zeit vergeht, bevor sie die Reise nach Hause antreten. Achtung! Die Türen werden geschlossen! Wir schossen durch den schwarzen Tunnel von Station zu Station, und eine Stimme verkündete über Lautsprecher die Namen, ›Schabolowskaja‹, ›Nowyje Tscheremuschki‹, ›Tjoplyj Stan‹, näselnd und feierlich, als erwarte einen dort noch etwas anderes als übereinandergestapelte, genormte Wohnungen, in denen Kinder, Ehemann, Großeltern nach Essen, Liebe und sauberer Wäsche verlangen.

Am Ausgang der Metro ließ sich Aljoscha an einem Stand Essiggurken in viel zu kleine Tüten verpacken, ein Mitbringsel für Babuschka. Keine Blumen?

Ich folgte ihm auf dem Trampelpfad in die Hochhaussiedlung. Bei meinem ersten Besuch vor eineinhalb Jahren hatten hier überall Blechbehälter gestanden, russische Garagen, kreuz und quer. Jetzt gingen wir an einer ordentlichen Reihe von Stellplätzen entlang, Garagentor an Garagentor, wie in München, am Hasenbergl.

Ich spürte, wie das Telefon in der Manteltasche klopfte. »Bea?«

»Er war wieder hier, kurz vor Ladenschluss, und weißt du was? Jetzt sah er plötzlich ganz anders aus. Man könnte sagen, fast adrett. Jedenfalls waren seine Haare frisch gewaschen.«

»Ja, und?«

»Er war genervt, dass du immer noch nicht da bist! Tomas, bist du sicher, dass du ihn nicht kennst?«

»Beschreib ihn doch mal!«

»Ziemlich groß, schlank, ein bisschen schlaksig, dunkle Haare. Sagt dir das etwas?«

»Solche Typen sehe ich jeden Tag zu Dutzenden.«

»Aber er hatte so Ringe unter den Augen.«

Ich überlegte. Mein Schwager Christopher hat Augenringe, weil der Computer ihn müde macht. Aber im Salon kennen sie Christopher. Ob ich so einem Typen auf einer Party in London begegnet bin? Vielleicht im ›Tramps‹? Oder bei Mutter in Zürich?

»Bist du noch dran?«, fragte Bea endlich.

»Hat er denn diesmal gesagt, was er will? Ist es geschäftlich?«

»Wir hatten nicht den Eindruck, dass es etwas mit dem Salon zu tun hat.«

»Habt ihr ihm gesagt, wann ich wiederkomme?«

»Nur so ungefähr. Er weiß jetzt, dass du Anfang der Woche im Salon bist. Das mussten wir ihm sagen. Sonst wären wir ihn gar nicht losgeworden.«

»Ist in Ordnung.«

»Bleib bitte dran. Da ist noch etwas. Ich hatte nämlich einen Traum, genau in der Nacht, bevor dieser Typ hier bei uns aufgetaucht ist. Ein Fremder, keine gute Aura. Das hat doch etwas zu bedeuten! Wenn du mich fragst, eine Bedrohung. Es ist zwar nur ein Traum ...«

Die wackligen Fahrstuhltüren in Babuschkas Hochhaus schlossen sich hinter uns, die Verbindung brach ab, und die Träume meiner versponnenen Farbstylistin verloren sich im Äther zwischen München und Moskau.

»Gibt es etwas Neues?«, fragte Aljoscha.

»Der Typ war wieder da. Bea klang ziemlich durcheinander. Ob da etwas faul ist?«

»Bei dir im Salon verkehren doch viele komische Vögel.«

Der Fahrstuhl hielt im achten Stock.

»Babuschka«, schrie Aljoscha. »Tomas ist hier. Er macht dir die Haare. Die Haare macht er dir! Für heute Abend.«

Die Gardine mit den groben Maschen schaukelte vor dem Fenster in der Heizungsluft und schluckte das letzte Tageslicht. Auf dem Sofa lagerte ein dunkler Berg, Aljoschas Großmutter, Nina Pawlowna. Sopran und Tenor zankten sich im Radio. Babuschka ist schwerhörig. Sie schaute ihren Enkel an. Hatte sie ihn verstanden?

Sie fragte: »Wo?«

»Im Großen Saal! Du hast doch einen Auftritt. Dein Auftritt mit dem Chor!«

»Wo ist er?«

»Hier«, sagte ich und drückte ihre Hand, gelbe Haut mit braunen Flecken, weich und warm. Ihre trüben Pupillen fixierten mich. Meine Hand ließ sie nicht los.

»Wir müssen die Haare waschen!«, sagte ich. »Haare waschen!«

Ich zog sie hoch. Sie fand die Pantoffeln blind, hatte aber kaum Kraft in den Beinen. Langsam, wie auf Langlaufski, fuhr sie die bekannte Strecke ins Badezimmer. Ich konnte mir nicht vorstellen, dass sie heute Abend die Wohnung verlassen, auf eine Bühne treten und Lieder singen würde. Im Badezimmer war ihr der Waschbeckenrand eine Stehhilfe, mit der anderen Hand winkte sie mich heran, immer näher, als ob sie mir ein Geheimnis verraten wollte. Babuschkas Atem kitzelte meine Ohrmuschel, als sie heiser fragte: »Der Hocker?«

Gute Idee. Babuschka kennt einzelne deutsche Wörter, wahrscheinlich aus der Zeit des Zweiten Weltkriegs. Ob der deutsche Offizier ihr befohlen hatte, einen Hocker zu bringen und ihm die Stiefel auszuziehen?

Aljoscha schrubbte in der Küche die Lockenwickler wie Kartoffeln, bis unter dem grauen Filz aus Staub und Haaren das fleischfarbene Gitternetz zum Vorschein kam. Die Dinger waren wahrscheinlich seit Jahren in der Schublade der Kommode herumgekullert. Ich holte ein Kissen vom Sofa, legte es auf den Hocker und stellte ihn ans Waschbecken. Babuschka hatte ihr Haar geöffnet, es fiel grau bis über die Schultern. Sie kletterte mit den Knien auf den Hocker, die Krümmung des Rückens half ihr, den Kopf über das Becken zu halten. Ich drehte den heißen Hahn auf, mischte kaltes Wasser dazu, prüfte mit dem Handrücken, wie wir es auch immer im Salon machen. Die Temperatur ändert sich manchmal.

»Ça va?« Nein. Wie sagt man das auf Russisch?

Babuschka murmelte dreifache Zustimmung: *»Da, da, da.«*

Der Schlauch vom Brausekopf reichte kaum von der Badewanne zum Waschbecken. Quer durchs Porzellan ging ein Sprung mit vielen Ästen. Ein Schrott-Badezimmer.

Auf dem Regal hinter dem Vorhang fand ich zwischen bunten Plastikflaschen und verwaschenen Handtüchern das Shampoo aus meiner Pflegeserie, das über Aljoscha den Weg aus München bis in diesen dunklen Raum gefunden hatte. Die hellgrüne Flüssigkeit glitzert in der Handfläche wie kristallklares Meerwasser, eine Farbe ähnlich dem Anhänger mit dem Topas, den meine Schwester Regula von Mutter zum dreißigsten Geburtstag bekommen hatte. Ich drückte meine Finger mit den Kuppen an Babuschkas Schädel, wanderte in kleinen Kreisen vom Nacken hinter die Ohren, über den Scheitel zum Haaransatz und zurück. Der Schaum legte sich in winzigen Bläschen ums Haar und verströmte den Duft frischer Minze. Babuschka seufzte zufrieden. Früher hatte sie als Chemikerin gearbeitet, Äther gerochen, Natron und Buttersäure. Ich stellte sie mir im weißen Kittel vor, das Haar noch dunkel, unter einer Haube. Aljoscha hatte mir erzählt, dass sie an Insulin geforscht, mit Lachsen experimentiert und auf Kongressen im Ausland Vorträge gehalten hatte. Wahrscheinlich hatte sie auch damals schon im Damenchor der Kriegsveteranen gesungen.

Während ich beim Spülen mit der Hand Ohren und Nacken schützte, dachte ich: Nichts Geschäftliches. Etwas Privates. Tut mir leid, ich kann mit dieser Geschichte von dem fremden Mann nichts anfangen. Wo war eigentlich mein Telefon?

Ob Babuschka schon die Knochen schmerzten? Aber sie kniete stabil auf dem Hocker. Ich beschloss, den Conditioner aufzutragen, den ich vorsorglich eingepackt hatte. Die Spülung mit dem Kokosextrakt schließt die Schuppenschicht. Ich kämmte bis in die Spitzen ein, aber sparsam, und mied die Kopfhaut. Die Frisur würde sonst zu schwer werden. Das Wasser suchte sich seinen Weg durch die Haare, machte sie dunkler, als sie eigentlich sind, und ich dachte an die ›Kascha‹, diesen grauen Brei aus Buchweizen, den Babuschka zum Frühstück kocht, weil er gegen Krankheit helfen soll und angeblich die Widerstandskräfte stärkt. Großmutter und Enkel passen aufeinander auf, das war schon immer so. Früher reisten Aljoschas Eltern als Botschaftsangehörige in andere Länder, und Babuschka achtete daheim bei den Hausaufgaben ihres Enkels auf Schönschrift und zog sonntags weiße Schnürsenkel in die Kinderschuhe. Heute ist Aljoscha zwar oft unterwegs, wie gestern mit diesem Hausmann, immer auf der Suche nach Kunst und Käufern für die Kunst. Aber übernachtet hatte er, statt bei mir im Hotel, wie immer hier draußen im Plattenbau. Das muss man verstehen. Babuschka ist über achtzig, fast taub und hilfsbedürftig. Ich war trotzdem enttäuscht.

Die Heizungsluft hatte das Handtuch hartgetrocknet, und mein Versuch, das Haar damit zu streicheln, war vergebens. Ich half Babuschka vom Hocker, ging mit ihr ins Zimmer und setzte sie auf den Stuhl, der neben ihrem Diwan steht.

Mein Telefon war noch in der Manteltasche, der Klingelton abgestellt. Ich aktivierte ihn, nur für alle Fälle.

Babuschka hatte sich entspannt zurückgelehnt und die Beine übereinandergeschlagen. Sie kennt die Prozedur. Ich rollte die erste Strähne auf den Lockenwickler bis zum Haaransatz und steckte die Nadel eng an der Kopfhaut durch die Rolle. Den nächsten Wickler befestigte ich am ersten und verband so Wickler mit Wickler. Bei der Länge der Haare hatte ich viel zu drehen, fünf Reihen.

Babuschka rief nach Aljoscha. Brauchte sie etwas zu trinken?

Ich montierte am Fön den schlaffen Ballon, der die Trockenhaube simuliert, und entfernte die erste Nadel. Sie würde sonst, von der heißen Luft erhitzt, auf der Kopfhaut glühen und an der Stirn einen Abdruck hinterlassen.

Aljoscha öffnete Schranktüren und brachte Papiere, lose geheftet. Verträge? Nein, Noten.

»Ein Glas Wasser?«, fragte ich. »Möchten Sie ein Glas Wasser?«

Babuschka nickte.

Ich steckte den Fön an die Stange und richtete die Haube dicht über dem Kopf aus. Der Fön surrte. Babuschka fuhr mit dem Finger die Noten entlang und bewegte die Lippen.

Manchmal, hatte Aljoscha erzählt, stehe sie am Fenster und starre in den Himmel. Die Wolken, sagt sie, kennt sie alle. Sie hat sie alle schon einmal gesehen. Die Sonne geht unter, und sie steht immer noch so da, bis es dunkel wird und sie sich auf den Diwan legt. Aljoscha spricht mit ihr, erzählt und fragt, aber sie antwortet nicht. Er isst und trinkt, aber sie rührt den Teller nicht an. Früher, sagte Aljoscha, habe er mit ihr das Sterben geübt. Es war ein Spiel. Beide mussten die Augen schließen und sich konzentrieren. Blinzeln und Sprechen war verboten. Zusammen warteten sie und wünschten den Tod herbei. Was, wenn sie in genau dem Moment gestorben wäre?

Der Fön surrte und surrte. Ein Notenblatt segelte auf den Boden. Aljoscha legte die Füße hoch und schloss die Augen. Mir war, als ob Babuschka leise summte. Und irgendwo in München wartete dieser Mann mit den Augenringen auf meine Rückkehr.

Wir sollten Babuschka ein neues Badezimmer kaufen.

Es war ein Fest in Sonntagskleidern. Die Frauen trugen gebügelte, gestärkte Blusen, die Männer Anzüge mit Polyesteranteil und breiter Krawatte. Viele hatten Blumen in durchsichtiger Folie dabei, langstielige Nelken, bis zu fünf Stück, in Farben wie die bunten Drops aus Mutters Verlust bringender Bonbonfabrik. Ich fingerte in der Innentasche meines dunklen Jacketts nach der Eintrittskarte. Aljoscha war hinter der Bühne bei Babuschka. Eine Krawatte hatte ich nicht umgebunden.

Die Uniformierte beim Einlass musterte mich mit Augäpfeln, die so rosa waren, als wäre sie lange Zeit gegen den Wind gegangen. »Ausländer?«, fragte sie.

Was würde jetzt passieren?

Die Frau riss meine Karte durch und ließ mich vorbei.

Die Frauen standen auf Strümpfen, verstauten ihre gefütterten Stiefel in Plastiktüten und stiegen in mitgebrachte Lackpumps um. Mädchen hüpften umher, dass ihre riesigen Haarschleifen wie Schmetterlinge auf und nieder flatterten. Man begrüßte einander, umarmte sich, winkte. Es war wie bei einem Klassentreffen. Zur Feier des Tages kamen die Veteranen aus dem Zweiten Weltkrieg mit ihren Kindern und Kindeskindern zusammen.

Ich kaufte mir an der Bar einen jener rubinroten Cocktails, die in bauchigen Gläsern auf einem Quadratmeter bereitstanden, und wanderte auf knarrendem Parkett umher. Auf einer Bank hockten kahlköpfige Männer, denen graue Haare aus Ohren und Nasenlöchern sprossen.

Der Saal war ausverkauft. Auf den Sitz neben mir legte eine Frau knisternd ihren Blumenstrauß ab. Ich erklärte ihr mit Gesten und in schlechtem Russisch, dass der Platz besetzt sei. Ob sie mich verstand? Sie lächelte.

Männer im Frack nahmen mit ihren Instrumenten den Orchestergraben ein. Ich klatschte, ein paar Leute klatschten mit. Als das Licht in den elektrischen Kerzen der Kronleuchter erlosch, rutschte Aljoscha neben mich. Seinen Tweedanzug mit Weste hatten wir auf der Münchner Maximilianstraße gekauft, als wir klatschnass vor einem Platzregen in einen der Herrenausstatter mit den messingbeschlagenen Schaufenstern geflüchtet waren. Es war das Ende des Sommers. »Ich bin doch kein Landarzt«, hatte Aljoscha zu seinem Spiegelbild gesagt. Der Verkäufer hatte nur den Kopf geschüttelt, mit einer Abwärtsbewegung den Stoff am Rücken geglättet und klargemacht: Der oder keiner. Von der goldenen Krawatte hatte ich Aljoscha abgeraten, aber jetzt gefiel sie mir.

»Ist sie okay?«, fragte ich. Ich meinte Babuschka.

Aljoscha nickte.

Vorne beendeten Geige, Bratsche, Oboe und Cello ihr schräges Katzenkonzert. Jemand räusperte sich in der Stille.

Die Damen kamen in zwei Reihen auf die Bühne, die eine von rechts, die andere von links. Die Blusen waren smaragdgrün, die Röcke lang und schwarz. Dann eine dritte Reihe Damen, noch älter, noch gebrechlicher, ganz in schwarz. Babuschka stand vorne, als Siebte von rechts, fast in der Mitte. Das Haar hatte ich zu gleichmäßigen Wellen gebürstet, am Hinterkopf toupiert und zur Banane eingeschlagen, ganz klassisch. Aljoscha stieß mich beim Klatschen an. Er lachte, und seine Augen glänzten. Babuschka stand wie ein kleiner, windschiefer Baum, der umgefallen wäre, hätten die Frauen rechts und links sie nicht gestützt. Und was waren das für interessante Stickereien auf der Brust? Ich fragte ihn leise.

»Das sind Orden«, antwortete er.

»Orden?«

Jemand zischte verärgert.

»Orden aus dem Zweiten Weltkrieg, dem Großen Vaterländischen Krieg«, flüsterte Aljoscha.

Die Geigen hoben an, ganz zart, die Stimmen des Chors fielen ein, zerbrechlich und eindringlich. Was diese Frauen alles erlebt hatten! Zar Nikolaus den Zweiten, zwei Weltkriege und Lenin. Ich hatte dicke Bücher über die russische Geschichte gelesen, über den Mythos von Väterchen Stalin und das dunkle Kapitel der Säuberungen. Die Begeisterung von Chruschtschow für die amerikanischen Maisfelder. Zuletzt die Perestrojka, der Umbau, die Freiheit, das Chaos. Babuschka ist heute angewiesen auf die Almosen von Tochter und Schwiegersohn, Aljoschas Eltern, die auf Island leben und jeden Monat Geld schicken. Babuschka klagt nicht.

Der Gesang wurde lauter. Ich beugte mich zu Aljoscha hinüber. »Weißt du, was sie singen?«

Er übersetzte flüsternd: »›Denn wir wissen, was Krieg bedeutet.‹«

Mir war elend. Was wusste ich vom Krieg, was wusste ich von diesen Frauen? Als wir Beifall klatschten, bemerkte ich, dass meine Fingernägel mir kleine Kerben in die Handflächen gedrückt hatten.

3

Er stand auf der anderen Seite der Hans-Sachs-Straße und schaute herüber, zu mir in den Salon. Ich schnitt an meinem Lieblingsplatz, gleich vorne beim Empfang, mit Blick nach draußen. Der Fremde bewegte sich nicht von der Stelle. Unter seinen Lidern, so kam es mir vor, lagen diese Schatten. Mir war klar, das war der Mann. Er beobachtete mich. Ich hatte ihn schon erwartet.

Gestern Abend war ich mit der vorletzten Maschine in München gelandet, war mit dem Taxi über die regennasse Autobahn in die Stadt gefahren, vorbei an leuchtenden Schaufenstern, jetzt weihnachtlich dekoriert, nach Hause ins Glockenbachviertel, in die Hans-Sachs-Straße. Kein Mensch war um diese Zeit unterwegs. Ich schloss die Haustür auf und ging die Treppe hinauf in meine Wohnung. Vor zehn Tagen hatte ich sie verlassen und beim Packen ein Chaos angerichtet. Jetzt war alles aufgeräumt. Meine Putzfrau Agnes hatte die Espressomaschine auf Hochglanz poliert, das Bett frisch bezogen, Mandarinen in die Schale gefüllt und eine Amaryllis in die Vase gestellt. Danke. Als ich die Gepäckstücke verteilte, krachte das Parkett unter meinen Schuhen und zeigte mir mit jedem Schritt, wie still es war. Die Stimmen auf dem Anrufbeantworter riefen nach mir – meine Schwester Regula, angestrengt vom Geschrei ihrer Kinder, Mutter, mit einem geschäftlichen Vorschlag, mein Freund Stephan, liebevoll umständlich. Ich drehte die Heizung auf und legte das Mobiltelefon in seine Schublade, mein Beitrag, um das Leben zu entschleunigen. Eigentlich war alles wie immer. Nur auf meinem Schreibtisch lag ein Paket.

Ich schaute auf den Absender: Tokio. Das erste Weihnachtsgeschenk von einem Frisör-Freund. Innen viel Verpackung und eine flache Schachtel, darin eine neue Schere aus Titan, dieses edle Wundermaterial, das man niemals zu schärfen braucht. Morgen früh, hatte ich mir vorgenommen, würde ich sie gleich ausprobieren.

Der Mann auf der anderen Straßenseite stand immer noch wie eine Säule am Bordstein. Passanten gingen um ihn herum, Autos hielten, rangierten in Lücken und fuhren wieder weg, doch er blieb. Wenn es an diesem Novembertag geschneit hätte, wäre der Schnee auf ihn gefallen, Flocke für Flocke, und hätte irgendwann eine Haube auf seinem Kopf gebildet, wie auf einer Parkuhr.

Ich musste mich auf den Schopf von Theadoras Ehemann konzentrieren, ein Japaner, dessen Namen ich mir nicht merken kann, ein hohes Tier bei einem japanischen Konzern und Vater von Zwillingen. Kerstin hatte seine Haare für mich vorbereitet, sie mit dem Plätteisen geglättet, damit sie wie ein seidiger, schwarzer Pinsel nach allen Seiten fallen. So lassen sie sich ganz wunderbar schneiden. Beim Gerede über die großen Geldanlagen war ich nicht bei der Sache. Was wollte der Mann da draußen? Wenn er nicht endlich hereinkam, sollte ich ihn vielleicht einfach holen. Ich musste aufpassen, japanisches Haar steht störrisch vom Kopf ab, wenn es zu kurz gerät.

Der ›eNK‹, eine ›empfohlene Neukundin‹, kam im Pelz und eine Viertelstunde zu früh, zeigte bei einer Drehung das goldene Mantelfutter und wurde von Kitty auf dem Sofa plaziert. Der Paketbote lieferte eine Reklamation. Bei einem Haarbügeleisen hatte etwas nicht gestimmt. Mit dem Handtuch wischte ich weich die Härchen aus dem Nacken des Japaners, zeigte ihm mit einem Handspiegel den Hinterkopf. Länge gut, alles perfekt, natürlich. Ich nahm meinem Kunden den Umhang ab.

Jetzt kam er über die Straße.

Kitty addierte, wie immer in ihrer Muttersprache: »*Sixty-five, twenty-eight* ...«, und freute sich über die kleinen Verbeugungen und die vielen Scheine, die der Japaner auf den Tresen zählte. Ich sagte: »*Bye-bye* – und Grüße an Theadora!«, die einen Termin noch in dieser Woche brauchte und, wenn sie Glück hat, ihren Wunsch erfüllt bekommt. Kitty suchte im Terminkalender wohlwollend nach weißen Löchern. Ich könnte jetzt einfach durch den langen Gang verschwinden, zu Bea gehen, die hinten arbeitete, die Hände in Latex, und Millionen Haare färbte.

Ich könnte davonlaufen. Aber wovor?

Die Ladentür ging auf.

Der Mann war wenig größer als ich, vielleicht eins achtzig. Das braune Haar, das dicht war und platt am Kopf lag, sah aus wie aus Nachlässigkeit nicht gewaschen, war aber, wenn auch etwas unbeholfen, extra so hingegelt. Die Ringe unter den braunen Augen standen in eigenartigem Kontrast zu seinem glatten Gesicht. Er hatte den Reißverschluss der Jacke aus derbem Leder bis oben hin zugezogen. Am Hals schaute ein schwarzer Rollkragen hervor, unten hing das Bündchen heraus. Die Jeans saßen eng an den Hüften, und es schien ihm egal zu sein, dass die Nähte an den Taschen ausgefranst und die Knie zerbeult waren. Die Streifen auf seinen Turnschuhen leuchteten wohl schon lange nicht mehr weiß. Er schaute mich an, und mein erster Gedanke war: Junge, du bist für die Jahreszeit nicht warm genug angezogen. Seine Frage war eine Feststellung: »Sie sind Tomas Prinz.«

»Und wer sind Sie?«

Er schob seine Hände in die Hosentaschen – war er verlegen? – und brachte schließlich mit einer Stimme heraus, als hätte er die Nacht durchgesoffen: »Ich …«

»Ja, bitte?«

»Ich bin dein Bruder.«

Ich begriff nicht. Der stellte sich vor, als wäre er ein neuer Nachbar.

Ich sagte: »Gehen wir in mein Büro.«

»Der Dreizehn-Uhr-Termin der Ministerin«, rief Kitty vom Flur.

»Mir egal.« Und wenn es die Bundeskanzlerin gewesen wäre – ich hatte nur einen Gedanken: Raus aus dem Trubel des Salons.

Kerstin musste übernehmen. Oder Dennis? Kitty arbeitete mit Bleistift und Radiergummi. Hier eine Wartezeit für die Kellermann, dort das Färben vorziehen, so entstand eine Lücke auf der Termintafel von diesem Dienstag, dem zweiundzwanzigsten November.

»Was ist los?«, fragte Bea.

»Später.«

Der Fremde folgte mir durch die schwarzen Umhänge, die, auf Bügel gehängt, beim Sofa den Seitenausgang verbergen, und zog die Tür hörbar hinter sich ins Schloss. Ich stand jetzt allein mit ihm im Treppenhaus. Ich war verwirrt.

»Hier entlang.«

Runter ins Souterrain, ins Büro, wo Kitty die Abrechnungen macht, wo ich Schulungen für Frisöre veranstalte, Bewerbungsgespräche führe und auch mal mit einem meiner Angestellten unter vier Augen ein ernstes Wort rede. Aber doch nicht mit einem Bruder! Meine Mutter hat zwei Kinder zur Welt gebracht, zuerst Regula, heute verheiratet und selbst Mutter von zwei Kindern. Eineinhalb Jahre später kam ich. Das sind die Tatsachen.

Der Mann stand stumm im Raum, die Lederjacke überm Arm, und wusste nicht, wohin. Die Atmosphäre war frostig. Ich drehte die Heizung auf.

»Setzen Sie sich doch bitte.«

Die Entscheidung, über welche Lehne er die Jacke hängen sollte, fiel ihm schwer. Es gibt zwölf. Ich setzte mich ans Kopfende, das fahle Tageslicht im Rücken, er suchte sich einen Platz aus, zwei Stühle von mir entfernt. Sollte ich Licht machen? Der schwarze Rollkragenpullover stand ihm gut. Am Ärmel glänzte ein Klecks weißer Farbe. Er war wohl ein Maler. Ich konnte ihn nicht einschätzen.

Er schwieg. Ich auch. Mit der Wärme kam das Gefühl, dass der Mann, der hier saß, nie wieder fortgehen würde.

Ich hielt es nicht mehr aus. »Können Sie das noch einmal sagen?«

»Du und ich – wir sind Brüder.«

Mehr sagte er nicht, fuhr nur mit dem Blick die Tischkante entlang, als müsste er die Länge einschätzen. Ich wurde wütend. Was war das hier? Eine Bewerbung um die Aufnahme in die Familie Prinz? Sollte ich ihm einen Tee anbieten oder ihn einfach rauswerfen? Ich lehnte mich zurück und fragte: »Wie kommen Sie eigentlich auf diesen Unsinn?«

»Meine Mutter hat bei euch gearbeitet, in der Fabrik deines Vaters.«

»Wann soll das gewesen sein?«

»Bis zweiundsiebzig.«

»Ja, und? Ist Ihre Mutter dann in Rente gegangen?«

»Wieso Rente? Meine Mutter war damals gerade neunzehn.«

»Ihre Mutter war neunzehn und hat in der Firma meines Vaters gearbeitet. Und weiter?«

»Ja, was wohl? Dann hat dein Vater sie verführt, und sie ist schwanger geworden!«

»Moment mal. Mein Vater war verheiratet, glücklich, mit zwei Kindern.«

»Und meine Mutter war bildhübsch.« Er grinste.

Natürlich war die Ehe meiner Eltern nicht immer ein Honeymoon. Keine Ehe ist das. Aber ich musste geduldig und vorsichtig sein. Ich fragte: »Und dann? Was ist dann passiert?«

»Ihr habt sie rausgeschmissen. Sie hat ein bisschen Geld von euch bekommen und sollte möglichst schnell weit weg gehen. Sie zog nach Deutschland. Ich bin dann hier in München zur Welt gekommen.«

Das war ungeheuerlich. Ich wiederholte, nur um Ordnung in diese abenteuerliche Geschichte zu bringen: »In München. Wann?«

»Neun Monate später. Am einundzwanzigsten April. Das ist mein Geburtstag.«

»Können Sie Ihre Behauptungen über meinen Vater eigentlich beweisen?«

Die Antwort kam sofort. »Das Testament meiner Mutter. Da steht alles drin.«

»Haben Sie es dabei?«

»Sie ist vor zwei Monaten gestorben.«

Als wäre das eine Antwort auf meine Frage. Ich sagte: »Das tut mir leid. Aber warum kommen Sie ausgerechnet jetzt zu mir?«

»Als ich erfuhr, dass es dich gibt und dass ich auch noch eine Schwester habe, war ich völlig durcheinander. Sie heißt Regula, nicht? Ich habe überlegt, ob ich mich überhaupt bei dir melden soll. Ich hatte ja keine Ahnung, dass ich Familie habe. Mutter hat mir alles erst im Testament verraten.«

»Und warum soll ich Ihnen glauben?«

»Warum sollte ich lügen?«

Ja, warum sollte er lügen? Ist doch klar: Das Vermögen der Familie Prinz. Andererseits: Ein uneheliches Kind kommt in den besten Familien vor. Aber doch nicht bei uns, in der Fabrikantenfamilie Prinz, in der so viel Wert auf Anstand, Tradition und Wohltätigkeit gelegt wird. Da könnte ja jeder kommen.

Der Mann nickte fast weise, als hätte er jeden meiner Gedanken erraten.

Ich fragte: »Und was wollen Sie jetzt von mir?«

Er schaute auf. »Dich kennenlernen.«

4

Herzlichen Glückwunsch!« Mit ihrem weißblonden Haar und den roten Lippen im blass geschminkten Gesicht war Bea ein Hingucker, »eine Erscheinung«, wie Aljoscha immer sagt. Sie ballte ihre Hand zur Faust, schüttelte den Salzstreuer darüber und sagte, als seien ihr die weißen Körner wichtiger als das Ereignis, das über mich hereingebrochen war: »Nicht jeder bekommt mit über vierzig noch so ein Geschenk. Freu dich.«

Ich sah auf meinen Teller hinunter, auf Karotten, Spinat und Sellerie, von Kim, der Wirtin im ›Arosa‹, zu einem gesunden Mahl gedünstet. Vernünftig essen, abnehmen, *downsizen* nennen es die Redakteurinnen bei mir im Salon – das hatten wir uns vorgenommen, auch wenn es so kurz vor den Weihnachtsfeiertagen wohl auf eine Sisyphusarbeit hinauslaufen würde. Doch seit zwei Stunden hatte ich andere Sorgen. »Dieser Typ kommt einfach daher, stellt alles auf den Kopf und sagt Sachen über meinen Vater! Papa war doch kein Schürzenjäger. Der war ganz anders, aufrichtig und seriös.«

»Er hatte doch Alzheimer. Hat deine Mutter nicht als Andenken an ihn diese Alzheimer-Stiftung gegründet?«

Ach, Bea, wie sie immer einfach drauflos redet.

»Klar, deine Mutter verdrängt. Und im Nachhinein verklärt sich sowieso vieles. Wenn ich da an meine Nummer eins denke, Carsten mit dem schönen Mund. Oder erinnere dich mal: Ehemann Nummer vier und sein Ordnungsfimmel! Was ich schon alles durchgemacht habe. Aber eines ist klar: Es gibt mehr als eine Liebe im Leben. Hör auf, den Kopf zu schütteln. Als der Typ in den Salon kam, habe ich gleich gewusst: Der hängt mit dir zusammen. Der Mann hat eine besondere Beziehung zu dir. Aber dass es gleich so nah ist! Wie hat er denn auf dich so gewirkt? Hast du gespürt, ob zwischen euch eine Verbindung ist, dieses Band unter Brüdern?«

»Er war eher zurückhaltend. Vielleicht ein bisschen neugierig.«

»Man müsste so eine DNA-Analyse machen. Aber jetzt mal: Hast du nach seinem Geburtsdatum gefragt?«

»Was hat er gesagt? Geboren zweiundsiebzig.«

»Jünger als du. Sieht man ja auch. Sternzeichen?«

»Dreiundzwanzigster April, glaube ich.«

Bea dachte laut: »Stiere sind oft friedlich und ausgeglichen. Allerdings auch schnell beleidigt und dann schwer wieder zu versöhnen. Das ist dieses Misstrauen, das der Stier tief im Innern hat. Und du musst aufpassen: Er hat materielle Interessen. Ein Stier will besitzen.«

Bea und die Sterne. Zuverlässig wie ein Staubsauger bürstet sie durch die Erzählungen anderer Leute, erspürt dabei die kleinsten Details und speichert und behütet sie gewissenhaft. Allerdings verhaken sich die Dinge manchmal zu eigenartigen Gespinsten. Dann machen Beas Deutungen mir Angst. Vielleicht müsste man das Knäuel nur einmal auseinandernehmen, damit herauskommt, dass alles durch nichts als heiße Luft zusammengehalten wird.

»Sonst noch was, Bea?«, fragte ich.

»Im Grunde will der Stier nur geliebt werden.«

»Das klingt schön«, sagte Kim, die trotz ihrer dunklen Hautfarbe blass wirkte, wie immer im Winter, und Weihnachtsgestecke auf den Tischen verteilte, Tannengrün, zwei Kugeln, eine Kerze. Jedes Jahr dieselben. Ich mag das.

Bea rief Kim zu und damit allen Leuten im Lokal, die mit vollem Mund von ihren Tellern aufschauten: »Wie findest du das: Tomas hat einen Bruder. Hat sich eben bei ihm vorgestellt. Ist zwar ein bisschen merkwürdig, der Typ, aber auch ziemlich hübsch. Und Jahre jünger. Prinz ist also noch Kronprinz, aber kein Alleinherrscher mehr.«

Ich korrigierte, obwohl ich wusste, dass es jetzt niemanden interessierte: »Er behauptet, mein Bruder zu sein. Aber das ist sicher eine einzige große Lüge.«

»Genau das musst du herausfinden«, sagte Bea.

»Und wie?«

»Setz dich mit ihm zusammen, ganz in Ruhe. Red mit ihm. Vielleicht bei einem Essen? Koch etwas. Schaff Atmosphäre.«

»Ich koche nie.«

»Besorg dir ein Kochbuch. Kim, hast du ein Kochbuch für Tom?«

»Ich tue alles, aber das ganz bestimmt nicht«, sagte ich.

»Wie heißt denn dein Bruder?«, rief Kim von der Theke.

»Stimmt, wie heißt er eigentlich?«, fragte auch Bea.

Alle sahen mich an, gespannt, welchen Namen das Geschenk tragen würde.

»Keine Ahnung. Ich habe vergessen, ihn zu fragen.«

Der Schlachter hatte die Stielkoteletts vom Knochen gelöst, das machte es einfacher. Ich wollte keine Kochorgie starten, wie sie mein Londoner Freund Jeremy veranstalten würde, wenn ihm das Schicksal plötzlich einen Bruder beschert hätte. Ich plante drei Gänge, der winterlichen Jahreszeit angemessen, mit Vor- und Nachspeise. Ich kann eigentlich nur Eier zum Frühstück und Pudding für zwischendurch und wollte heute Abend mit Bratenduft eine Atmosphäre zaubern, wie Bea es angeordnet hatte. Auch Regula hatte ich eingeladen. Ich war nervös. Sie sollte eigentlich schon längst da sein. Ich musste sie noch vorbereiten. Das kann ich nicht am Telefon, während sie mit mir und gleichzeitig mit den Kindern spricht, und die Zeit beim Mantelaufhängen reicht für diese Nachricht auch nicht aus.

Das Fleisch war abgespült und trockengetupft, der Wirsingkohl und die Zwiebeln lagen bereit. Salz, Pfeffer? Später. Das Öl in der Kasserolle tat harmlos, fauchte und zischte aber zornig, als ich das Fleisch hineinlegte. Telefon – ausgerechnet jetzt. Soll man beim Anbraten den Deckel auflegen?

»Das weiß ich nicht.« Es war meine Mutter. »Du kochst? Ist etwas passiert? Hast du einen neuen Freund?«

Mutter hat einen Riecher für Veränderungen. Vielleicht hat sie auch damals sofort bemerkt, was los war, und diese Näherin mit Schweizer Franken ausgestattet und ins Ausland verbannt. Meine Mutter sieht die Tatsachen, wägt schnell ab und handelt, ohne dass ich genau sagen könnte, ob sie sich vom Gefühl oder der Vernunft leiten lässt. Regula behauptet: Mutter will alles kontrollieren. Ich würde sagen: Sie sucht die Herausforderung und nennt die Probleme, die dabei entstehen, »Überraschungen«, die sie dann schnell erledigt. Seit Vaters Tod vor zwölf Jahren leitet sie von Zürich aus die Geschäfte der Firma Prinz: Das Stammhaus im steuergünstigen

Kanton Zug mit den Kleiderfabriken in Ungarn und Tschechien. Nur die Bonbonfabrik in Deutschland, die Mutter vor einem halben Jahr gekauft hatte, irgendwo östlich, in der Altmark, ist ein Flop. Sie hat in ihrem Leben nicht viele Niederlagen einstecken müssen. Oder doch? Wenn sie wüsste, dass in weniger als einer Stunde nicht nur meine Schwester hier am Tisch sitzt, sondern auch ein Halbbruder! Aber ich sagte nur: »Was gibt's denn, Mama?«

»Du hast Frau Berg angerufen?« Mutters Haushalt führt seit über dreißig Jahren das Ehepaar Berg.

»Sie hat mir nur ein Rezept gegeben. Kalbsrücken im Wirsingkleid mit Schweizer Rösti.«

»Ach, du liebe Güte. – Sag, kommst du zu Weihnachten? Regula hat sich mit den Kindern und Christopher schon das Gästehaus reserviert. Berg hat heute auch die Heizung repariert. Du kannst hier oben im Haus schlafen. Kommst du allein?«

»Ich weiß nicht.«

»Wir müssen noch einmal Mittel für die Bonbonfabrik aufbringen. Ich brauche eure Unterschriften.«

Ein Fass ohne Boden. Mutter pumpt immer mehr Geld in den maroden Betrieb. »Ich weiß nicht, ob das so eine gute Idee ist.«

Stille.

»Mama?«

»Du zweifelst an meinen Entscheidungen? Hör mir mal zu, mein Junge. Wir haben die Produktion komplett umgestellt, wir haben die Rezeptur verbessert, wir haben die Verpackungen geändert. Bis die Investitionen greifen, braucht es Zeit. Außerdem haben wir eine Verantwortung für die

Mitarbeiter. Das sind einhundertzwanzig Arbeitsplätze! Ich glaube an die Bonbons.«

»Du verrennst dich.«

»Außerdem musst du an die Subventionen denken, die wir bekommen. Dazu die Abschreibungen, die Steuervorteile.«

Der Braten machte mich unruhig. »Mama, ich rufe dich später zurück.«

»Warum? Ja, sicher. Ruf an. Wir besprechen alles in Ruhe, wenn ihr da seid, unterm Weihnachtsbaum. Aber, bitte, keine Überraschungen!«

Sag ich doch, Mutters Riecher.

Das Fleisch war auf der Kippe, die Kruste fast schon verbrannt. Ich fluchte, wendete es. Der Deckel dämpfte das Getöse. Jetzt den Wirsingkohl. Zehn mittelgroße Blätter vom Kopf lösen, waschen. Nein, zuerst Wasser aufsetzen. Der kleine Topf müsste reichen. Oder doch der größere? Wo blieb Regula? Sie könnte mir bei den Kartoffeln helfen. Und den Feldsalat waschen, die Birnen schälen. Warum kocht das Wasser nicht? Ich war blind, musste heulen, verdammte Zwiebel. Es klingelte. Das war sie. Wurde auch Zeit.

Ich wusch mir rasch die Hände. Im Spiegel im Korridor sah ich meine Augen, ganz rot, die Haare zerzaust. Ich öffnete, und im Treppenflur erlosch das Licht. »Oh!«

»Bin ich zu früh?« Er trat nervös seine Schuhe auf der Fußmatte ab und schaute an mir herunter, auf das Geschirrtuch, das ich mir in den Hosenbund gestopft hatte. Mein undurchsichtiger Gast. Ich fühlte mich überrumpelt, ertappt in einer Aufregung, die übertrieben war und nicht typisch für mich. Ich hasse es, wenn Besuch, noch dazu jemand

Fremdes, unpünktlich ist, zu früh oder zu spät kommt und sagte: »Nein, nein, das macht doch nichts. Kommen Sie herein.« Gewöhnlich duze ich Menschen, die jünger sind als ich, ganz automatisch, aber bei diesem Mann kam ich nicht auf die Idee.

Ich wollte ihm die Hand geben, bekam aber einen Blumenstrauß in Folie überreicht und eine Flasche Wein in Papier. »Vielen Dank, das wäre doch nicht nötig gewesen«, sagte ich artig wie ein Automat.

Er hängte seine Lederjacke an einen Haken, obwohl ein Bügel da gewesen wäre. Er trug wieder den schwarzen Rollkragenpullover, der ihm so gut stand. Und der weiße Fleck? Der Mann bückte sich.

»Behalten Sie die Schuhe bitte an«, sagte ich.

Er schaute auf, erschrocken, weil er einen Fehler gemacht hatte. Sein braunes Haar war anscheinend frisch gewaschen, kein Zeichen von Haarausfall. Als müsste ich irgendetwas erklären, sagte ich: »Ich bin noch beim Kochen.«

Er folgte mir den Flur hinunter, sagte: »Riecht lecker«, bemüht um einen guten Eindruck, wusste aber vermutlich im selben Moment, dass seine höfliche kleine Lüge auffliegen würde. Der Geruch nach Angebranntem hatte sich, trotz offener Balkontür, in der Küche breitgemacht und den Duft vertrieben, der entsteht, wenn ein Könner in den Töpfen rührt.

»Wissen Sie was …« Ich legte den Blumenstrauß auf den Küchentisch und prüfte das Etikett auf der Flasche.

Er lachte verlegen. »Ich wusste nicht, ob rot oder weiß, da dachte ich: Kauf mal Rosé.«

Mir gefiel diese Logik. Kein Vollmundiger mit diesem speziellen Abgang, kein leichter Soundso, sondern ein Kompromiss-Rosé. »Ich schlage vor, wir lassen alles so liegen und bestellen beim Italiener ein paar Vorspeisen, und vielleicht Saltimbocca, wenn Sie mögen.«

»Warum?« Er hob den Deckel und musterte das Fleisch. »Willst du das hier alles wegschmeißen? Sieht doch gut aus. Was soll es denn werden?«

»Kalbsrücken im Wirsingkleid.« Wie sich das anhört.

»Und dazu?«

»Schweizer Rösti.«

»Klingt doch gut. Und wo ist das Problem?« Er schaute sich um. »Gibt es Knoblauch? Gestreifter Speck wäre auch nicht schlecht. Darf ich?« Er öffnete den Kühlschrank, und ich dachte an Frau Berg, die sagt, das Innere eines Kühlschranks verrät alles über seinen Besitzer. Frau Bergs Kühlschrank quillt über, sie kocht riesige Portionen, friert die Reste ein und erwirtschaftet Rücklagen, die in anderen Kombinationen immer wieder neue, wunderbare Gerichte ergeben. In meinem Kühlschrank liegen vor allem Flaschen und Packungen, Gläser mit Pesto, die, einem geheimen Gesetz folgend, immer über dem Verfallsdatum sind, wenn ich sie einmal in die Pasta rühren will. Seit vorgestern stand ein Riesenglas Kaviar im Kühlschrank, mein protziges Mitbringsel, das ich mit Bea und Stephan löffeln wollte, um ihnen meine Erzählungen aus Russland schmackhaft zu machen.

Er schloss die Tür wieder. »Wenn du nichts dagegen hast, kümmere ich mich um das Fleisch, und du könntest« – er griff nach dem Salat – »die Rapunzeln waschen? Die hat meine Mutter auch immer gemacht.« Er sah mich unsicher an. »Ich möchte natürlich nicht unhöflich sein.«

»Super, mach nur. Möchtest du ein Glas Wein? Ich habe einen Weißen offen.«

»Klar.« Geschickt hob er den Braten auf ein Brett, tat die Wirsingblätter ins kochende Wasser und begann mit kleinen Bewegungen den Knoblauch zu schälen. Der Mann hatte Übung.

»Zum Wohl.«

Er nahm das Glas, das ich ihm entgegenhielt. »Danke.«

Wir lächelten, tranken, ohne uns aus den Augen zu lassen. Er stellte das Glas ab, drehte sich um und knisterte mit der Zwiebel.

»Kochst du öfter?«, fragte ich und stellte den mitgebrachten Rosé beiseite.

»Ab und zu. Warum? Hier ist wenigstens richtig Platz. Ist ja riesig, deine Küche.« Er sah sich um, auf der Suche nach neuen Komplimenten. »Und sogar ein Balkon! Ziehst du Kräuter?«

»Im Sommer habe ich Levkojen draußen.«

»Verstehe. Schön scharf, das Messer.«

Wir arbeiteten. Er schnitt jetzt Speck, ich zupfte Salat. Vor uns ein Berg offener Fragen.

»Und wo wohnst du?«, fragte ich.

Der Dampf tanzte scheppernd mit dem Deckel. Mein Gast war schneller, ließ das Messer fallen und erwischte den Topf kurz vor dem Überkochen. Mit dem Sieblöffel, den er gleich am Haken entdeckte, fischte er die Wirsingblätter aus dem Wasser, und meine Frage löste sich im Dampf auf.

»Hast du noch ein Messer? Danke, wow, das ist prima!« Er schnitt die dicken Stielenden aus ihren Verästelungen, legte die Blätter wie Schuppen übereinander und streute mit den Fingern Salz, Pfeffer und Muskat hinein. »Wie gut es sich kocht, wenn alles bereitsteht«, lobte er. »Wie im Fernsehen. Kochst du nach Rezept?«

»Wenn, frage ich unsere Haushälterin daheim in Zürich.«

»Haushälterin?«

Warum kam ich ihm jetzt mit Mutters großbürgerlichem Haushalt? Ich könnte ihm auch gleich vom Speiselift erzählen und der Messingklingel, die unsichtbar an Mutters Platz am Kopfende unter der Tischplatte befestigt ist und, lautlos betätigt, Herrn Berg zum Auftragen und Abdecken herbeiruft.

Ich sagte: »Ich schneide Birne in den Feldsalat. Ist das okay?«

Er hob die Augenbrauen. »Warum nicht?«

Er hatte das Fleisch in die Kohlblätter gebettet und wickelte das Küchengarn in mehreren Schleifen darum herum, legte das Paket zurück in die Kasserolle, gab noch etwas Öl und Zwiebel und einen großen Schluck Weißwein dazu. Dann tat er den Deckel drauf und kontrollierte die Größe der Flamme. Unter seinen Fingernägeln waren Ränder.

»Alle Achtung!«, sagte ich.

Er lehnte am Schrank, trank und sagte, als wäre es ein kleiner Triumph: »Seit wir in der Küche sind, sagst du zu mir ›du‹.«

»Tatsächlich? Wie heißt du eigentlich?«

Es klingelte. »Das wird Regula sein, meine Schwester.« Oder sollte ich sagen – unsere Schwester? »Bin gleich wieder da. Du hast den Braten im Blick?«

Ich öffnete. »Na, endlich. Wo bleibst du denn so lange? Wir warten schon.«

»Entschuldigung, Tomas.« Regula gab mir einen Kuss, hängte ihren Mantel an die Garderobe und nahm mit einer Bewegung ihre Haare aus dem Pulloverkragen, so dass sie beinahe schulterlang fielen. Wie ähnlich sie unserer Mutter ist: die Ruhe in der Hektik, die Kontrolle in der Bewegung. Und ein Schwall von Informationen. »Ich hatte noch ein Gespräch mit der Ärztin«, sagte sie. »Diese verdammte Neurodermitis. Vergangene Nacht hatte der Kleine wieder einen Schub. Wir haben uns überlegt, über Ostern ... – Wem gehört denn die Lederjacke? Cool!«

»Regula, ich muss dir jemanden vorstellen. Es ist nämlich so: Vorgestern kam...«

»Du hast einen neuen Freund? Ich glaub es nicht! Tomas, gerade hatte ich mich an Aljoscha gewöhnt. Konntest du mir das nicht vorher sagen? Mannomann.« Wir bogen in die Küche ein, der Fremde stand gebückt vor dem Herd und regulierte die Gasflamme. Regula rief fröhlich: »Das riecht ja lecker, was ihr zwei da kocht.«

Er stand gerade. »Servus. Ich bin Jakob.«

»Schöner Name. So hätte ich meinen Sohn auch beinahe genannt. Aber Christopher war dagegen. Zu viel Prinz, fand er.«

Der Mann lachte, ohne zu verstehen. Jakob ist der zweite Name unseres Vaters: Friedrich Jakob Prinz. War das eigentlich ein Zufall?

»Regula«, sagte ich, »es ist nicht so, wie du denkst.«

Aber Jakob ging dazwischen. »Ich freue mich, dich endlich kennenzulernen. Ich bin ein bisschen aufgeregt. Plötzlich eine neue Familie.«

»Für mich kommt es, ehrlich gesagt, auch ein bisschen

überraschend. Typisch Tomas. In solchen Dingen ist er total verschwiegen. Krieg ich auch ein Glas?«

»Das ist ein Missverständnis.«

Regula sah mich an.

»Er ist nicht mein neuer Freund«, erklärte ich.

Jakob schaute verwirrt von Regula zu mir.

»Warum sagst du das nicht gleich?«, fragte Regula. »Ist doch kein Drama. Was ist denn eigentlich los?«

»Jakob ist …, das heißt, er meint …«

Regula nickte, als wollte sie mir bei jeder einzelnen Silbe behilflich sein.

»Er behauptet, er ist unser Bruder.«

Mit diesem Satz ließ sich im Raum eine atemlose Stille nieder, die meine Schwester mit einem Wimpernschlag verscheuchte.

Sie streckte Jakob die Hand hin und sagte: »Ich bin Regula.«

5

Die Frau mit dem Musikknopf im Ohr erhöhte das Tempo und sprintete los. Der Pferdeschwanz schlug im Galopp nach rechts und links, und sie lächelte, als würde sie durch eine schöne Landschaft laufen, statt in diesem fensterlosen Maschinenraum auf der Stelle zu treten. Laufen soll Glückshormone freisetzen. Einen Sommer lang hatten Stephan und ich dieses Erlebnis entlang der Isar gesucht, aber nicht gefunden. Jetzt ging ich die neunte Woche nach Ladenschluss hierher, radelte auf festgeschraubtem Gerät und stemmte nach Trainingsplan kiloschwere Gewichte mit einem Durchmesser von kleiner Untertasse bis große Langspielplatte. Als ob ich mir nach Feierabend keinen anderen Zeitvertreib vorstellen konnte. Den ganzen Tag war ich mit meiner Schere zugange gewesen, dazu das Gerede der Kunden, die das Weihnachtsfest planen, mit Gans, ohne Schwiegereltern, mit Kerzen, ohne Geschenke, die sich aufs Jahresende freuen oder den Trubel ignorieren wollen – ich hatte nicht richtig hingehört. Jakob geisterte durch meine Gedanken. Der gemeinsame Abend. Das Gespräch. Und was dabei herausgekommen war.

Regula hatte gleich heute Morgen angerufen. Ich wollte gerade ins ›Arosa‹, zu Kims schwarzem Kaffee und der frischen Butterbrezel, stand noch vor dem Spiegel und bemerkte Reste von Rasierschaum wie kleine Clips an den Ohrläppchen, als das Telefon klingelte. Regula fasst Entschlüsse gerne morgens unter der Dusche. Ihr Ton war nüchtern: »Wir müssen Mama anrufen. Ich will genau wissen, was damals vorgefallen ist.« Ich hatte ihr vorsichtig zugestimmt, wollte aber keinen Krach riskieren, so kurz vor dem Fest: »In Ordnung. Lass uns Mama zu Jakob befragen, aber bitte diplomatisch.«

Die meisten Sportler, die ins Studio kamen, steuerten ohne Umweg auf die Drückbank zu, wie Xaver mit dem gestauchten Hals, der breitbeinig geht, als ob ihm sein Muskelpaket schwer auf Nacken und Schultern lastet. Im Vorbeigehen klopfte er mir auf die Schulter, ein Zeichen der Anerkennung, das kleine Lob, dass ich das Richtige tat. Ich mag diese Leute, die sich mit viel Gel den Glanz ins millimeterkurze Haar massieren und sich nicht darum scheren, wer Model, Hartz IV oder Frisör ist. Man spricht griechisch, bayrisch, türkisch, und die Gefahr, hier einen von meinen schönen Kunden zu treffen, der sich erschrocken für den verschwitzten Haaransatz und die zerzauste Frisur entschuldigen würde, ist gleich null. Hier bittet mich niemand um einen Termin.

»Servus, Tomas.« Stephan stieg auf den Sattel neben mir. Wenn es nach ihm ginge, würden wir uns nicht hier hinter dem Bahnhof im grellen Neonlicht abstrampeln, sondern unter einem Glasdach beim Yoga mit vorgewärmtem Handtuch den Panoramablick auf die Leopoldstraße genießen. Aber Stephan ist ein treuer Freund.

Ich radelte, das digitale Zahlenbrett müsste fünfundzwanzig Stundenkilometer anzeigen, und sagte: »Bist spät dran heute.«

Unglücklich sah er aus, das Gesicht fast quadratisch, wie immer, wenn ihn etwas bedrückt. Sogar im Sportdress bleibt er der korrekte Anwalt, der sonst Schlips und Kragen und immer einen perfekt unauffälligen Haarschnitt trägt. »Wie war's denn mit deinem neuen Bruder?«, fragte er. »Erzähl mal.«

»Mein neuer Bruder? Wie sich das anhört! Jakob heißt er.«

»Hey, Mann! Was machst du da?« Der Trainer. Stephan musste wieder absteigen. Zum Aufwärmen ein anderes Programm, der Sattel viel zu niedrig. Stephan hörte zu. Nie verliert er die Geduld. Stephan in Aufregung, außer Kontrolle – schwer vorstellbar. Er ist es gewohnt, mit Fakten umzugehen, und hat, glaube ich, hauptsächlich mit Hinterbliebenen zu tun, die sich um Haus, Auto, Brillanten streiten. Das Geschäft mit den Erben läuft gut. Oder werden die Kinder immer rücksichtsloser, wenn es etwas zu holen gibt? Regula und ich würden uns deshalb bestimmt nicht streiten. Und Mutter hat wahrscheinlich auch schon alles geregelt: eine Kleiderfabrik für Regula, eine für mich. Lagerhallen voller Bonbons für die Enkel. Und das Haus für alle zusammen. Es ist genug für alle da. Auch für Zuwachs. Aber nicht für einen Jakob.

»Jakob heißt er also.« Stephan war nun im Tritt. »Ist er dir ähnlich?«

»Null.« Ich stieg um nach nebenan, in die Beinpresse. »Er ist nicht so dunkel wie Regula und ich, eher braun. Du musst ihn mal kennenlernen. Also gut, gestern Abend.« Ich ließ die Gewichte, behielt aber die Beine gemütlich oben und erzählte.

Regula hatte beim Essen, wie Mutter es auch tun würde, fleißig Konversation gemacht und das schwierige Thema weggeschoben wie die Birnen in den Rapunzeln. Zum Kaffee wechselten wir ins Erkerzimmer, und ich saß plötzlich wie ein Moderator zwischen Regula und Jakob. Unser Gast rutschte auf seinem Stuhl ganz nach vorn, an die Kante, total unbequem. Und Regula war nun ganz stumm. Es ging zur Sache. Ich sortierte im Geiste die Fakten. Jakob Zimmermann, geboren neunzehnhundertzweiundsiebzig, Sohn von Elisabeth Zimmermann.

Ich fragte ihn einfach aus: Wo wohnst du? – Neuhausen. Bist du verheiratet? Hast du Kinder? – Weder – noch. Ein zähes Quiz. Was machst du beruflich? – Maler. Also doch. Daher der Fleck am Pullover und die Ränder unter den Fingernägeln. Was malst du? Tische, sagte er, Wände, Türen. Ach so, bloß Anstreicher? Jakob schloss für einen Moment die Augen, und ich war mir nicht sicher, ob er froh war über diese Frage oder ob er sie verwünschte. Er sagte, jawohl, er renoviere, streiche und lackiere, aber er male auch auf Leinwand. Er lehnte sich zurück, endlich, und erklärte, er male nicht abstrakt, sondern gegenständlich, eher figürlich, vor allem Menschen. Regula stellte eine Zwischenfrage, wie der Beisitzer in einer Prüfung. Jakob strich sich mit den Handflächen über die Schenkel, und ich dachte, jetzt steht er auf und geht, aber er zappelte nur, weil er aufgeregt war, und antwortete, es gehe ihm um zweierlei: die handwerkliche Perfektion, wie die alten Meister sie beherrschten: Bildgrundierung, Raumaufteilung, Figurenführung. Regula verzog den Mundwinkel – geringschätzig, könnte man denken, dabei versetzt sie sich nur in die andere Person. Aber Jakob ließ sich nicht aus der Ruhe bringen. Er wolle den Moment finden, der Emotionen auslöst, Leidenschaft und Unruhe. Das ist ja eine ganze Menge, dachte ich.

Regula und ich schauten uns an, ein kurzer Blick, und ich ahnte: Sie fand Jakob toll. Sie schob sich eine Strähne hinters Ohr, das ganz rot geworden war, und ich dachte: So hört sie mir nie zu, wenn ich ihr meine Kunst beschreibe, die Frisuren. Vielleicht erzähle ich ihr deshalb so wenig. Jakob redete, fuchtelte mit den Händen, ließ sie sinken, wenn Regula etwas genauer wissen wollte, und sammelte mit der Zunge im Mundwinkel den Speichel ein, der sich dort im Eifer gebildet hatte.

»Also«, sagte Stephan und fasste zusammen: »Regula mag diesen Menschen, diesen Bruder. Sie bewundert ihn sogar. Aber du bist misstrauisch. Warum?«

Er hatte recht. Etwas störte mich an Jakob. War er ein armer Hund, ein Schlitzohr oder ein Verbrecher? Vielleicht war es diese Mischung – mal unterwürfig, dann wieder überheblich und am Ende auch noch witzig.

»Wieso witzig?«, fragte Stephan.

»Er hat Nelken in eine Orange gesteckt. Weißt du, so wie bei deiner Tante.«

»Für die Stimmung?«

»Später, nach der dritten Flasche Wein, haben wir die Musik gewechselt und getanzt.«

»Ja, und?«

»Stirn an Stirn, mit der Orange dazwischen. Hättest du gedacht, dass ich mit meiner Schwester, meinem sogenannten Halbbruder und einer Orange tanze?«

Das interessierte Stephan nicht. Er sagte: »Was habt ihr

sonst noch erfahren? Braucht er Geld? Will er erben? Immerhin seid ihr eine wohlhabende Familie. Oder kann er von seiner Kunst leben?«

»Wohl kaum. Sonst würde er ja nicht bei anderen Leuten die Fenster anmalen.«

»Hast du ihn überhaupt mal gefragt, was er von euch will?«

»Nicht direkt. Er hat uns in sein Atelier eingeladen, Bilder anschauen.«

»Nett.«

»Ja.«

Am Tresen für Erfrischungsgetränke schob eine Mitarbeiterin, deren Strähnchen lieblos ins Haar gepinselt waren, mittelgroße Eimer über die Glasplatte, eiweißhaltiges Kraftfutter, bei dem die Muskeln schneller wachsen sollen. Die Sprinterin nahm drei. Vielleicht sollte ich für meinen Rücken lieber schwimmen gehen. Das viele Stehen, das Bücken. Ein Frisör kämpft mit den Bandscheiben, vielleicht auch der Maler. Jetzt fiel es mir wieder ein.

»Wieso weiß Jakob, dass ich hierher zum Trainieren komme?«, fragte ich.

»Wie?«

»Jakob hat sich gewundert, dass ich in diesem Club bin, obwohl ich es mit keiner Silbe erwähnt hatte.«

»Ist doch auch kein Geheimnis, oder?«

»Du verstehst mich nicht. Wieso weiß er, dass ich ausgerechnet hier, in der Landwehrstraße, Mitglied bin?«

»Wahrscheinlich hat er dich hier mal gesehen. Typen wie Jakob trainieren doch alle hier.«

»Meinst du? Aber dann hätte er es doch gesagt.«

Unter der Dusche standen die Jakobs in Reihe. Wir stellten uns dazwischen.

»Wenn er Geld braucht«, sagte Stephan, »könnte er vielleicht einmal bei uns renovieren. Sabine sagt immer wieder, wie schön es wäre, wenn man den Stuck freilegen würde.«

Das alte Thema. »Sicher.«

»Die ganze Sache ist doch unglaublich«, sagte Stephan, als wäre die Nachricht endlich angekommen. »So etwas gibt es doch eigentlich gar nicht. Wenn ich mir vorstelle, dass bei uns plötzlich einer einfach so hereinspazieren würde!«

»Ja, das kam ganz schön unerwartet. *Neoshidanno,* sozusagen.«

»Was?«, fragte Stephan.

»Nichts.«

»Du hast jetzt einen Bruder und willst die Sache einfach nicht wahrhaben. Aber eines verrate ich dir: Damit kommst du nicht durch.«

Eine halbe Stunde später stellte Stephan die Sporttasche in den Kofferraum seines BMW, hängte die Anzugjacke an den Haken und raffte die Hose an den Bügelfalten, bevor er sich auf den Fahrersitz fallen ließ. Stephan hörte seine Mailbox ab. Es war schon zweiundzwanzig Uhr durch, aber er hatte immer noch den Kopf voller Zahlen und Tabellen, so endlos wie die Sitzungen in den Büros, in denen er tagsüber arbeitete. Ich verabschiedete mich. Ich wollte noch ein paar Schritte gehen.

Stephan hatte natürlich recht, ich musste mich um diese Geschichte kümmern. Viel hatten wir bisher nicht von Jakob erfahren. Eine Wohnung in Neuhausen. Irgendwo ein Atelier. Die tote Mutter. Er dagegen kannte meinen Salon, hatte meine Wohnung gesehen, sich mit meiner Schwester unterhalten, wusste, dass in meinem Kühlschrank Kaviar stand und in Zürich eine Haushälterin waltete. Er wusste über meine Familie Bescheid. Was wusste er noch?

Ich hatte eine Idee. Ich ging zurück zum Studio.

An der Theke las eine Frau Zeitung, ohne auf den Glatzkopf unter der Palme zu achten, der heimlich mitlas. Die Blondgesträhnte schenkte mir ein Lächeln, als hoffte sie, dass sie auch mir einen ihrer Eimer verkaufen könnte.

»Hi«, sagte ich. »Kannst du mir sagen, ob hier ein Jakob Zimmermann trainiert?«

»Zimmermann?« Die Frau tippte, schaute in einen Bildschirm, der ihr Gesicht bläulich färbte. »Gibt es nicht.«

»Ist auch nicht so wichtig.«

»Bis zum nächsten Mal, Tommy.«

Draußen war es beinahe warm, fast windstill und kein Stern am Himmel. Vielleicht würde es bald Schnee geben. Am Bahnhof fuhr im Schneckentempo ein ICE ein. In den schwarzen Schaufenstern blinkten bunte Reklamen, ohne die Aufmerksamkeit der Männer mit hochgestellten Mantelkragen zu erregen. Keine gute Gegend zum Spazierengehen. Mooshammer soll hier irgendwo seinen Mörder angesprochen haben. Früher hätte ich mir um diese Zeit auf der Maximilianstraße seine trashige Weihnachtsdekoration angesehen. Wo Jakob jetzt wohl unterwegs war? Wahrscheinlich hatte er eine Freundin, die abends für ihn kocht und Modell sitzt. Oder er ging in eine gemütlich biedere Stammkneipe irgendwo am Rotkreuzplatz.

Am Bahnhof stand eine lange Reihe Taxen. Ein Fahrer schraubte am Deckel seiner Thermoskanne, ein anderer las

Zeitung. Ich ging ganz nach vorne, öffnete die hintere Wagentür. Der Mann schaute in den Rückspiegel.

»In die Hans-Sachs-Straße, bitte.«

Die Kraft des Motors drückte mich beim Anfahren in den Sitz.

Was ging mich Jakob eigentlich an? Vaters Fehltritt. Ich sollte mich vielmehr um Stephan kümmern, meinen besten Freund.

Die Straßenlaternen machten das kleinkarierte Muster auf den Kopfstützen hell und wieder dunkel. Höhe Stachus eierte auf der Straße ein Fahrradfahrer gefährlich ohne Licht herum.

Ich kenne Stephan seit der Kindheit und weiß, wenn ihn etwas beschäftigt. Vor kurzem hat er mir erzählt, dass Sabine, seine Freundin, mit der er seit Ewigkeiten zusammenlebt, ihm Vorwürfe macht, dass er nie Zeit hat. Das stimmt. Die beiden können selten etwas miteinander unternehmen, und Stephan fürchtet, Sabine macht das nicht mehr lange mit. Und dann noch diese Sache mit der Katze. Er hatte sie Sabine geschenkt, als Beitrag zum gemeinsamen Glück. Doch das Tier räubert im Goldfischglas, streut Härchen auf Sabines Kopfkissen und will immer nur auf Stephans Schoß sitzen.

Ich hätte Stephan zu einem anderen Geschenk für seine Freundin raten sollen. Vielleicht ein Tandemfahrrad.

Am Sendlinger Tor winkte jemand, brauchte wohl auch ein Taxi.

Am Ende glaubte Stephan, mit neuer Farbe an der Wand ließe sich auch die Beziehung wieder auffrischen.

Der Taxifahrer bog scharf in die Hans-Sachs-Straße ein.

Wer weiß, vielleicht meldete sich Jakob auch nie wieder. Wozu dann bei Mutter Alarm schlagen.

»Danke, keine Quittung.« Ich zahlte und stieg aus.

Wieder Reklame im Briefkasten. Ich steckte sie bei Hoffmann ein, der diese Zettel mit einer Aufmerksamkeit liest wie Bea die Horoskope. In der Wohnung stellte ich die Tasche ins Ankleidezimmer und ging in die Küche. Agnes hatte alle Spuren der Kocherei beseitigt. Im Kühlschrank grüner Salat und Maultaschen. Später vielleicht. Und Jakobs Rosé. Ich nahm die Flasche in die Hand.

Wenn Regula morgen zum Färben in den Salon kommt, könnte ich ihr sagen, dass ich mich aus der Sache heraushalte. Soll sie doch Mutter die Neuigkeit beibringen. Vorsichtig müsste sie dabei sein, sonst lässt Mutter gleich den Rolladen herunter, und wir würden gar nichts erfahren.

Ich stellte die Flasche zurück in den Kühlschrank, suchte in der Zeitung den Münchenteil, wollte nur kurz die Füße hochlegen. Ein langer Artikel übers Blitzeis, Unfälle von Winterdienstfahrzeugen. Was man hier im Glockenbachviertel so alles nicht mitbekommt. Das Telefon lag griffbereit. Ein Tastendruck für die eingespeicherte Nummer, die kleine Melodie, das Freizeichen.

»Hallo, Mama. Bist du noch wach?«

»Tomas, wie nett.«

»Was tust du?«

»Ich sitze über dem Placement. Eisenblätters kommen am ersten Advent zum Essen. Dazu habe ich Thornton geladen, den jungen Dirigenten, den ich neulich in der Tonhalle erlebt habe. Mahler, ich habe dir davon erzählt, erinnerst du dich? Ein begabter junger Mann. Meinst du, ich kann ihn zum Tischherrn von der kleinen Margret machen? Doch, das könnte gehen. Aber was tue ich mit van der Borgh? Zu Frau Professor Kretschmar? Nein.«

»Ich hatte auch gerade Besuch.«

»Lieber zu Frau Doktor Paul. Aber wenn die der Hafer sticht, kann das ins Auge gehen.«

»Regula war da.«

»Es ist wieder mal wie Kreuzworträtsel lösen.«

»Und ein gewisser Jakob. Jakob Zimmermann.«

»Du bist mir auch keine Hilfe.«

»Kommt dir der Name bekannt vor?«

»Wer?«

»Mama! Hör mir bitte zu. Der Mann behauptet, Papa sei sein Vater. Stimmt das?«

»Wie bitte?«

»Er heißt Jakob Zimmermann, stand plötzlich im Salon und erzählte diese Geschichte. Ich habe gedacht, ich spinne, und wusste gar nicht, was ich sagen sollte. 1972 muss das gewesen sein.«

»Was?«

»Dass Papa mit einer Angestellten angebändelt hat, mit Jakobs Mutter, einer gewissen Elisabeth. Dass er mit ihr eine Affäre hatte, ein Verhältnis. Kannst du dir das vorstellen?«

»Was redest du da?«

»Ich wiederhole nur, was der Mann behauptet hat.«

»Ja, und?«

»Theoretisch wäre es möglich.«

»Ich hoffe, du scherzt. Theoretisch ist gar nichts möglich. Erlaube bitte.«

»Bist du dir sicher? Regula hält ihn für glaubwürdig. Er

war gestern Abend zum Essen hier, wir haben uns lange unterhalten, und danach kann ich auch nicht völlig ausschließen ...«

»Seid ihr noch ganz bei Trost? Da kommt ein Mensch daher und behauptet, und ihr zwei Neunmalklugen setzt euch mit diesem Herrn zum Abendessen – entschuldige, Tomas. Das ist lächerlich.«

»Mama, jetzt reg dich nicht auf.«

»Ich rege mich nicht auf. Ich rege mich kein bisschen auf.«

»Bitte entschuldige, dass ich dich mit der Geschichte so überfalle. Wir sind selbst ganz durcheinander. Aber lass uns doch mal nur die Fakten betrachten.«

»Welche Fakten? Es gibt keine Fakten.«

»Die Frau hieß mit Nachnamen Zimmermann, Vorname Elisabeth.«

»Und wie redest du eigentlich über deinen Vater?«

»Entschuldige, Mama. Es könnte doch sein, dass er, ich meine, er wäre nicht der Erste ...«

»Ich möchte dieses Gespräch jetzt beenden.«

»Das hilft uns auch nicht weiter.«

»Gute Nacht.«

Ich warf den Hörer auf den Sessel. Nun machte ich doch die Flasche Wein auf.

Jakobs komischer Rosé. Die Sorte Wein, die man mal öffnet und einschenkt, weil gerade nichts Besseres da ist.

Der Wein war gar nicht so schlecht. Nicht süß, eher fruchtig, auf jeden Fall angenehm. Auf dem Etikett keine nützliche Auskunft, die Farbe im Gegenlicht schön, und man trinkt ihn einfach weg.

Sieh an, dachte ich, Rosé wird doch unterschätzt.

Diese Klingel stand nicht still. Ich griff nach dem Geräusch, und es verstummte. Nur die Stimme: »Hallo? Hörst du? Tomas?« Kitty aus dem Hörer. »Wo bleibst du? Regula ist da. Sie wartet.«

»Wie spät?«

»Gleich halb zehn. Was ist los mit dir? Du verschläfst doch sonst nie. Ist etwas passiert? Deine Schwester hat nicht ewig Zeit. Wie lange brauchst du? Soll Dennis sie übernehmen, oder kann Bea schon mal mit der Farbe anfangen?«

So viele Fragen. »Ich bin in zehn Minuten unten. In zwanzig.«

Im Bad drehte ich den Hahn auf und ließ das Wasser laufen, bis es heiß war, spritzte es mir ins Gesicht und verteilte eilig die Rasiercreme, die rosa duftende Paste, die – ich könnte mich jeden Morgen aufs Neue wundern – mit dem Schaum komplett weiß wird. Auch in Zeitnot braucht es Ruhe für die Bahnen mit dem Rasiermesser über Hals und Wange. Jakob bereitete mir im Moment keine Kopfschmerzen. Man könnte ihn sich in der nächsten Zeit einfach mal genauer anschauen, aber ohne Eile. Sieht wirklich völlig anders aus, der Knabe, das Gesicht, so kam es mir vor, viel kleiner. Und die Haare – einfach braun, ich dagegen bin beinahe schwarz, abgesehen von den Schläfen, wo das bisschen Grau interessant macht. Meine Augen sind blau. Und seine? Ich konnte mich nicht erinnern. Ich zog den Mund breit, jeden Morgen dieselbe Grimasse, die das Kinn zu einer glatten Fläche macht. Dieses Grübchen dort, das ich an mir mag, hatte er auch nicht. Nur der Mund, der ist auch bei Jakob ein bisschen zu groß. Und was beweist das?

Nach dem Duschen konnte ich mich nicht um die Überschwemmung kümmern. Sorry, Agnes. Ich nahm die Hose, die über der Türklinke hing, und suchte im Stapel mein Lieblingshemd, das noch eingepackt war, frisch aus der Wäscherei. Kaffee? Später.

Im Salon war schon richtig was los.

Kitty balancierte die großen Termintafeln und sagte mit verdrehtem Kopf zu ihrer schmalen Schulter, auf der der Hörer lag: »Diese Woche sieht schlecht aus, *honey*. Mittwoch um halb zehn bei Kerstin. Wäre das für dich in Ordnung?«

Kitty weigert sich, das Headset zu tragen, das ich für sie angeschafft hatte.

»Ich weiß, *my dear*, es ist ganz schlimm im Moment.« Sie schaute hoch. »Gut geschlafen, Darling? Regula ist hinten. Bea macht ihr schon die Farbe. Marquart hat seinen Termin abgesagt, aber Frau Wortmann würde gerne ihre Tochter schicken. Das wäre dann um elf, okay? Ich bringe dir einen Kaffee.«

»Danke.«

Dennis, in seiner tiefhängenden Camouflage-Hose, kämmte den Pagenkopf von Celine, einer Psychiaterin, in Form. Auf der Suche nach einer Ungenauigkeit, einer Stufe im Haarschnitt geht er wie ein Rock 'n' Roller in die Knie, während Celine ihm wahrscheinlich gerade das Ende einer Geschichte auftischte, einen ihrer Fälle, wie letztens den Verrückten, der im ›Vierjahreszeiten‹ des Nachts schreiend durch die Hotelgänge marschiert war und die Gäste zum Morgenappell aus den Betten geholt hatte.

Kerstin sah mit ihrem kurzen, glockig fallenden Rock und den sehr langen Lederstiefeln aus, als wollte sie heute Abend mindestens noch ins ›Tobacco‹, wo manche Banker, Schauspieler und Journalisten abhängen, sich gegenseitig mustern und auf ein Abenteuer warten. Jetzt schnitt Kerstin gezielt Ecken in den Pony, der ihrer Kundin so lang übers Gesicht fiel, dass ich im Vorbeigehen zuerst dachte, es sei die schmale Sarah Sieradzinski, aber dann war es doch Pussy Oberkampf mit ihrem Hang zu lang baumelnden Ohrringen und folkloristischen Stickereien. Mein Gott, bald würde sie sich auf Kindergröße heruntergehungert haben! Auch Benjamin musste ran, mit der Schere in der linken Hand, und ich betete, dass er, der blutige Anfänger, mir keine Schnitzer ins Weihnachtsgeschäft machen würde. Es wurde gefönt, geredet, gekichert, und die beiden Damen, auf dem Sofa in Warteposition, bewegten mit übereinandergeschlagenem Bein synchron die Fußspitze im Rhythmus der Musik, meinem geliebten Russen-Rock, und blätterten auf dem Schoß die Magazinseiten durch, deren Glanz ihnen Unterhaltung verschaffen sollte. Ich sagte: »Wie geht's«, und verteilte Küsschen. Ich fühlte mich daheim.

Hinten war es ruhiger. Bea stand da in den praktischen Sneakers, die sie seit ihrem Bandscheibenvorfall im vergangenen August tragen muss, und hatte die Handschuhe aus schwarzem Latex übergezogen. Ich habe die Dinger angeschafft, weil man sie in die Waschmaschine werfen und, anders als die weißen, mehrmals benutzen kann – mein kleiner Beitrag für den Umweltschutz. Dass die schwarzen Handschuhe wahnsinnig gut zu Beas schwarzen Klamotten aussehen und von den meisten Kunden für den letzten Schrei gehalten werden, hatte ich dabei gar nicht bedacht. Wie ein bizarrer Chirurg beugte sich Bea über Regulas Schopf und holte mit dem Stiel des Kammes eine Strähne heraus, bettete sie auf den Streifen Alufolie und tunkte den Pinsel in eines der Töpfchen, das auf dem Rollwagen neben ihr stand. Der Geruch des Oxidationsmittels stritt mit dem Duft des Lavendels, ohne dass der eine über den anderen die Oberhand gewinnen konnte. Bea bestrich das Haar mit der zähflüssigen Masse und sagte: »Er geht klettern? Das hat er mir gar nicht erzählt. Zu mir hat er nur gesagt, dass er Rennrad fährt.«

»Unten, am Zoo. Er sagt, da sind die Bedingungen am besten. Sein Atelier ist in der Domagkstraße und die Wohnung am Rotkreuzplatz.«

Regula hatte die Lider geschlossen, als ob sie einen Text auswendig hersagte. Dabei wollte sie Bea nur klarmachen, dass sie Jakob viel besser kannte.

»Hat er dir denn wenigstens von der Vernissage erzählt, morgen, diese Gruppenausstellung? Tomas und ich sind eingeladen.«

»Weißt du«, antwortete Bea, »er hat mir so viel erzählt.«

»Ja, und wie er dabei auf einen eingeht! Das ist ein Mann, der sich mal interessiert ...«

»... und zuhören kann!«

»Lebt er eigentlich allein? Hat er niemanden sonst? Keine Familie, keine Angehörigen?«

»Ich glaube nicht.«

»Der arme Kerl.«

»Ja, der Ärmste.«

Jakob hatte anscheinend hinter meinem Rücken Bea getroffen. Man könnte fast glauben, er ginge systematisch vor. Mich ärgerte es, dass er die beiden Frauen mit kleinen Geschichten vom Fahrradfahren und Klettern einwickelte. Spielte hier den einsamen Künstler.

»Ihr seid schon beim Thema?« Ich roch beim Wangenkuss Regulas Parfüm, frisch wie ein Luftzug. »Tut mir leid, ich habe verschlafen. Dabei ist es gestern nicht einmal spät geworden.«

Regulas Gesicht war mit den zurückgekämmten Haaren noch klarer und schöner als sonst.

»Mach ihr dieses Mal bitte kein *intense light* rein«, sagte ich. »Ich will nicht, dass das Haar im Winter so hell ist.«

»Jawohl«, sagte Bea. »Ich schlage vor, wir machen die Spitzen zwei Stufen dunkler. Vom Charakter wird es dann satter. Aber ich nehme etwas Pflegendes.«

»Hast du mit Mama gesprochen?«, fragte Regula.

Kitty stand plötzlich mit dem Telefonhörer hinter mir. »Deine Mutter.«

Regula und ich schauten uns an, und in unserem Blick versickerte etwas, was den Menschen zum Erwachsenen macht. Plötzlich waren wir zwei erschrockene Kinder. Bea klappte die Alufolie links und rechts über den Kammstiel und faltete silberne Päckchen.

Ich nahm den Hörer.

»Mama?«

»Guten Morgen. Hast du gut geschlafen?«

»Ja, danke. Wieso? Und du?« Ich setzte mich aufs Sofa. Regula hatte mich über den Spiegel im Blick.

»Es fällt mir nicht leicht…«

»Ja?«

»… dir das zu sagen.«

»Du meinst…« Ich sah, wie meine Schwester die Lippen

öffnete, ein paar Millimeter, vielleicht, um in der Anspannung besser zu atmen.

»Ich habe mir die alten Unterlagen angesehen. Diese alte Geschichte. Ich hatte sie« – Mutter suchte das Wort – »vergessen.«

»Du meinst – verdrängt.«

»Wie dem auch sei. Es hat diese Frau gegeben, ja, sie hat bei uns gearbeitet, bis sie fortgegangen ist.«

»Weil sie schwanger war und ihr sie fortgeschickt habt.«

»Ich möchte die Sache nicht am Telefon erörtern.«

»Die Sache, verstehe.«

»Ich bitte dich, das zu respektieren.«

»Und was tun wir jetzt?«

»Ich habe mit dieser Sache, entschuldige, mit diesem Mann nichts zu tun. Und das wird auch so bleiben.«

Regula drehte den Kopf und schaute zum Fenster hinaus, das Kinn erhoben, als würde sie für ein Starfoto posieren.

»Mama«, rief ich. »Wir können doch nicht so tun, als sei nichts passiert. Jakob, Regula und ich – wir haben denselben Vater. Das ist eine Tatsache. Er gehört zur Familie, ob du willst oder nicht.«

»Wie heißt der Mann?«

»Jakob.«

Ich sah in den Spiegel: Regula schüttelte den Kopf, und die silbernen Päckchen in ihrem Haar baumelten. »Bist du noch dran, Mama? Wir müssen uns zusammensetzen.«

Am anderen Ende ein Geräusch, als ob Mutter durch die Nase ausatmete. Oder war es ein Schneuzen?

Ich sagte: »Wir haben ein Recht darauf.«

»Ein Recht? Was glaubst du eigentlich? Was für ein Recht,

bitte schön, soll das sein? Willst du die Geister der Vergangenheit wecken? Die große Abrechnung? Was maßt du dir an? Und was will dieser Mann überhaupt? Geld?«

»Ich maße mir nichts an. Wir wollen doch nur wissen, was damals los war.«

»Was wisst ihr denn schon? Was dein Vater alles für euch getan hat! Aber das ist ja alles selbstverständlich. Du und Regula, ihr solltet ein bisschen Dankbarkeit zeigen.«

»Was hat das jetzt damit zu tun?«

»Ist das zu viel verlangt?«

»Natürlich nicht.«

»Ich glaube, dieses Gespräch führt zu nichts. Lass es uns beenden. Und grüße mir deine Schwester, wenn du sie gleich anrufst.«

»Regula sitzt hier. Bea macht ihr die Haare. Willst du sie sprechen?«

»Nein. Auf Wiedersehen, Tomas.«

»Ciao, Mama.«

Regula sagte: »Herzlich willkommen in der Familie Prinz. Armer Jakob.«

Bea rührte im Töpfchen, als käme dabei eine wundervolle Salbe heraus, die noch bei jedem Leiden Linderung verschafft hat. Und tatsächlich – Bea fing wieder an zu pinseln und sagte: »Der Lavendel wird deine Kopfhaut entspannen, Regula, du wirst sehen.«

6

Der Schnee auf der Residenzstraße wurde Schritt für Schritt weggetreten und in diesen nassen, grauen Belag verwandelt, der mir als feuchte Kälte durch die Ledersohlen kroch.

Wir waren auf dem Weg zu Jakobs Ausstellung. Bea trug Stiefel mit Lammfellfutter und vernünftiger Sohle, machte große Schritte und beim Sprechen Dampf, der mit jedem Wort als kleine Nebelschwade davonzog. Sie erzählte von einem alten Professor, dem sein Bücherregal ins Kreuz gekippt wäre, hätte er sich nicht in genau der Sekunde nach einem Radiergummi gebückt, der ihm unter den Schreibtisch gefallen war. Glück für den Professor, aber was interessierte mich dieser Kauz? Ich blieb vor dem Schaufenster von ›Eduard Meyer‹ stehen. Tausend Schuhe, aber alles, was eine dickere Sohle hat, gefällt mir nicht. Sieht immer irgendwie nach Opa aus.

»Hörst du mir überhaupt zu?«, fragte Bea.

»Wie war das denn jetzt mit Jakob? Wann genau hast du ihn getroffen?«

Bea senkte den Kopf. »Hier, fühl mal.«

Ich zog meinen Handschuh aus und strich ihr mit den Fingern übers Haar, das in der Kälte ganz strohig geworden war, fuhr wieder zurück, gegen den Strich. Eine kleine

Schwellung auf der Kopfhaut. »Du hast eine Beule. Jetzt sag nicht ...«

»Jakob.«

»Wie?«

»Das kam so. Ich stehe gestern nach Feierabend bei uns in der Hans-Sachs-Straße, will ins Auto steigen, mache also den Kofferraum auf...«

»Ich kenne die Einsteigprozedur bei deinem alten Auto!«

»... und plötzlich eine Stimme: ›Kann ich helfen?‹«

»Und?«

»Ich erschrecke, stoße mir den Kopf an der Klappe, und da steht Jakob. Genau neben mir.«

»Er hat dir aufgelauert.«

»Er hat auf mich gewartet, weil er mein Auto erkannt hat. Da steht doch mein Name drauf.«

Bea hatte ihren Fiat in Berlin zugelassen, ein Wunsch, den ihr Ehemann Nummer drei erfüllt hatte. B Strich EA.

»Und dann?«, fragte ich.

»Hat er mich eingeladen. Das heißt, er hatte am Ende kein Geld dabei. Wenn du mich fragst – der Mann ist pleite.«

»Wo seid ihr hin?«

»Ins ›Morizz‹. Das kannte er nicht. Er sagt, er ist sonst mehr in Neuhausen unterwegs und weniger bei uns im Glockenbachviertel. Schau mal!«

Drei Weihnachtsmänner wanderten mit Zigaretten über den Odeonsplatz und verschwanden im Hofgarten, ohne sich darum zu kümmern, dass ein Knirps an der Hand seiner Mutter losheulte, weil er den Männern mit den Rauschebärten und den roten Mänteln nicht hinterher durfte. Niemand achtete auf dieses kleine Drama, die meisten Menschen gingen in die entgegengesetzte Richtung, zur Theatinerkirche, diesem pathetischen, dunklen Bau, von dem Aljoscha behauptet, er passe mit seinem italienischen Stil eigentlich gar nicht hierher. Mir ist das nie zuvor aufgefallen. Heute fand ein Konzert statt, ›Händel‹ stand auf dem Plakat, aber das wäre dem kleinen Jungen auch kein Trost gewesen.

Bea sagte: »Jakob wollte dich gestern Abend noch anrufen und fragen, ob du Lust hast, dazuzukommen.«

»Zu eurem Rendezvous? Danke. Außerdem habe ich keinen Anruf bekommen.«

»Du warst ja auch beim Sport.«

»Hat er das gewusst?«

»Woher denn? Tomas, was ist los? Warum bist du so misstrauisch?«

»Hör mal. Jakob kommt ganz zufällig durch die Hans-Sachs-Straße geschlendert, wo er doch sonst, wie er selbst sagt, mehr in Neuhausen spazieren geht, trifft dich dort am Auto und hat die spontane Idee, irgendwohin zu gehen. Überleg doch. Der Kerl hat auf dich gewartet, so wie er vergangene Woche vor dem Salon gewartet hat, mit einer Geduld und Ausdauer, die mich wahnsinnig machen. Bis der Zeitpunkt für seinen Auftritt kommt, wieder mal bescheiden, aber in seiner Wirkung unübertroffen.«

»Und wenn?«, fragte Bea. »Was ist daran so schlimm?«

»Ich will damit nur sagen, dass ich nicht an einen Zufall glaube. Jakob plant seine Schritte.«

»Du hättest ihn sehen sollen, ganz schüchtern war er, hat bloß ein Bier bestellt und sich kaum getraut, mir mal in die Augen zu schauen. Entspann dich, habe ich gedacht und ihn erst einmal nach seiner Mutter gefragt. Eine Schneiderei in der Renatastraße hatte sie und sich und den Jungen mit Nähen über Wasser gehalten. Stell dir vor, sie hat nie wieder geheiratet! Diese Elisabeth Zimmermann muss deinen Vater sehr geliebt haben.«

»Hatte sie eigentlich Kontakt mit ihm?«

»Mit deinem Vater? Davon hat er nichts gesagt. Er hat nur von einem Album erzählt.«

»Ein Fotoalbum?«

»Ein Buch, das sie anscheinend für ihn angelegt hat. Genau habe ich es auch nicht verstanden. Er will es mal mitbringen.«

Erst das Testament, jetzt ein Buch. Womöglich Erinnerungen der verlassenen Geliebten. Pikante Details über meinen Vater, die ich gar nicht wissen wollte.

»Jakob hat gefragt, ob du eine Freundin hast. Ich habe ihm erzählt, dass du jetzt schon fast zwei Jahre mit Aljoscha zusammen bist und dass er in Moskau in dieser Galerie arbeitet. Ich habe ihm versprochen, dass du sie miteinander bekannt machst.«

Auch das noch. Und ich hatte mit Aljoscha noch nicht mal geklärt, wo wir überhaupt das Weihnachtsfest verbringen würden. Festlich bei Mutter in Zürich? Bei seinen Eltern, windig auf Island? Oder lieber gemütlich bei mir in München?

»Dann wollte er wissen, wie wir uns kennengelernt haben. Ich habe ihm erzählt, wie ich damals auf Sylt zum ersten Mal eine Schulung bei dir gebucht hatte. Der große Tomas Prinz, von dem ich schon so viel gehört und gelesen hatte, bei mir im Salon! Wie du kamst im weißen Hemd, mit der zerschlissenen Ledertasche und mir gezeigt hast, wie man mit den Farben umgeht. Ich meine, richtig umgeht. Weißt du noch? Ich habe ihm auch von Ehemann Nummer vier erzählt und dem Lottogewinn. Wie ich nach meiner Trennung nach München abgehauen bin, nur mit einem Koffer, mit sonst nichts. Und du hast mit Kitty auf dem Bahnsteig gewartet. Ganz betrübte Gesichter habt ihr gezogen. So lieb habt ihr ausgesehen, aber auch so komisch.«

»Wir dachten, du bist am Boden zerstört.«

»Dabei war ich froh, Nummer vier los zu sein.«

»Aber auch ein bisschen traurig.«

»Stimmt.«

Ein Abend mit Bea, und Jakob wusste mehr aus dem Leben meiner Freunde und von mir, als meine Mutter jemals erfahren oder auch nur im Kopf behalten würde!

»Und dazu Svens Sahnecocktails«, sagte Bea. »Ich kann dir sagen, dein Barkeeper hat einen richtigen Narren an Jakob gefressen. Sven war platt, dass er dein Bruder ist. Er lässt dich herzlich grüßen. Und dir gratulieren.«

»Wozu?«

»Na, zu Jakob! Sind wir zu spät?«

Hinter der beschlagenen Scheibe zeichnete sich ab: Die Galerie war proppenvoll. Waren die Leute alle wegen Jakob Zimmermann gekommen?

»Ich glaube«, sagte Bea, »Jakob ist ein großartiger Künstler. Gerade der Stier unterdrückt ja seine Energie, den Willen, die Leidenschaft. Bis er explodiert. Warum lachst du?«

»Nichts, es ist nur – weißt du, jetzt lass uns erst mal seine Bilder anschauen. Am Ende bringt er nur Murks auf die Leinwand.«

Aber vielleicht hatte Bea recht, und Jakob war wirklich gut. Wer bei Giselind von Bresinsky ausstellt, sagt nicht nur meine Kundin Theadora, und die kennt sich aus, hat es geschafft. Mein Bruder!

Ich hielt Bea die Tür auf. Ihre Wangen waren von der Kälte gerötet, in ihren Augen lag ein Schimmer.

»Hey«, sagte ich. Sie blieb stehen. »Kann es sein, dass du dich in Jakob verliebt hast?«

Bea lachte und schob mich zur Seite.

Drinnen kamen wir nicht weit. Eine Reihe Rücken stand wie eine hohe Mauer vor uns. Dahinter sang jemand, dünn und schwach, als hätte einer die Höhen und Tiefen herausgeregelt. Ein Weihnachtslied?

Bea hielt sich an meinem Ärmel fest und reckte neugierig ihren Hals. Da hockte jemand am Boden. Doch wohl nicht Jakob. Bea schob sich einfach mit der Schulter zwischen zwei Rücken und eine Reihe weiter nach vorne. Ich nahm meinen Schal ab. Stickig war es hier, die Luft schon durch viele Lungen gegangen.

Die Frau neben mir hielt sich mit einer Hand den Mantelkragen zu, als würde sie frieren, und trat einen halben Schritt für mich zur Seite. Ich flüsterte: »Danke«, aber sie tat, als hätte sie nichts gehört. Zwischen einem Kurzhaarkopf und einer Hutkrempe hindurch hatte ich jetzt freie Sicht.

Eine Performance. Ein Mann kniete am Boden, trug Glatze, sonst nichts. Nein, mit einem Lendenschurz war er noch bekleidet, sang dazu und entzündete mit einem Streichholz eine Reihe von Kerzen, Teelichtern, die er auf Armlänge in einem Bogen um sich herum aufstellte. Ein Künstler macht sich selbst zum Gegenstand, führt sich schräg auf, und das Ganze ist dann Kunst. Mutter würde sagen: Des Kaisers neue Kleider. Und Aljoscha? »Kunst muss nicht gefallen.« Kunst sei ein Spiegel, in dem man die Gegenwart erkennen könne, oder so ähnlich. Wenn Aljoscha doziert. Ich hatte auf seinem Bett gelegen, mit Keksen gekrümelt und in einem seiner dicken Kunstbücher geblättert. Beim schwarzen Quadrat blieb ich hängen. »Das würde ich auch noch hinkriegen«, hatte ich behauptet. »Und warum hast du es nicht?« – »Warum, warum. Weil ich nicht auf die Idee gekommen bin.« – »Eben. Du kreierst deine Frisuren und Malewitsch das schwarze Quadrat.« Ich seufzte. Hoffentlich kommt Aljoscha zu Weihnachten.

Ich hatte kalte Füße. Ich wollte Bea zuflüstern, dass ich drüben im ›Schumann's‹ warten würde. Nein. Ich wollte Jakob begrüßen, seine Kunst sehen und die Galeristin kennenlernen. Ich schaute mich um.

Der Typ mit dem Hut drehte sich eine Zigarette für danach, vermutlich auch ein Künstler, der mal guckt, was der Kollege macht. Und die da vorne waren vielleicht Studenten, die mit dem Rücken an der Wand lehnten, die Hüfte gelangweilt vorgeschoben, weil sie nicht sicher waren, ob das da vorne sehr gut oder sehr daneben war. Auch die Pelzmäntel waren da, Käufer aus Grünwald mit dicker Brieftasche. Aber wie kauft man einen Typen mit Gesang? Und wo waren Jakobs Bilder?

Der Künstler schrie jetzt. Nanu! Legte den Kopf nach hinten, gab ein Geräusch von sich, als ob er gleichzeitig würgte und gurgelte, und ruderte wie in einem Anfall mit den Armen. Der Oberkörper klappte nach vorne, und er erbrach sich auf den Boden. Grüne Farbe quoll aus seinem Mund, tropfte auf den grauen Beton, wo er sie keuchend verteilte. Malte er? Tatsächlich, er malte ein Bild.

Es war still. Der Mann saß da mit geradem Rücken, die Hände gefaltet, Augen geschlossen, ganz andächtig. Das Kunstwerk war vollbracht. Etwas Abstraktes war wohl entstanden, nein, eine Art Marienbild, oder täuschte ich mich?

Jemand klatschte, einer der Studenten hob beim Applaus die Arme in die Höhe, der Pullover rutschte hoch, und das Emblem in seiner Gürtelschnalle erzählte von einem wohlhabenden Elternhaus. »Bravo!«, rief er. Nun applaudierten alle. Der Künstler stand auf, war erstaunlich klein, der farbverschmierte Mund dagegen riesig. Endlich verbeugte er sich. Das Ende der Weihnachtsperformance.

Während ein erleichtertes Gemurmel einsetzte, durchsetzt von ersten, noch unterdrückten Lachern, fuhr sich die Frau neben mir mit einem Stift über die Lippen und sah sich um, als ob auch sie jemanden suchte.

Ich sagte zu ihr: »Entschuldigung. Ist dies nicht die Ausstellung von Jakob Zimmermann?« Die dunklen Haare betonten mit einer weichen Innenwelle die Herzform ihres Gesichts. Ihre Wimpern waren so lang, dass sie beinahe die Augenbrauen berührten. »Tut mir leid«, sagte sie und drehte sich um, als würde ihr dort gerade jemand eine Frage stellen. Aber da hingen nur Bilder an der Wand.

Ich stellte mich neben die Frau, schaute auf eine winzige Darstellung, briefmarkengroß, ein geometrisches Muster. Das Muster löste sich in Linien auf, in Strichmännchen, wilde Keilereien, nein, Kopulationen. Jetzt müsste ich ein Gespräch anfangen, unterhaltsam sein und etwas Geistreiches über die Kunst sagen? Ich sagte: »Ganz hübsch, oder?«

»Sehr hübsch«, antwortete sie, aber für mich hörte es sich

an, als ob sie das Gegenteil meinte. Ihr Finger spielte mit einer Strähne.

Ich sagte: »Ich bin zum ersten Mal hier. Und Sie?«

Sie sah nach vorne, ganz schön stur. Aber ich ließ nicht locker. »Eigentlich bin ich nur wegen Jakob Zimmermann gekommen.«

Sie lächelte, und um die Augen erschienen feine Fältchen, nur für einen Moment. Ich wünschte mir sofort, sie würde weiterlächeln.

Ich redete irgendetwas: »Ich verstehe, ehrlich gesagt, nicht viel von Kunst, und Performances interessieren mich gar nicht so besonders. Soll ich Ihnen etwas verraten? Diese Auftritte sind mir sogar peinlich. Ja, es gibt immer einen Punkt, da schäme ich mich. Kennen Sie das?«

Ihre Bewegung mit dem Kopf hieß: Ja, nein, vielleicht? Oder: Lass mich in Ruhe. Ich streckte die Hand aus. »Tomas Prinz.«

»Prinz?«, sagte sie, als müsste sie sich an die Bedeutung des Wortes erinnern. Ihre Hand kam mir klein vor. Ich hielt sie fest, bis sie sagte: »Maria.« Dann ließ sie mich einfach stehen.

»Wer war das?« Bea gab mir ein Glas Wein.

Maria stand jetzt bei den Bildern an der Stirnwand. Seltsam, diese Frau.

»Tomas? Alles in Ordnung?«

»Ja, alles in Ordnung.«

»Wo ist Jakob? Hast du ihn gesehen? Ich verstehe das nicht. Unter keinem der Bilder steht sein Name. Da drüben, ist das nicht die Galeristin? Diese Giselind von ...«

... Bresinsky.«

Die Frau in Schwarz war umringt von Menschen, die sie anstarrten oder ihr Dekolleté, das auf raffinierte Weise von einer schweren Brosche zusammengehalten und gleichzeitig vergrößert wurde. Sie erzählte wohl nicht, dass Kunst glücklich und zufrieden macht. Nein, eher, dass das Zeug todsicher eine lukrative Geldanlage ist. Hart, aber edel wirkte sie, wie das Silber, das sich als feine Fäden durch das krause Haar zog.

»Meinst du, das ist alles Natur?«

»Wenn nicht, dann ist diese Frisur ein Kunstwerk.« Ich trank aus, gab Bea das Glas in die Hand und sagte: »Ich frage sie mal.«

»Wie bitte?«

»Nach Jakob.«

In diesem Moment applaudierte das Publikum, raunte und rief: »Ah!« Der Künstler war gehüllt in Jeans und Pullover, der Schädel haarlos glatt, wie mit einer Gummihaut bespannt. Solange die Blitzlichter aufflammten, stellte sich die Bresinsky neben ihn, aber die Leute hielten Abstand zu dem Mann mit den roten Flecken im Gesicht und den hängenden Schultern, weil sie ihn bewunderten oder sich fragten, warum er sich vor Publikum auszieht und Farbe kotzt.

Plötzlich sah ich Jakob mit Flaschen im Arm zu einem Tisch gehen. Aber da war bloß der Ausschank. Er klemmte sich eine Flasche zwischen die Beine und mühte sich mit dem Korken. Plötzlich ging alles sehr schnell. Die Bresinsky legte ihre Hand auf die Schulter des Künstlers, sagte etwas in die Runde, worauf alle lachten und sie den Moment nutzte, um zu Jakob hinüberzugehen, der mit der gleichen Miene, mit der er bei mir den Knoblauch geschält hatte, jetzt den beinahe schwarzen Wein in die aufgestellten Gläser kippte, eher lässig als großzügig. Es konnte nur eine Bemerkung gewesen sein, aber er stellte sofort die Flasche ab und folgte ihr durch eine Tür, die geräuschlos hinter ihm zuging.

»Los, wir gehen hinterher«, sagte ich zu Bea.

»Guten Abend!« Die Stimme in meinem Rücken verströmte eine sonore Intimität. Ich drehte mich um.

»Sie sind doch Herr Prinz, nicht wahr?«, fragte der Mann. Ich kannte ihn nicht. Er hatte glatt gescheiteltes Haar von fast gelber Farbe, ein rosiges Gesicht, gut durchblutet, wie die warme Hand, die er mir gab.

»Alexander Quasten«, sagte er. »Ich bin der Assistent von Giselind. Wie schön, dass Sie den Weg in unsere Räume gefunden haben.«

»Ja«, sagte ich und funktionierte bei diesem Smalltalk wie geölt. »Darf ich vorstellen? Das ist meine Freundin und Mitarbeiterin Bea. Beate Simm.«

Er trug eine dieser Trachtenjacken mit grünem Revers und wirkte bis in die Poren wohlerzogen, so dass die tiefe Verbeugung nicht mal albern wirkte.

Die Frau, die sich mir als Maria vorgestellt hatte, stand in Hörweite, als Quasten fragte: »Hat Ihnen die Performance gefallen?«

Während ich überlegte, ob ich einfach alles grandios finden sollte, um keine Debatte zu riskieren, an deren Ende ich womöglich als der Frisör dastehen würde, sagte Bea: »Der grüne Farbbeutel hatte Pep. Ehrlich, damit hatte niemand gerechnet.«

Quasten zwinkerte, während Bea fortfuhr: »Ich frage mich nur, wie das geht? Mit der Tüte im Mund kriegt er doch keine

Luft. Na, schön, das erklärt, warum der Gesang so dünn war. Nicht, dass ich besser singen könnte« – Bea lächelte und lauschte, selbst erstaunt, ihren Worten nach.

»Wir dachten, es gibt eine Ausstellung von Jakob Zimmermann«, sagte ich.

»Sie sind an Zimmermanns Bildern interessiert?«, fragte Quasten, als ob ich einen Scherz gemacht hätte.

»Wir hätten sie uns gerne einmal angeschaut.«

»Ich fürchte« – der Mann sah über seine Schulter, als suchte er Hilfe für eine Situation, mit der er nicht gerechnet hatte – »das ist gerade nicht möglich. Wie kommen Sie auf Zimmermann, wenn ich fragen darf?«

»Er hat uns gesagt, dass er hier heute Abend eine Ausstellung hat.«

»Ach so. Verstehe«, antwortete Quasten. »Zimmermann, ja. Wissen Sie, wir mussten umdisponieren. So etwas kann vorkommen. Haben Sie sich die Arbeiten von Gregor Kanter schon angesehen?«

»Man kann sich gar nicht sattsehen«, sagte ich und beobachtete Maria, die so unbeweglich vor einem der Bilder stand, dass mir der Verdacht kam, sie würde statt der Zeichnung ihr herzförmiges Spiegelbild im Glas betrachten.

Quasten irrte mit den Augen durch den Raum, und Bea sagte: »Wenn Sie Jakob suchen, der ist gerade nach dahinten verschwunden.«

»Können wir nicht ein Bild von ihm sehen?«, fragte ich.

»Wissen Sie, wir sind große Fans von ihm«, ergänzte Bea.

»Warten Sie einen Moment. Ich will schauen, was ich tun kann.« Quasten tauchte ab, so schnell wie er aufgetaucht war.

»Jetzt haben wir ihn mit unserem Gerede über Jakob vertrieben.«

»Abwarten.«

Die Leute spazierten um die grüne Madonna auf dem Fußboden wie in einem Garten um die Blumenrabatten, die zu betreten nicht schön gewesen wäre. Eine Frau, deren Stiefel schlimme Schneeränder hatten, erzählte, ihre Fotostills seien bei Jerry hoch im Kurs. Ein Typ mit frottiertem Stirnband und Sauerkraut am Kinn, ohne den ich mein Bild von Björn Borg, dem Idol meiner Kindheit, vielleicht für immer vergessen hätte, informierte fröhlich, die Ausstellung drüben, im Parkhaus, sei auch der letzte Scheiß. Das grelle Licht im Raum beleuchtete Kunst und Gesichter und zog von draußen immer mehr Passanten an, dic wie Fliegen von hier nach da summten, da und dort vom Wein naschten und wieder verschwanden, bevor man sie hätte verscheuchen können.

Bea schüttelte einem Pärchen die Hände, wahrscheinlich Kunden von uns, und zeigte beim Reden in alle möglichen Richtungen.

Ich hatte keine Lust auf ein Gespräch, das wahrscheinlich mit der Frage nach einem Termin enden würde.

Die Tür zu dem Raum, in den Jakob mit Giselind von Bresinsky verschwunden war, stand einen Spalt offen. Nur mal gucken.

»Hallo?«, rief ich.

Stille, kein Mensch da. Zwei Schreibtische standen einander gegenüber, darauf Zeug, silberne Ablagekörbe, Zettelhaufen und Aktenordner, von denen es in der hohen Regalwand noch mehr gab. Von Jakob und der Bresinsky keine Spur.

An der Wand lehnten Bilder, manche in Folie verpackt, gerade geliefert oder bereit zum Abtransport. Ob das Werke von Jakob waren? Ich drehte einen der Rahmen um und schob das Plastik mit den Luftpolstern zur Seite. Ich sah mir die Arbeit an: Zwei Frauen, sie saßen nebeneinander, ohne sich zu beachten, den Blick gesenkt, fast missmutig. Die eine, das Haar schludrig hochgesteckt, las irgendetwas, die andere starrte Löcher in die Luft. Eine alltägliche, uninteressante Szene. Doch etwas faszinierte mich. Vielleicht die durchsichtigen Farben oder die unglaublich genau gemalten Details in ganz ungenauen Flächen. Das feine Muster auf der Bluse. Die Blüten im Garten. Das Funkeln in den grünen Augen. Die beiden Frauen hatten sich nichts zu sagen und waren trotzdem miteinander verbunden – durch ein Erlebnis, einen Menschen oder durch einen Streit. Eine merkwürdige Stimmung, eine Art fröhliche Einsamkeit.

Ich hörte das dunkle Gemurmel einer Stimme und sah eine Tür, die ich gar nicht bemerkt hatte. Ich sollte jetzt besser verschwinden. Ich würde einen Anfall kriegen, wenn bei mir im Büro jemand einfach so … Die Tür ging auf.

»Mir steht's bis hier«, hörte ich ihn sagen.

Und sie: »Nimm dich zusammen, und sag mir lieber, wann.«

»Ich tu mein Bestes. Ich habe ja auch gar keine andere Wahl.«

»Das hoffe ich.«

»Aber eines sage ich dir, Giselind, wenn du mich wieder hängenlässt, garantiere ich dir …«

»Hallo«, sagte ich und ließ das Bild los, das mit meinem Gruß zurück an die Wand klappte.

»Hallo«, wiederholte Jakob. Statt mir die Hand zu geben, schob er sie in die Hosentasche, nicht mal überrascht, mich hier anzutreffen – im Gegensatz zur Bresinsky, die von mir zu Jakob und wieder zu mir schaute.

»Entschuldigung, dass ich hier einfach so hereinplatze«, sagte ich. »Aber wir haben dich gesucht, Jakob.«

Statt mir aus meiner Verlegenheit zu helfen, zog Jakob es vor abzuwarten, wie ich es anstellen würde, mich aus dieser Situation zu manövrieren. Ich fand das unmöglich.

Ich sagte: »Bea ist draußen, und hier stand die Tür offen, da dachte ich…« Aber eigentlich dachte ich: Warum habt ihr euch in der Kaffeeküche eingesperrt? Um Liefertermine zu besprechen?

Die Bresinsky fuhr sich durch die Locken. Ihre Armreifen klirrten nervös.

»Giselind«, sagte Jakob endlich, »das ist mein Bruder, Tomas Prinz. Tomas, das ist Giselind von Bresinsky.«

»Der Frisör?« Sie nahm meine Hand und sah Jakob dabei an, als müsste er ihr übersetzen. »Dein Bruder?«

Ich hatte keine Lust, unser Familienverhältnis aufzudröseln, und sagte: »Wir dachten, es gibt eine Ausstellung von deinen Bildern, Jakob.«

»Sie haben sich doch gerade eines von ihm angeschaut!«, sagte die Galeristin.

»Tatsächlich? Das ist von dir? Das Bild gefällt mir!«

»Ehrlich?«, fragte Jakob.

»Absolut.«

»Was gefällt dir daran?«

»Es hat einen ganz bestimmten Ausdruck. Wie soll ich sagen? Ich kann das schwer beschreiben.«

»Versuch es doch«, sagte Jakob.

»Gehören die beiden Frauen zusammen? Lieben sie sich? Oder sind es Schwestern?«

»Das ist genau die Frage.«

»Und?«, fragte ich.

Jakob schwieg.

Ich sagte: »Ein starkes Bild.«

Jakob sah nicht aus, als ob ihn mein Urteil glücklich machte.

»Sie kennen sich aus?«, fragte die Bresinsky.

»Überhaupt nicht. Ich sage nur, was ich denke. Mein Freund, der kennt sich aus.«

Die Bresinsky verlor das Interesse. »Entschuldigen Sie, ich habe zu tun. Setzen Sie Ihr Geplauder unter Brüdern doch ruhig fort, aber bitte in der Galerie«, sagte sie und ließ uns den Vortritt.

»Tut mir leid, dass ich einfach so in euer Büro spaziert bin«, sagte ich zu Jakob, als wir zwischen den Menschen standen, beide eine Hand in der Hosentasche, in der anderen das Glas Wein. Beide schauten wir uns unauffällig nach Bea um, die mit ihrem Geplapper die Spannung zwischen uns lösen könnte.

»Giselind war früher mal ganz in Ordnung«, sagte Jakob.

»Du warst nur so plötzlich verschwunden.«

»Aber jetzt ist sie auf diesem Trip. Es ist zum Kotzen. Dann der ganze Rummel hier, die Sammler, Künstler, Presse. Nicht zu fassen. Alles wegen dem Nacktfrosch.«

»Und ich wollte unbedingt ein Bild von dir sehen. Deshalb bin ich schließlich gekommen.«

»Ehrlich?« Die Sorgen hatten Jakob wie mit einem roten

Kajalstift Ränder um die Augen gemalt. Oder er hatte einfach nur durchgemacht. Mit Bea? Vielleicht hatte er auch die ganze Nacht gemalt – Bilder, die nie ausgestellt würden. Er trank.

»Wieso hat es nicht geklappt mit deiner Ausstellung?«, fragte ich.

Er trank den Wein nicht, er kippte ihn.

»Was ist los?«, sagte ich. »Statt dass deine Bilder vorne hängen, stehen sie hinten in der Galerie herum, wo niemand sie zu Gesicht bekommt. Warum sollst du dann so schnell wie möglich liefern? Oder habt ihr gar nicht von deinen Bildern geredet?«

Jakob suchte etwas in seinem Glas.

Ich sagte: »Darf ich dich etwas fragen?«

»Das tust du doch schon die ganze Zeit.«

»Du und diese Bresinsky, ich meine …« – Er hatte das Glas an den Lippen und sah mich über den Rand hinweg an, als wollte er auf der Stelle davonlaufen. Plötzlich tat er mir leid. »Verzeih«, sagte ich. »Das geht mich überhaupt nichts an.«

»Tomas, hör mir mal zu.« Jakob flüsterte fast. »Ich will dir mal etwas erklären. Ich bin kein Star wie du. Zu dir kommen die Leute von wer weiß woher, um sich damit zu schmücken, dass sie zu deinen Kunden gehören. Bei mir ist das anders. Ich bin ein ganz kleines Licht.«

»Das kannst du doch gar nicht vergleichen. Ich bin Frisör, und du …«

»Ich war ganz dicht dran. Endlich eine Einzelausstellung, hier in dieser Galerie! Alle kommen, um meine Bilder zu sehen. Das wird mein Durchbruch! Dieses Mal, dachte ich, klappt es. Wie du siehst, hat gar nichts geklappt.«

Jakob trank und redete wie im Selbstgespräch, ohne mich oder die Leute um uns herum zu beachten. »Ich tue alles, was die Bresinsky von mir verlangt. Ich baue die Rahmen für diese Scheißbilder. Ich hänge den ganzen Dreck auf. Ich schenke den verdammten Wein aus. Aber eines Tages, ich schwöre dir…«

Die Zunge wurde ihm immer mehr zum Hindernis.

»Weißt du, Tomas, meine Beziehung zu dieser Frau habe ich mir über Jahre aufgebaut. Mühsam aufgebaut! Komm du mir jetzt bitte nicht in die Quere.«

»In was für eine Quere?«

»Und stell mir keine dummen Fragen.«

»Ich sage doch gar nichts.«

»Und stöbere nie wieder im Büro der Chefin!«

Ich schaute Jakob hinterher. Er ging auf Maria zu, nahm sie beiseite und schob sie zur Tür nach draußen. Er führte sie ab, wie einen Dieb. Die beiden kannten sich. Sie mussten sich sogar sehr gut kennen.

Durch die Scheibe beobachtete ich, wie Jakob mit der Hand die Luft in Stücke hackte und Maria die Arme vor der Brust verschränkte.

»Was machen die beiden?« Ich stieß Bea an. »Gleich schlägt er sie!«

»Blödsinn. Das würde er nie tun.«

»Bea, ich muss da hinterher.«

»Lass. Das geht nur die beiden etwas an.«

»Die kann sich doch gar nicht wehren.«

Oder doch? Maria streckte plötzlich die Hand aus, und ich dachte, jetzt kommt die Ohrfeige. Doch sie legte nur ihre Finger an seine Wange. Tröstete sie ihn, oder fertigte sie ihn mit ein paar kalten Worten ab? Jakob jedenfalls ließ den Kopf sinken, als würde alle Kraft aus ihm weichen. Maria drehte sich um und verschwand.

»Kapierst du jetzt, was da los ist?«, fragte Bea.

»Nein.«

»Sie ist seine Ex.«

»Meinst du?«

»Wer soll sie denn sonst sein?«

Ich antwortete nicht, machte die Ladentür auf und ging zu ihm nach draußen. In seinem dünnen Pullover würde er sich hier noch den Tod holen.

»Jakob?«

Er rührte sich nicht.

»Komm morgen zu mir in den Salon.«

»Warum?«

»Ich will dir die Haare schneiden.«

Jakob drehte sich zu mir um. Als hätte er mir einen Streich gespielt, lächelte er, zum ersten Mal an diesem Abend.

7

Statt unter der Dusche zu singen, diskutierte ich in Gedanken mit Aljoscha. Ich suchte nach Gründen, warum er zum Weihnachtsfest mit mir nach Zürich fahren sollte, statt daheim bei Babuschka in Moskau zu bleiben. Ich spielte das Telefongespräch durch. Ich fand, im zweiten Jahr unserer Beziehung sollte er endlich sehen, wo ich aufgewachsen bin. Dieses Leben, von dem ich ihm nur unvollständig erzählen und das ich ihm auf Fotos nicht zeigen kann. Er sollte mit mir über die Kieselsteine gehen, die auf dem Weg vom Tor zur Eingangstür unter Schuhsohlen und Autoreifen knirschen. Er würde sich über den wackligen Speiselift wundern, in den Frau Berg die Teller stellt, diesen dunklen Kasten, in den ich als Knirps zur Mutprobe gezwungen worden war. Wir würden es uns in den Sesseln gemütlich machen und das große Ölbild anschauen, auf dessen dunkler Oberfläche die unruhigen Geister zu tanzen beginnen, wenn im Kamin das Feuer brennt. Und in der Nacht würden wir in meinem alten Kinderzimmer miteinander schlafen, in meinem Bett, das für uns beide viel zu schmal ist.

Eine harte Diskussion. Aljoscha würde einwenden, warum gerade jetzt, zum Fest, diese Reise, während Babuschka allein im Zimmer auf dem Diwan zurückbleibt, wahrscheinlich ohne Baum? Weihnachten, das Fest der Erwartungen.

Dieser eine schwierige Abend. Heimlich spekulierte ich auf einen Kompromiss: Kein Treffen in Zürich, keines in Moskau, sondern ein gemütliches Fest in der Mitte, bei mir in München, mit Gans, Rotwein, Geschenken und vielleicht einem Spaziergang zur Mitternachtsmesse in die Frauenkirche. Mutter würde enttäuscht alle ihre künftigen Reisen nach München in Frage stellen, Babuschka traurig den Kopf zur Tapete wenden. Das Fest der Enttäuschungen. Zum Glück, dachte ich, konnte ich auf Regula zählen, die jedes Jahr zu Weihnachten mit Christopher und den beiden Kleinen nach Zürich reist und Geschrei und Unruhe zu Mutter in die Halle mit dem Christbaum bringt. Dummerweise hat Aljoscha keine Geschwister, und die Eltern leben vier Zeitzonen entfernt auf Island. Aber könnte Babuschka nicht mit den Damen aus dem Chor…?

Das Telefon klingelte. Ich sprintete durch den Flur. Zu spät. Die Nachricht auf dem Band war knapp: Regula wollte mich »in einer wichtigen Angelegenheit« sprechen. Meine Schwester und ihre Ausdrucksweise. Es konnte sich bei dieser »Angelegenheit« eigentlich nur um Jakob handeln. Mein Rückruf war prompt, am anderen Ende aber nur das Band. Ich schaute auf die Uhr. Am frühen Morgen bedeutete das in der Familie Seidlein: Land unter im Bad, wohnungsweite Suche nach verlorenen Socken oder bloß Schiedsrichter sein beim Kampf ums Bilderbuch bis kurz vor dem K.o. Ich beschloss, meinen Kaffee im ›Arosa‹ ausfallen zu lassen und stattdessen mit Croissants einen Überraschungsbesuch in Nordschwabing zu machen. Ich hatte die beiden Kleinen, Anna und Jonas, schon Wochen vor Moskau nicht mehr gesehen.

Die Begeisterung der Kinder hielt sich in Grenzen.

»Keine Semmeln?«

Kinder sind konservativ, und bei meiner Schwester gehören Croissants nicht ins Programm. Ich antwortete: »Wo sind denn Mama und Papa?«

»Onkel Jakob bringt immer Zuckerschnecken«, sagte Anna.

Onkel Jakob. Ich hätte es mir denken können. Wo ich auch hinkam, er war schon da gewesen. »Wann hat er euch denn Zuckerschnecken mitgebracht?«

»Und den Sattelschlepper.« Jonas hielt mir eine dreiachsige Zugmaschine entgegen mit beweglichem Auflieger und ausfahrbarem Ladekran. Ganz schön pompös. An Jonas' Händen erkannte ich, dass die Neurodermitis wieder besser geworden war.

»Sehr schön. Habt ihr denn noch mehr von Onkel Jakob bekommen?«

Anna rannte davon, und Jonas fragte: »Hast du uns auch etwas mitgebracht?«

»Wo sind denn jetzt die Mama und der Papa?«

An seiner Hand ging ich den Flur hinunter, entlang der Kartons in allen möglichen Größen. Bei meiner Schwester herrscht immer ein bisschen Umzug. Auf dem Küchentisch gruppierten sich um einen Adventskranz bunte Frühstücksteller und Gläser mit Fruchtmarmeladen aus den gleichen Ernten, aus denen Frau Berg sie auch mir im Herbst geschickt hatte. Am Sonntag war schon erster Advent! Und Frau Berg hatte noch immer nicht das Paket mit den Plätzchen geschickt.

Jonas kletterte mit beiden Knien auf einen Stuhl, damit er

besser über den Tisch langen und den Sattelschlepper durch eine Schlucht aus Butterdose und Milchtüte schieben konnte. Seine Zungenspitze reichte bis zur Rotznase.

»Hast du schon gefrühstückt?«, fragte ich.

Als Jonas damals zu sprechen anfing, stellte sich heraus, dass er maulfaul ist, im Gegensatz zu seiner Schwester. »Willst du sehen, was Onkel Jakob für mich gemalt hat?«, fragte sie, legte mir ein Blatt Papier auf den Teller und setzte sich auf meinen Schoß.

Eine Schildkröte reckte ihren Kopf aus dem Bild und grinste. Den Glatzkopf, den runzeligen Hals, den runden Panzer und die kleinen Füße hatte Jakob mit Schwung und wenigen Strichen gezeichnet und die Zwischenräume Anna und ihrer Vorliebe für zwei Farben überlassen, Rot und Rosa. »Sie ist unglaublich schön, deine Schildkröte«, sagte ich.

»Jonas hat von Onkel Jakob einen Fisch bekommen. Aber er kann ihn dir nicht zeigen, weil er ihn verloren hat.«

»Musst du nicht in den Kindergarten, Jonas?«

»Jonas ist krank und soll heute besser zu Hause bleiben«, antwortete Anna im O-Ton Regula.

»Und wer passt auf euch auf?«

»Na, Papa. Oder passt du auf uns auf?«

»Ich muss doch arbeiten.«

»Die Haare schneiden?«, fragte Anna.

»Weißt du doch.«

»Onkel Jakob arbeitet nicht«, sagte Anna.

Der Besuch von Jakob beschäftigte die Kinder. Hatte er es also auch hier geschafft.

»Mama sagt, der Jakob hat es nicht leicht.«

»Warum?«

»Weil Jakob so arm ist. Der kann nicht mal...« Jonas schaute auf der Suche nach Worten in der Küche umher. Unterhalb der hängenden Mikrowelle stand ein Gerät, das ich hier noch nie gesehen hatte. Mit einer Art Schiebedach über einem langen Schlitz, Digitalanzeige und matt silberner Außenverkleidung. Der Porsche musste ein Toaster sein. Wahrscheinlich hatte Christopher das Ding im Internet ersteigert.

»Der kann nicht mal sich ein Geschenk kaufen«, sagte Jonas.

»Der arme Jakob«, sagte Anna.

»Geschenke kauft man sich auch nicht«, sagte ich. »Die bekommt man geschenkt.«

»Jakob auch?«, fragte Anna.

»Klar.«

»Von seiner Mama?«, fragte Anna.

»Seine Mama ist tot«, rief Jonas.

»Tot?«, fragte Anna. Es klang weinerlich.

Jonas kombinierte: »Dann bekommt er zu Weihnachten auch keine Geschenke.«

Was erzählte Regula den Kindern? Jakob hat es nicht leicht. Er ist so arm. Die Mutter tot. Ich sollte hier mal etwas sagen. »Ihr beide könntet ihm doch zu Weihnachten etwas schenken«, schlug ich vor.

»Das wollen wir auch. Aber Großmutter hat gesagt, sie will das nicht.«

»Wie kommt ihr denn da drauf?«

»Hat Mama gesagt.«

»Aber Großmutter kennt ihn doch gar nicht«, sagte ich.

»Und sie soll dem Jakob etwas schenken, weil der Jakob doch so arm ist«, sagte Anna.

»Und weil der Jakob doch jetzt unser Onkel ist«, sagte Jonas. »Ist er auch dein Onkel?«

»Nein«, sagte ich. »Wenn Jakob dein Onkel ist, dann ist er mein Bruder.«

»Und warum will Großmutter ihm nichts schenken?«

»Weil das alles ganz kompliziert ist.«

»Und warum hat Mama mit Großmutter gestritten?«

»Hat sie das?«

Jonas und Anna nickten.

»Und dann hat Papa gesagt, Mama soll nicht so werden wie Großmutter«, sagte Jonas.

»Und dann hat Mama geweint«, sagte Anna.

Auch das noch. Dass Regula streitet und mit Mutter aneinandergerät, ist nichts Neues. Aber dieses Mal musste es heftig gewesen sein. Ich fand, es war Zeit, das Thema zu wechseln, und fragte: »Was wünscht ihr euch denn zu Weihnachten?«

»Dass wir mit Onkel Jakob zur Großmutter fahren.«

»Tja«, sagte ich.

»Und mit dir.«

»Machen wir«, versprach ich einfach.

»Versprochen?«

»Versprochen!«

Ich dachte an Aljoscha, und ob dieses Weihnachten für ihn ein Schock werden könnte.

»Daraus wird wohl nichts.« Christopher frottierte sich mit einem dieser verwaschenen Handtücher die Haare. Soweit ich erkennen konnte, waren sie kürzer als beim letzten Mal.

Noch nie war er bei mir zum Haareschneiden. Aber das ist in Ordnung. Wir gaben uns die Hand.

»Wieso wird daraus nichts?«, fragte ich.

»Regula hat alles abgeblasen.«

»Warum denn das jetzt? Was ist denn los?«

Christopher stieß die Fäuste aneinander. »Das war los. Eine einzige Schreierei am Telefon. Und ich habe hinterher auch noch mein Fett abgekriegt, ich sag dir.«

»Das renkt sich wieder ein.«

»Sieht, ehrlich gesagt, nicht so aus.«

»So schlimm?«

»Wenn du mich fragst: Noch viel schlimmer!«, sagte Christopher.

»Weil Großmutter dem Jakob nichts schenken will«, rief Jonas und freute sich, weil er vielleicht zum ersten Mal im Leben eine Sache der Erwachsenen begriffen hatte, die eigentlich nicht zu begreifen war.

»Es geht hier nicht ums Schenken, du Racker, es geht ums Erben. Das ist ein großer Unterschied, weißt du?«, sagte Christopher und warf ihm das Handtuch über den Kopf, so dass der Kleine vergnügt aufschrie.

»Und warum darf Mama nicht wie Großmutter werden?«, wollte Anna wissen.

Christopher und ich schauten uns an. Dann suchte er mir eine Tasse, und ich zeigte den Kindern, wie man Croissants mit den Händen auseinanderreißt und die Stücke in Marmelade tunkt, einfach so.

Und ich dachte, dass Jakob, seit er mit dem Satz »Ich bin dein Bruder« in unser Leben getreten war, bereits für ziemlich viel Streit gesorgt hatte. Wir waren dabei, ein Geheimnis zu lüften, an dem unsere Familie zerbrechen könnte. Das konnte Jakob doch nicht wollen. Aber was wollte er dann?

8

Ich hatte gesagt: Gold, und keine zaghaft golddurchwirkten Schleifchen an verschämt aufgehängten Päckchen, ein paar dicke Engelchen mit niedlichen Posaunen, abgezählte Tannenzweige an Fenster, Tür und Tresen gehängt, über Spiegel, Ablage und Regal verteilt – eine vorgegaukelte Üppigkeit, die in Wirklichkeit nur geizig ist. So macht mir Weihnachten keinen Spaß. Benjamin, Lehrling im zweiten Jahr, kapierte sofort, hakte den Staubsauger ein und war weg, Nachschub holen, »Tannengrün«, sagte er. »Vor allem viel Tannengrün.« Und wenn ich das Grün am Ende einfach schwarz sprühte?

Hinten, bei Bea, lehnte Theadora, das Haar frisch geglättet mit diesem seidigen Schimmer, den ich an ihr so liebe. Plaudernd leistete sie Bea Gesellschaft, die in den Haaren eines Mannes pinselte, den ich hier noch nie gesehen hatte. Er saß da, als hätten ihm die Frauen eingeschärft: Keine Bewegung! Nur mit den Augen tastete er sich unruhig in sein neues, farbiges Leben, das ihm jetzt, wo es kurz bevorstand, eine Heidenangst machte. Dabei war die Veränderung minimal: Bea blondierte ihm nur die Spitzen – ein Firlefanz, den wir in London als neuesten Schrei kreiert hatten, das war Ende der Achtziger. Aber dieser Mann, das erkannte ich sofort, brauchte einen anderen Look. Das Alter hatte gerade begonnen, ihm mit senkrechten Schnitten um die Mundpartie etwas Markantes ins gleichmäßige, früher vielleicht etwas langweilige Gesicht zu arbeiten, und wahrscheinlich war er Fan von Tätowierungen am Oberarm und besaß Tattoos sonstwo. Ich hätte ihm helle, breite Streifen vorgeschlagen, drei oder fünf, die vom Ansatz über den Schädel bis in den Nacken laufen. Auf ein paar Millimeter gekürzt würde aus dem dichten Haar ein schöner Pelz werden, wie bei einem Streifenhörnchen, und nicht dieser Igel. Das schoss mir in Sekunden durch den Kopf und war ausgelöscht, als ich Jakob sah. Wir waren zum Haareschneiden verabredet. Ich wollte ihm eine Chance geben, um ihn mal ohne Hintergedanken richtig nett zu finden. Aber die Lederjacke, die er trug, brachte mich aus der Fassung.

»Wie geht's?«, fragte ich.

Das Stück feinstes hellblaues Leder hatte es als Einzelstück auf der Maximilianstraße gegeben, angekettet und gesichert wie wertvoller Nerz. Ich hatte beschlossen, mit dem Weihnachtsfest sollte diese Jacke Aljoscha gehören. Sie würde ihm phantastisch stehen und den Russen in ihm rauskehren, den man bis dahin noch gar nicht gekannt hatte. Nur hinter den Preis hätte er nie kommen dürfen, es wäre das Ende unserer Beziehung gewesen. Aber das hatte sich nun alles erledigt. Ich konnte gar nicht sagen, wie enttäuscht ich war. Danke, Jakob, du hast mir den Spaß verdorben. Und kannst du dir die Jacke überhaupt leisten? Meine Umarmung verkümmerte zu einem Klaps auf die Schulter.

Wir redeten alle gleichzeitig irgendetwas, als müssten wir wie Politiker auf einem Gipfel für Kameras Begrüßungsherzlichkeit demonstrieren. Und ich musste mich mit dem

Gedanken anfreunden, dass Aljoscha auf seinem »Fahrrad für München«, das ich ihm zu Weihnachten endlich schenken wollte, immer ohne blaue Lederjacke fahren würde.

Ich bemerkte im Spiegel den irgendwie amüsierten Blick des Mannes, an dessen Haarspitzen sich Bea vergriff. Er erkannte, so kam es mir vor, für eine Sekunde im lässigen Frisör das Kleinkind, das am liebsten Geschrei macht, wenn es nicht bekommt, was es haben will. Der Mann hatte recht. Ich sollte mich zusammenreißen.

»Das ist Gregor«, sagte Jakob. Kurzer, kräftiger Händedruck mit Lächeln. »Ich habe ihm von dir erzählt, von Bea und dem Salon. Und dachte, jetzt kommt er einfach mal mit und lernt dich kennen, also euch«, sagte Jakob.

»Schön«, meinte ich.

»Warum hast du nie etwas erzählt?«, fragte Theadora.

»Was denn?«

»Dass er dein Bruder ist!«

»Ihr kennt euch?«

»Du erinnerst dich doch an die Wolken, die federleichten? An unseren phantastischen Himmel?«

Natürlich erinnerte ich mich. Theadoras gesamte Schwangerschaft war beherrscht gewesen von der Frage, wie das Zimmer für den Nachwuchs gestaltet werden sollte. Wie die meisten Kunden ist sie überzeugt, dass alles, was ihr wichtig ist, auch den Rest der Welt bewegt, oder wenigstens ihren Frisör. Manchmal, muss ich zugeben, stimmt das auch. So hatten wir alle mitgefiebert, als Theadora im Klinikum Rechts der Isar in den Wehen lag, und hatten aufgeatmet, als es hieß, Mutter, Vater, Zwillinge seien wohlauf. Dann kam die Nachricht vom Einbruch. Während Theadora laut im Kreißsaal niederkam, verschwanden aus ihrer Wohnung leise alle Bilder, eine kleine Sammlung, ungesichert, unversichert und richtig wertvoll. Bei einer Hausgeburt, so hadert Theadora heute noch, wäre das nicht passiert.

»Das war Jakob«, sagte sie. »Hörst du mir zu? Jakob hat uns die Wolken gemalt. Keno und Akeno lieben sie!«

»Jakob? Das kann ja wohl nicht wahr sein!«, sagte ich. Nach Bea und meiner Schwester nun auch Theadora. Und wer noch?

Theadora lächelte uns an, als hätte sie sich sehnlichst gewünscht, dass ihr Wolkenmaler und ihr Frisör einmal Geschwister werden würden.

»So«, sagte ich. »Dann wasch ich dir mal den Kopf.«

Kitty hielt den Umhang auf, in den Jakob mit den Armen wie in einen Mantel fuhr, aber er funktioniert andersherum, wie ein OP-Kittel. Sie drehte ihn herum und schnürte zu. Das Handtuch ist beim Zurücklehnen das Polster im Nacken. Ich prüfte die Wassertemperatur, bis sie perfekt war.

»Gut so?«, fragte ich.

»Wärmer, bitte.«

Sein Haar war in den Spitzen ausgeblichen, beinahe grünlich, nicht unbedingt krank, aber sehr, sehr stumpf. Das passiert, wenn man täglich dieses Zeug benutzt, das einfach zu alkalisch ist.

Ich arbeitete mich in kleinen Kreisen über den Schädel und drückte fest mit den Fingerkuppen. Jakob schloss die Augen. Ich war irritiert. Wieso erzählt er uns, er hat keine Kohle? Jakob machte es mir wirklich schwer. Ich könnte ihn jetzt fragen, ob er ein Sparbuch geerbt, im Lotto gewonnen oder geklaut hätte. Aber hatte ich dazu das Recht? Und was erwartete ich? Kochte für ihn nach aufwendigem Rezept, war mit meiner Familie kurz vor dem Fest zerstritten und sah Bea bald nur noch bei der Arbeit, bestenfalls in der Kaffeeküche. Alles Jakobs Schuld?

Ein Handtuch zum Trocknen.

»Bitte schön.«

Eingeschnürt im Umhang mit dem nassen Haar war er noch blasser, und die Schatten unter den Augen lagen noch tiefer. Ich kämmte, stellte fest, dass ein Schnitt kaum noch zu erkennen und der letzte Frisörbesuch schon eine ganze Weile her war. Er starrte nach draußen. Eine Frau stand da zwischen den Autos und pustete sich mit weißem Atem in die Hände. An ihre Wollmütze war seitlich eine Strickblume geheftet, und ich hätte nicht sagen können, ob diese Kopfbedeckung bieder oder exzentrisch war.

Dachte Jakob in diesem Moment auch daran, wie wir uns genau in dieser Achse zum ersten Mal gesehen hatten? Möglicherweise hatte er mich schon viel länger ausspioniert, war mir morgens ins ›Arosa‹ gefolgt, mittags zur Reinigung, später zu ›Dallmayr‹, zum Sport, zum Italiener, zu mir. Was wollte er von mir? Einen Haarschnitt? Unterhaltung? Familie? Oder einfach nur Geld? Die Fragen türmten sich wie Pakete, unterschiedlich groß, verschieden schwer, von irgendwoher und ohne ordentlichen Absender.

Die Frau mit der Wollmütze war wieder verschwunden.

Beinahe lächelte Jakob, jedenfalls zuckten seine Mundwinkel. Er wollte etwas sagen, traute sich aber nicht.

Ich begann im Nacken, einfach gerade rein. »Alles okay?«, fragte ich, und weil er mich so anguckte: »Ich meine, wegen der Ausstellung. Ist ja ein bisschen unglücklich gelaufen.«

»Ich habe mit Giselind schon einen Termin für die nächste«, sagte Jakob, entschlossen, es als Erfolg zu vermelden. »Nächstes Jahr im Herbst, wahrscheinlich im Oktober. Vielleicht aber auch erst im November. Auf jeden Fall aber noch vor Weihnachten.«

Wie fein sein Haar war. Und wie brutal die Galeristin. Ließ Jakob zappeln. Er würde beginnen, Leinwände zu bemalen, Bilder zu produzieren, zu verwerfen und neu zu malen. Er würde wieder auf den großen Durchbruch hoffen. Ich vermutete, dass es auch zu dieser Ausstellung niemals kommen würde. Und ich wusste nicht, dass ich damit recht behalten sollte.

»Zusammen mit Gregor«, sagte Jakob.

»Der ist auch Maler?«, erkundigte ich mich nach hinten, zu Bea.

»Gregor Kanter – ihr habt doch in der Galerie seine Arbeiten gesehen.«

»Die Zwergenbilder?«

»Ich mache ab jetzt auch kleinere Formate. Die verkaufen sich besser. Gregor hat die kleinen Radierungen zu seinem Markenzeichen gemacht. Er sagt, so ein Wiedererkennungswert ist total wichtig. Nicht wie bei mir: Groß, klein, quer, hoch, grau, blau, dann wieder gelborange.«

»Hört sich für mich pragmatisch an.«

»Wenn das ein Kompliment ist – danke. Nur erkennt bloß niemand, dass das alles von mir ist. Gregor sagt, wer sich ein Bild anschafft, will, dass man sofort weiß, von wem es ist. Man muss die Handschrift erkennen. Er weiß, wo es langgeht. Und dabei ist es egal, wer von uns besser, toller, größer ist. Überhaupt nicht dieser Schwanzvergleich, wie sonst überall. Wir sagen uns einfach, was wir geil und was wir scheiße finden.«

Der Bruder taute langsam auf. Ich wuschelte ihm durchs Haar und schaute in den Spiegel. »Ihr kennt euch schon lange?«

»Lass mich rechnen: sechs Jahre? Seit dem Aktzeichnen an der Akademie. Da saß er mit den anderen, und ich habe mich einfach dazugesetzt, wenn du verstehst.«

»Du meinst, du hast dich reingeschummelt?«

Ich knipste den Fön an. Nur kurz antrocknen, das Haar schneidet sich einfach besser mit der Form, die dann zu erkennen ist.

Jakob musste sich durchbeißen. Regula und mir dagegen stand immer alles offen. Schon als Kinder hatten wir Klavier- und Ballettunterricht, durften schwimmen, reiten, zeichnen, fechten, ganz egal, alles, was wir wollten. Wir sollten herausfinden, wo unsere Begabungen liegen. Und wenn wir nicht wollten, dann mussten wir. Aber bitte nur die, die auch erwünscht waren.

Ich fuhr den Regler eine Stufe höher.

Als ich damals alles hinschmiss und der Familie verkündete: Ich will Frisör werden und in London beim Besten lernen, hatte Mutter erst gelacht. Ich war gerade achtzehn. Dann zeterte sie, und Vater strich mir einfach das Geld. Mutter versteht bis heute nicht, warum ich eine Kunst darin sehe, an Haaren zu schnippeln, und Regula eine Wissenschaft daraus macht, in der Bibliothek Bücher zu sortieren. Es macht Mutter verrückt, dass keiner von uns das Naheliegende tut und aus den Kleiderfabriken ein Imperium baut.

Ich legte den Fön zurück auf die Ablage.

Vielleicht war Jakob uns gar nicht so unähnlich. Am Ende taten wir alle, was wir wollten.

Ich sagte: »Gregor und du – ihr seid richtig enge Freunde, oder?«

»Gregor war auch Anfänger. Und jetzt hat er eine Ausstellung nach der anderen und scheffelt Kohle. Dafür baue ich die Rahmen und schlage mich mit Leuten wie deiner durchgeknallten Theadora herum. Jetzt will sie plötzlich Sonne statt Wolken. Von mir aus. Wieder ein Auftrag. Kommt mir, ehrlich gesagt, ganz recht.«

»Bist du gerade ein bisschen pleite?«

»Geld braucht man doch immer, oder?«

Ich überzog die Seiten, um rauszuholen, was lang bleiben sollte, und sagte: »Stephan könnte auch jemanden zum Renovieren gebrauchen.«

»Wer?«

»Freund von mir. Noch aus der Schule.«

»Kinderzimmer?«

»Stuckdecke. Und Parkett.«

»Gib mir mal seine Telefonnummer.«

Das untere Haar behielt ich in der Länge, zerschnitt es aber und machte es damit leichter. Wer weiß, wozu man es noch braucht. »Und Maria?«, fragte ich.

»Maria?« Jakob ruckte, und fast hätte ich ihm eine Stufe geschnitten.

»Woher kennst du sie?«, fragte er. »Aus der Galerie? Habt ihr euch auf der Ausstellung unterhalten? Aber worüber?«

Ich wechselte zum groben Kamm. »Nur so allgemein.« Kämmte gegen den Strich. »Fand sie ganz sympathisch.«

Prüfte, wo die Stufen und Ecken sind. »Sehr zurückhaltend, die Frau, sehr schön und irgendwie besonders.«

»Findest du?«

»Seid ihr mal zusammen gewesen?«, fragte ich.

»Wie meinst du? Ach, so – das.« Er lachte.

»Dachte ich mir nämlich.«

»Echt? Kann ich einen Schluck zu trinken haben?«

Kitty servierte und wischte Jakob bei der Gelegenheit die Härchen aus dem Nacken, sammelte sie ihm fast von der Haut, übertrieben sorgfältig, wie ich fand. Mit diesen kleinen Gesten zeigt sie dem Kunden, dass er umsorgt und geschätzt wird, und bügelt damit die kleinen Unaufmerksamkeiten aus, die mir unterlaufen. Aber ich bin schließlich für die Haare da.

Jakob trank, seine Finger waren eher kurz, die Hände kräftig. Jakob konnte zupacken. Vielleicht besaß er das Hemdsärmelige, und er wäre am Ende imstande, Mutters Imperium auszubauen.

»Trägst du eigentlich Socken oder Strümpfe?«, fragte er.

»Wie bitte?«

»Na, sag schon!«

»Socken. Wieso?«

»Nur so. Hätte doch sein können.«

»Was?«

»Meine Mutter hat immer gesagt, ein richtiger Herr trägt Kniestrümpfe. Ich kenne niemanden, der Kniestrümpfe trägt. Du?«

Meine Fingerspitzen rechts und links an seinem Hals sagten: Kopf gerade. Ich prüfte. Ich überlegte, sein Braun aufzuhellen. Dieser Ton, den ihm die Natur gegeben hatte,

hatte etwas Schales. Doch die Frage, ausgerechnet die Frage nach den Strümpfen, verwirrte mich.

»Ich achte gar nicht so darauf«, sagte ich. »Und ich hatte diese Regel auch fast schon vergessen.«

Oder ich kämme ihm wenigstens Conditioner ein. Die Naturfarbe wird dann allein durch den Glanz ein wenig schöner.

»Feierst du eigentlich mit Aljoscha zusammen Weihnachten?«, fragte Jakob.

»Ja, das hoffe ich!«

Ich fuhr ihm durchs Haar, ein Kurzhaarschnitt, ein bisschen zerzaust, ein bisschen durcheinander, aber trotzdem in sich ruhig.

»In Zürich? Mit der ganzen Familie?«

Der Out-of-Bed-Look, den ich so gerne mag.

»Ja, das wäre schön«, sagte ich.

Jakob schaute sich kaum an, stützte sich mit beiden Händen auf den Stuhllehnen ab und stemmte sich hoch.

»Alles klar«, sagte er. »Danke, Tomas.«

Am Feierabend blätterte ich in den Rechnungen und stellte fest, dass Gregor Kanter für Haarschnitt, Farbe und Pflege runde einhundertachtzig Euro dagelassen hatte. Wenn es nach mir gegangen wäre, hätte Kitty ihm doch Rabatt geben sollen. Jakob hatte schließlich alles gratis bei mir. Es gab wohl ein paar Dinge, die ich versäumt hatte. Aber nicht deswegen fühlte ich mich komisch.

Die beiden Männer waren nach ihrem Termin die Hans-Sachs-Straße hinuntergegangen. Ich sah, wie sie gestikulierten, sich unterhielten und an der Ecke, kurz vor der Müllerstraße, im Café ›Selig‹ verschwanden. Zwei Freunde, das wusste ich nun, die alles miteinander besprachen, die sich nichts verschwiegen und nun wahrscheinlich das eine Thema hatten: mich, den Frisör, den Bruder. Ich rief in den Salon: »Ich geh kurz frische Luft schnappen.« Ich wollte mal draußen vorbeischlendern, am ›Selig‹.

Sie tranken Cappuccino. Mit am Tisch saß eine Frau, die auch da drinnen Mütze trug, eine Wollmütze, an die seitlich, merkwürdig altmodisch, eine Strickblume geheftet war. Es sah aus, als erstatteten die Männer der Frau Bericht. Warum?

Ich ging zurück in den Salon.

Es gab keine Lücke im Terminkalender und keine Zeit zum Nachdenken. Die Damen sanken mir nacheinander seufzend in den Stuhl, sagten: »Ach, Tomas!«, und wollten nach ihrem Problem gefragt werden. Ich tat ihnen den Gefallen. Ich zählte mit der Paartherapeutin akribisch die Kalorien in Pfefferkuchen, Marzipanbrot und Christstollen, ohne es übers Herz zu bringen, ihr vorherzusagen, dass trotz aller Rechenkünste das süße Zeug mit mindestens zwei Kilogramm an den Hüften klebenbleiben würde. Ich schwitzte mit der Mathematiklehrerin über dem Rechenkunststück, zwischen den Festtagsbesuchen mit Mann und Kind bei Schwieger- und Großmutter die Zeit für ein Treffen mit dem Geliebten zu finden, scheiterte aber an der Zusatzaufgabe, eine zweite Stunde für den zweiten Geliebten zu errechnen. Ich weinte mit der Reiseredakteurin, die wahrscheinlich allein unterm Christbaum sitzen würde, weil sie über die Jahre all ihre Liebsten systematisch weggebissen hatte und ihr letzter Freund, ein Dackel, im Flughafen von Dubai abhandengekommen war. Ich wünschte mir ein Ende der Weihnachtszeit herbei, die doch gerade erst begonnen hatte.

»Bis morgen, Tomas!«, rief Dennis. »Ciao, Kitty!«

Wo war Bea? Ich wollte ihr erzählen, was mich seit dem Besuch von Jakob beschäftigte. Ich könnte sie anrufen. Aber ich wollte auch nichts aufbauschen. Es war nur eine Nebensächlichkeit: Jakobs Frage nach Socke oder Strumpf.

Kitty stieg von ihren Absätzen in die gefütterten Stiefel um. »Was ist los, *my dear*?«

»Weißt du, was mein Vater immer gesagt hat?«

»Woher soll ich das wissen?«

»Ein richtiger Herr trägt Strümpfe, keine Socken.«

»Ich bin aber eine Dame«, sagte Kitty.

»Diese Weisheit hat Jakob von seiner Mutter. Verstehst du?«

»Nein.«

»Ich habe auch nicht gleich geschaltet. Aber es ist doch völlig klar: Seine Mutter kannte diesen Socken-Strümpfe-Tick von meinem Vater. Sie muss es von meinem Vater haben. Und weißt du, was? Das ist der letzte Beweis, dass ich einen Bruder habe.«

Kitty zog ihre Tasche unter dem Tresen hervor und legte mir einen Umschlag auf den Tisch. Was war das? Die Kündigung? Aber der Umschlag fühlte sich leer an.

»Im Gegensatz zu dir und Bea traue ich diesem Kerl nicht über den Weg«, sagte sie.

»Nicht? Und warum?«

»Weil du dich einwickeln lässt.«

»So ein Quatsch.«

»Was du von diesem Jakob brauchst, sind keine rührseligen Geschichten. Auch keine Horoskope. Du vergeudest deine Zeit.« Kitty knöpfte sich den Mantel zu. »Was dich interessieren sollte, sind seine Gene, verstehst du?«

Dann ging sie.

Ich legte den Umschlag zur Seite. Seine Gene. Was redete Kitty da?

Eine kleine Haarsträhne guckte aus dem Kuvert. Die Spitzen kannte ich: Beinahe grünlich, nicht unbedingt krank, aber sehr, sehr stumpf. Es waren Jakobs Haare. Jetzt verstand ich endlich. Haare für eine DNA-Analyse.

Aber wozu jetzt noch?

9

Als wir ankamen, saß Mutter im Sessel und suchte ihre Zigarettenspitze, die ihr zwischen die Kissen des Fauteuils geraten war oder sich in einer Falte der Nerzstola verbarg, die sie sich um die Schultern gelegt hatte. Frisch war es hier im Wohnzimmer. Von den großen alten Fenstern kroch die kalte Luft übers Parkett, gegen die Heizung und Kaminfeuer mit Knacken und Knistern anzuarbeiten versuchten.

Mutter stemmte sich aus dem Sessel, gegen das Gewicht der Stola, die auf ihre schmalen Schultern drückte, und richtete mit einer Handbewegung die Frisur, ein Reflex, der unsinnig war. Das Haar saß wieder mal wie Beton, weil Frau Berg an Festtagen in ihrer guten Laune mehr Haarspray versprüht als nötig, obwohl ich hundert Mal gesagt habe, wie Mutters Haar zu behandeln ist. Doch die Tatsache, dass hier niemand auf mich hörte, konnte das Glücksgefühl, wieder mal daheim zu sein, nicht trüben.

Mutter berührte meine Wange, als hätte sie nicht mit mir gerechnet und müsse prüfen, ob ich es auch wirklich bin. Die Sekunde war vorbei, dann sah sie Aljoscha.

»Matteo!«, rief sie.

»Das ist nicht Matteo«, sagte ich. »Das ist Aljoscha.«

»Willkommen bei uns in Zürich«, antwortete Mutter und streckte ihm beide Hände entgegen, so dass er sie ergreifen musste und nicht verhindern konnte, dass der alte Herr Berg sich seinen Seesack über die Schulter hängte, meine Koffer am ledernen Griff nach oben riss, taumelte, in Tritt kam und breitbeinig die Treppe hinaufstieg.

Wir setzten uns an die Tafel – ich in einem Pullover, den ich gestrickt hatte, als ich in der achten Klasse war, und der durch Ausleiern meinen Zuwachs an Größe und Umfang zuverlässig mitmachte, Aljoscha in einer Joppe, die nach Mottenkugeln roch und zu der harmlosen Hinterlassenschaft meines Vaters gehörte. Das heikle Thema. Ich hatte mir vorgenommen, nicht lange um die Sache herumzureden und gleich das Gespräch auf Vater zu lenken, um dann ohne Umweg bei Jakob zu landen. Schließlich hatte Mutter keine Ahnung, dass er in wenigen Stunden vor der Tür stehen würde, unser Geist aus der Vergangenheit, der mich seit fast vier Wochen und Mutter seit beinahe vierzig Jahren beschäftigte. Aber Mutter fuhr eine Gegenstrategie und tat alles, um nicht über Jakob zu sprechen, der mit seiner Existenz in ihrem Leben bisher nur Unheil gestiftet hatte. Also plauderte sie aus der Erinnerung zusammen, was ihr gerade einfiel, und das war jetzt Matteo. Wie er, bei unserem ersten Besuch damals, sie und die Bergs umarmt und geküsst hatte, obwohl er keinen von ihnen jemals zuvor gesehen hatte. Beim Smalltalk am Kamin war er einfach weggenickt und hatte uns damit zum Schweigen gebracht. Am nächsten Morgen riss er uns mit seinem Geschrei beim Sprung in den See alle aus den Betten, und Eisenblätters, unsere inzwischen eisgrau gewordenen Nachbarn, erkundigten sich telefonisch, ob Gefahr im Verzug sei. Ich erinnerte mich. Und dann die Beule im Garagentor, die Matteo mit der Stoßstange seines knallroten Spiders hineingedrückt hatte, beim Wendemanöver kurz vor unserer Abfahrt. »Gibt's die eigentlich noch?«, fragte Mutter über die Schulter, wo Herr Berg mit dem Tablett stand, und plötzlich vermisste ich Matteos schwarzen, immer gleichen Krauskopf. Wie anders Aljoscha ist mit dem feinen Haar, das jede Minute an anderer Stelle liegen will, den im Winter ganz hellen und im Sommer sehr dunklen Sommersprossen auf der hellen Haut und dieser Geduld, mit der er unsere Geschichten über meinen Ex anhörte, die harmlos, aber so unpassend waren, wie der scharfe Senf zur Münchner Weißwurst, die Frau Berg uns zu Ehren servierte. Aljoscha schabte mit dem Messer die Reste des hellen Fleischs aus der Pelle. Er zeichnete mit der Gabel das Muster im Damast der Serviette nach, legte jetzt hörbar sein Besteck in den Teller und schaute sich um, als würde er etwas suchen, einen Gegenstand zum Beispiel, den er laut zerschmettern könnte. Aljoscha hatte die Nase voll.

»Mama«, sagte ich.

»Wie unhöflich du bist, Tomas!«, fiel Mutter mir ins Wort. Sie legte ihre Hand in die Nähe von Aljoschas kleinem Dessertteller, beugte sich zu ihm und fragte nach den Eltern auf Island, dieser drolligen kleinen Insel am nördlichen Polarkreis, fragte nach der Großmutter in Moskau, dieser riesigen, fremden Hauptstadt, in der sich früher die Kommunisten, heute die Geschäftsleute wie Banditen bereichern, ohne jemals Rücksicht aufs Gemeinwohl zu nehmen. Mutter redete mit Aljoscha sehr laut, und ich wunderte mich, was sie über meinen Freund, seine Herkunft und sein Leben noch wusste. Aljoscha lutschte an den Orangenscheiben, die er vorher mit Schlagsahne zugedeckt hatte, und sagte wenig mehr als »ach so«, »ja« und »nein«, verwirrt von ihrer Angewohnheit, Fragen zu stellen, auf die sie keine Antwort hören wollte. Sie redete, wie sie vor unseren Geschäftsführern redet, die miese Bilanzen zu verantworten haben, und nickte überrascht, als Aljoscha ihr endlich ins Wort fiel und sie darauf aufmerksam machte, dass sie, die Schweizer Fabrikantin, mit den Verbrechern in Moskau und Russland Handel treibe und dass sie sich genauso wie die russischen Halunken das Recht herausnehme, ihr Geld steuergünstig anzulegen, vermutlich im Kanton Zug.

Dann schwiegen beide und falteten trotzig und synchron ihre Servietten. Ich lächelte Aljoscha an. Er sollte den Streit nicht so ernst nehmen. Es dauerte ein paar Sekunden, dann lächelte er zurück.

Nun war ich dran. Ich sagte: »Mama, wir müssen uns jetzt mal über Jakob unterhalten!«

Wie auf Kommando stellte Frau Berg krachend die Teller und Schüsseln zusammen, und Herr Berg rief Freiwillige, also Aljoscha, in die Halle zum Baumschmücken. Es sollte doch alles harmonisch sein. Aljoscha zwinkerte mir zu und ging dem alten Herrn mit den Kartons helfen.

Mutter und ich bedienten uns aus dem Zigarillospender. Ich gab uns Feuer. Wir bliesen den Rauch in die Luft und simulierten Gelassenheit.

»Du hast ihn eingeladen, stimmt's?«, fragte Mutter.

Typisch. Mutter wusste Bescheid.

»Seit du hier bist, sagst du keinen Ton und sitzt da, als hättest du einen Stock verschluckt. Also: Wann kommt er?«

»Am Abend. Früher geht nicht. Er renoviert gerade die Wohnung von Stephan, der mit Sabine beim Skilaufen ist.

Stell dir vor: Stephan hat ihm sogar einen Wohnungsschlüssel gegeben! Wenn das kein Vertrauensbeweis ist. Jakob hat gesagt, wenn er in Zürich ist, ruft er vom Bahnhof aus an.«

»Und das zum Fest der Familie.«

»Er gehört zur Familie!«

»Er ist mir fremd.«

»Dann wirst du ihn kennenlernen. Er ist wirklich nett. Man kann ihm vertrauen.«

Mutter rauchte und fragte: »Sieht er euch ähnlich?«

»Ich glaube, er hat Papas Mund.«

Mutter betrachtete das Schattenspiel hinter den geätzten Scheiben der schweren Schiebetür. Aljoscha stand oben auf der Leiter, nahm die alten gläsernen Kugeln entgegen, die Herr Berg ihm wie kostbare Früchte hinaufreichte, und hängte sie mit Bedacht in den Baum. Vielleicht dachte Mutter jetzt auch: Was für ein toller Mann, denn sie fragte: »Was hält er von ihm?«

»Er hat ihn erst einmal gesehen«, sagte ich.

Es war vor ein paar Tagen gewesen. Aljoscha sollte aus Moskau einfliegen, und ich bereitete seine Ankunft vor: Obst in die große Schale, vor allem süße Trauben und seine heißgeliebten Erdbeeren, Rosen, die mit ihrem Duft besoffen machen, und Champagner in den Kühlschrank, um die kleinen, feinen Leckerbissen hinunterzuspülen, die ›Dallmayr‹ vor einer knappen Stunde geliefert hatte. Fehlte nur noch der rote Teppich für den Zarensohn, der beinahe pünktlich mit Seesack und Tüten aus dem Taxi stieg. Aber mir war ein Malheur passiert. Ich hatte eine Neukundin an der Backe, die mit Empfehlung von Lissy gekommen war. Ich hätte es mir denken können: Wer mit Lissy im ›Roma‹ verkehrt, sich mit Nervengift die Stirnfalten straffen und mit Eigenfett die Lippen aufpolstern lässt, will unbedingt Extensions, diese scheußlichen Haarverlängerungen, die sich nicht kämmen lassen und immer nach Filzpuppe aussehen. Warum versuche ich, diesen Menschen zu erklären, was schön ist, warum lasse ich mich von ihnen anschreien? Drei Worte reichen: Bitte bleibt draußen! Aber ich vergeudete meine Zeit und konnte Aljoscha am Ende gerade einmal in den Arm nehmen, kaum seine winterblassen Sommersprossen küssen. Wir hatten unseren Termin in der Domagkstraße. Aljoscha wollte pünktlich sein.

Jakobs Atelier befand sich auf einem ehemaligen Kasernengelände. Diese Ecke von München kenne ich kaum. Die Gebäuderiegel mit den langen Fensterreihen unterscheiden sich voneinander nur durch die Nummern über den schmalen Eingangstüren. Früher marschierten hier stramm Soldaten, heute werkeln in den Stuben Künstler, Mechaniker und Webdesigner, deren Arbeitszeit anscheinend schon vorbei war. Kurz vor Einbruch der Dämmerung hielten nur die Krähen auf den schwarzen Bäumen Wache und trieben uns mit ihrem Geschrei über den Parkplatz, durch die Tür, die Treppe hinauf. Waren wir hier richtig? Wir wanderten die Gänge entlang. Nirgends ein Laut. Unter einer Tür schimmerte Licht. Wir klopften. Das Künstleratelier, das ich zuletzt gesehen hatte, gehörte einem Freund und war im Kunstpark Ost. Ich war gespannt, auch wenn Aljoscha sagte, mit den Ateliers sei es wie mit den Frisörsalons: Irgendwie sähen sie doch alle gleich aus.

»Warum habt ihr euch nicht wie normale Menschen beim ›Ederer‹ getroffen?«, fragte Mutter.

»Er wollte uns seine Bilder zeigen.«

»Also war der Termin geschäftlich?«

»Wenn du so willst. Darf ich weitererzählen?«

Jakob empfing Aljoscha mit Handschlag und boxte mir gegen den Arm, als wäre ich sein Komplize, der sein Versprechen hält und ihm den Art-Dealer ins Haus bringt. Aljoscha sah sich um, auf der Suche nach den Bildern, die noch in Stapeln aneinanderlehnten und statt der Leinwand die Rückseite mit der Konstruktion der Keilrahmen zeigten. Zerdrückte Farbtuben waren auf dem Boden wie Kehricht zu einem Haufen zusammengeschoben. Dutzende Pinsel standen in Gefäßen mit schwarzem Wasser zusammengedrängt. Farbkleckse trockneten wie halbgegessene Mahlzeiten auf Tellern. Der einzige Luxus in diesem kahlen Raum waren ein Waschbecken an der Wand und zwei Tassen auf der Fensterbank, in denen Tee dampfte. Jakob wedelte mit einem alten Handtuch über den einzigen Stuhl, auf den Aljoscha sich mit dem Rücken zu den schwarzen Fensterscheiben setzen musste.

»Was für eine Trostlosigkeit«, sagte Mutter. »Ich kriege schon kalte Füße, wenn ich nur dran denke. Gibst du mir mal den Fußsack? Aber erzähl weiter.«

Jakob zog blind ein Bild nach dem anderen aus dem Stapel, wanderte mit ihnen zur Wand, stellte sie ab und wartete stumm.

Da saß eine Frau im Bikini und blätterte bei gleißendem Sonnenlicht in einem Buch oder Katalog, nicht ansprechbar, nur der große Hund, der am Pool lag, stellte aufmerksam die Ohren auf. Da zog eine Dame mit festlich hochgestecktem Haar am Stoff ihres Abendkleids und entblößte ihre Brust, als sei es die normalste Sache der Welt. Da standen

Vater und Sohn in Anzügen und hielten verlegen ihre Hüte in der Hand. Da hing ein Typ in rotem T-Shirt und streckte cool den flachen, weißen Bauch vor. Und plötzlich war der Raum bevölkert von Frauen und Männern, Mädchen und Jungs, umzingelten uns, starrten fröhlich, dreist oder gelangweilt, als wären sie gar nicht auf Leinwand gebannt, sondern wirklich hier. Ich war überrascht, wie lebendig Jakob malte.

Und Aljoscha?

Er sagte: »Schön!« Und fragte: »Das war's?«

Mehr nicht.

Was war los? Ich war verwirrt. Aber Jakob nickte, als hätte er verstanden.

Wir gaben Jakob die Hand, sagten: »Danke«, »Gerne« und »Wir telefonieren« und gingen.

Im Taxi lehnte sich Aljoscha in die Polster und schloss die Augen.

Ich sagte: »Kannst du mir erklären, was das sollte?«

Aljoscha sah plötzlich sehr müde aus und sagte: »Jakob ist gut. Er ist sogar sehr gut. Er ist ein großes Talent.«

»Aber?«

»Jakob macht Kunst, die kein Mensch sehen will. Es tut mir leid, aber seine Kunst ist auf dem Markt unverkäuflich.«

»Das hättest du ihm sagen müssen!«

Aljoscha sah mich an. »Er weiß das. Er weiß Bescheid, glaub mir.«

Mutter hatte mir zugehört. Ich sagte zu ihr: »Ist das nicht absurd und bescheuert? Ein großartiger Künstler, dessen Kunst nicht zu verkaufen ist?«

»Nein.« Mutter erhob sich. »Der Markt regelt Angebot

und Nachfrage. Das ist überall so, mein Junge. Auch in der Kunst.«

Ich legte Holz in den Kamin. Und während ich beobachtete, wie aus der Glut träge die Flammen erwachten, rückte die Dämmerung vom See über den Park heran und verwandelte die Fensterscheiben in einen schwarzen Spiegel, in dem Aljoscha lautlos wanderte, wie ein Traumbild, bis er bei mir war. Irgendwo war die Stimme von Frau Berg zu hören, die befahl, dass Zigarillos zu sortieren und aufzufüllen, die Champagnergläser zu polieren und auf dem Silbertablett anzuordnen seien, dass Leuchter in Position und Deckchen in Ordnung gebracht werden müssten, letzte Dinge, an die niemand gedacht hätte, wenn nicht sie. Dann wurde es im ganzen Haus still. Ich wusste, dass Frau Berg jetzt die süße Mandelcreme kühl stellte und mit Zeitschaltuhr und jahrelanger Erfahrung die Flammen von Ofen und Herd so programmierte, dass Karpfen und Kartoffeln in genau der Minute gar sein würden, in der der Zeitplan es verlangte. Die große Bibel im Ledereinband und Goldschnitt lag bereit, mit dem Lesezeichen an der Stelle, wo Mutter sie vor einem Jahr feierlich zugeklappt hatte, am Ende der Zeremonie, die nun wieder anstand. Und trotzdem war heute alles anders. Regula hatte dieses Mal nicht ihren Vorweihnachtsstreit mit Mutter beigelegt, sondern reizte ihn aus, indem sie sich, wie sie sagte, »distanzierte«, also dem Problem aus dem Weg ging und einfach wegblieb. Dabei hatte Mutter doch eingelenkt und sich bereit erklärt, seufzend den Menschen zu empfangen, dem sie die Schuld für das ganze Chaos gab.

»Du grübelst«, sagte Aljoscha.

»Komm!« Der Treppenläufer schluckte unsere Schritte und führte uns an alten Familienmitgliedern vorbei, die harmonisch in Reihe hingen und aus ihren verschnörkelten Rahmen auf uns herabschauten, jeder gerecht von seiner Lampe beleuchtet.

Oben gingen wir nach rechts, in den Ostflügel, wo Regula und ich bis heute unsere Zimmer haben. Gleich am Anfang liegt das Kabinett, in dem Vater uns antreten ließ, wenn er ein Machtwort sprechen musste – um was es dabei ging, hatte ich vergessen. Vermutlich, ob wir abends endlich länger wegbleiben durften oder uns nicht schon lange viel mehr Taschengeld zustand. Vielleicht war das Arbeitszimmer, diese Zone, die wir automatisch nur auf Zehenspitzen betraten, in dieser Villa der einzige Ort, an dem Vater sich zu Hause gefühlt hatte.

»Willst du es sehen?«, fragte ich, drückte die Klinke herunter, und plötzlich erinnerte ich mich an den Mann im weichen Seidenhemd mit Klammerkragen und manchmal gelockertem Krawattenknoten, der über Schriftstücke gebeugt dasaß, vertieft in Zahlen und Kalkulationen. Ob er sich manchmal an die Frau erinnert hatte, von der Jakob erzählte, sie sei »bildhübsch« gewesen? Ob er an sein Kind dachte, das irgendwo heranwuchs und verheimlicht werden musste? Manchmal, wenn ich eintrat, saß er zurückgelehnt da, rauchte und betrachtete das Bild, das an der Wand gegenüber hängt, eine Zeichnung: Zwei Kinder – der Junge, der neugierig guckt, und das Mädchen, das sich wegduckt, skeptisch und zurückhaltend, als hätte es vor etwas Angst.

Jetzt saß Mutter auf Vaters Platz und schaute auf dieses Bild.

Ich sagte: »Mama, was tust du denn hier so allein?«

»Er kann es haben«, sagte Mutter. »Ich schenke es ihm.«

»Wem?«

»Wenn Jakob kommt, soll er es mitnehmen.«

Aljoscha ging prüfend ganz nah an das Bild heran.

»Stimmt etwas nicht?«, fragte ich.

»Du kennst das Bild, Tomas«, sagte er langsam, ohne den Blick von der Zeichnung zu nehmen. »Du hast dir diese Szene ewig in der Tretjakow-Galerie angesehen, erinnerst du dich nicht?« Aljoscha stieß fast mit der Nasenspitze an die Glasscheibe und murmelte: »Das ist ein Repin. Eine Studie zu *Neožidanno* – ›Unerwartet‹.«

»Wie bitte?«

Mutter stand auf, und auch ich ging nun zu dem Bild.

»Mein Gott«, rief Aljoscha. Er war fast empört. »Hier hängt eine Zeichnung von Ilja Repin, und ihr wisst nichts davon? Das ist ein richtig seltenes Werk, das ihr hier habt!«

»Wir hatten«, sagte Mutter.

»Wieso?«

»Jetzt gehört es Jakob.«

Ich wachte auf. Aljoscha lag auf dem Rücken, den Arm im rechten Winkel auf dem Kopfkissen, die Lippen geöffnet. Mir kam es vor, als ob er im Schlaf lächelte. War diese unglaubliche Geschichte bloß ein Traum? Nein, es war gestern alles so passiert. Gegen das, was dann geschah, war die Sache mit der Repin-Zeichnung eine Lappalie! Was für ein Abend.

Ich angelte nach unseren zerknautschten Hosen und fand in einer der Taschen das Mobiltelefon. Wie ich es befürchtet hatte: kein Anruf, keine Nachricht. Mensch, Jakob, was ist bloß mit dir los? Mein Daumen tippte lautlos und automatisch. Mit dem Piepton stellte sich die Verbindung her. »Frohe Weihnachten«, flüsterte ich auf Beas Anrufbeantworter. »Ruf mich mal zurück. Es gibt wahnsinnige Neuigkeiten.«

Aljoscha knurrte und räkelte sich zufrieden. Im Haus war kein Laut zu hören, vor den Fenstern eine fahle Mattscheibe. Ich legte einen Arm um meinen Freund, stahl mir von seiner Wärme und dachte über die Ereignisse nach.

Wir hatten uns in der Halle unterm Christbaum versammelt. Mutter trug feierlich die Weihnachtsgeschichte vor, wir umarmten uns und wünschten einander frohe Weihnachten. Frau Berg wischte sich verstohlen die Träne von der Wange. Jakob, hoffte ich, würde jeden Moment am Tor läuten, spät, aber noch nicht zu spät.

Wir zelebrierten den Tausch der Geschenke und imitierten erwachsen den Augenblick kindlicher Spannung, lobten im Geraschel von Papier den Volltreffer und die gute Wahl, bewunderten Qualität und Geschmack der großen und kleinen Überraschungen, die wirklich überraschten oder alle Jahre wieder auftauchen. Frau Berg, mit den festlich gedrehten Locken ganz fremd, wog einen glitzernden Klunker in der Hand, entrüstet über so viel Großzügigkeit. Herr Berg schaltete ernst am Licht der neuen großen Lupe, die ihm helfen soll, das Ende seiner Modellbau-Leidenschaft um eine letzte Frist hinauszuschieben. Mutter blätterte interessiert in dem Führer von Spitzenklassehotels, obwohl sie am Ende doch wieder ins ›Negresco‹ nach Nizza fahren würde. Der Champagnerkorken knallte. Man schaute beiseite, als ich Aljoscha für die sauber geschriebene Liste schmutziger russischer Ausdrücke, die in keinem Wörterbuch zu finden sind, einen Kuss gab, den er innig erwiderte. Wir tranken, wie Mutter sagte, »Blubberwasser«. Von Jakob keine Spur.

Die Bergs falteten Geschenkpapier und sorgten sich laut um den Karpfen im Ofen und leise um ihre private Zeit zu zweit, die immer knapper wurde. Bei Tisch plauderten wir über alles Mögliche, ohne ein Wort über den abwesenden Gast zu verlieren, der dreist den Zeitplan durcheinanderbrachte und das Gesetz der Höflichkeit verriet. Aber niemand wollte ihm das Recht zugestehen, Gesprächsthema zu werden – auch wenn am Ende der Tafel eine Garnitur aus Tellern, poliertem Silber und geschliffenen Gläsern deutlich daran erinnerte, dass hier die heimliche Hauptperson fehlte. Jakob musste auf dem Weg von München nach Zürich aufgehalten worden sein. Warum meldete er sich nicht? Ich war sauer, und ich machte mir Sorgen.

Endlich, als Frau Berg mit der Mandelcreme diskret bat, Jakobs Gedeck abräumen zu dürfen, klingelte ein Telefon. Mutter nickte nur noch zu allem – zur Mandelcreme, zum Abräumen, zur Tatsache, dass Aljoscha sich hastig erhob und mit dem Apparat hinausging. Rief Jakob bei Aljoscha an? Aber er redete ja russisch.

Mutter und ich sparten uns die Konversation und schauten zu, wie die Flamme am Docht der niedergebrannten Kerze flackernd um ihr Leben rang. Es dauerte, bis Aljoscha zurückkam.

»Was ist passiert?«, fragte ich.

Er setzte sich, legte das Telefon ordentlich neben den Löffel und starrte auf den Teller, als könne er es unmöglich schaffen, auch noch diese Mandelcreme zu verdauen. War jemand gestorben? Etwa Babuschka? Endlich zog ein Lächeln über sein Gesicht, als wäre ihm ein besonders guter Streich gelungen.

»Na, spucken Sie es schon aus«, sagte Mutter.

»Meine Chefin«, sagte Aljoscha und betonte jedes einzelne Wort, »hat mir gerade mitgeteilt, dass wir alle Bilder von Jakob Zimmermann verkaufen. Versteht ihr? Sie hat Vladimir Hausmann die Dias gezeigt, und er hat gesagt, er kauft ihn auf! Komplett. Es ist der absolute Wahnsinn!«

Was für ein Weihnachtsmärchen. Kaum zu glauben, was Aljoscha da erzählte.

»Euer Jakob«, rief Aljoscha, »ist ein gemachter Mann – sagt man nicht so?«

Ich schüttelte den Kopf. »Dem Mann scheint einfach die Sonne aus dem Arsch.«

Mutter erhob ihr Glas und sagte: »Ja, das kann man so sagen.«

Irgendwo vibrierte hier mein Telefon. Ich legte Aljoschas Arm beiseite und tastete mich durch die weichen Federn. München, sagte das Display, aber nicht Bea. Die Nummer kannte ich nicht.

»Hallo?«

»Tomas, sind Sie es?« Die Frauenstimme kam mir bekannt vor.

»Am Apparat. Mit wem spreche ich?«

»Bresinsky. Entschuldigen Sie die Störung.«

»Frau von Bresinsky!« Ich war überrascht, am ersten Feiertag mit Jakobs Galeristin zu telefonieren, und sagte: »Frohe Weihnachten! Woher haben Sie meine Nummer?«

»Ist schon in Ordnung. Was ist in Ihren Bruder gefahren?«

»Haben Sie mit ihm gesprochen?« Ich stopfte mir ein Kissen in den Rücken. »Wo steckt er?«

»Mit ihm gesprochen? Er ist hier wie ein Feldwebel reinmarschiert. Wollte auf der Stelle alle Bilder zurück, einfach so. Das ist mir noch nie passiert. Er war wütend und hat mich angeschrien. Er hat mich bedroht. Wenn nicht zufällig Herr Quasten hier gewesen wäre, hätte ich die Polizei geholt. Ich bin immer noch wie unter Schock. Können Sie mir verraten, was in ihn gefahren ist?«

»Hat er es Ihnen nicht erzählt?«

»Was?«

»Jakob hat alle seine Bilder verkauft.«

»Er hat was?«

Aljoscha setzte sich auf und sah mich an, als wollte er mir gleich den Hörer aus der Hand reißen. Im selben Moment wurde mir klar, dass ich diese Neuigkeit wohl besser nicht ausgeplaudert hätte. Zu spät. Am anderen Ende der Leitung herrschte Aufregung. Giselind von Bresinsky rief etwas in den Raum, zum Assistenten wahrscheinlich.

»Jakobs Galeristin«, informierte ich leise Aljoscha, der sich vornüber ins Kissen fallen ließ, als hätte ihn der Schlag getroffen.

»Hören Sie, Tomas.« Giselind sprach jetzt ruhig und deutlich, als würde sie mit einem Kleinkind reden. »Das müssen Sie mir genauer erzählen. Wer hat Zimmermanns Bilder gekauft? Und warum weiß ich davon nichts?«

»Nun, das ist alles noch sehr frisch, sozusagen. Ich weiß selber nichts Genaues.« Ich sah Aljoscha hilflos an.

Höflich fragte die Bresinsky: »Und woher haben Sie diese Information?«

»Von meinem Freund.« Was sollte ich machen? Ich konnte doch nicht einfach auflegen.

»Dieser Russe?« Die Bresinsky ließ nicht locker.

Ich wollte sie abwimmeln und sagte: »Ich schlage vor, wir besprechen das alles, wenn ich wieder in München bin, einverstanden? Ich melde mich dann bei Ihnen.«

»Wann?«

»So bald wie möglich.«

»Aber bringen Sie Ihren Bruder zur Räson, hören Sie? Er wird wiederkommen und die Bilder rausholen wollen. Sie kennen ihn nicht. Der Mann schreckt vor nichts zurück, der kommt mit einem ganzen Trupp. Aber das kann er nicht machen. Er hat kein Recht dazu. Und ich lasse mir nicht drohen. Von niemandem.«

»Natürlich nicht.«

»Versprechen Sie mir, dass Sie mit ihm reden und ihn bremsen?«

Die Bresinsky hatte Angst, zu Recht. Ich dachte an die Szene an jenem Abend vor ihrer Galerie. Jakob hätte im Jähzorn fast seine Freundin Maria geschlagen. Plötzlich wusste ich, was zu tun war. »Ich komme zurück nach München«, sagte ich.

Aljoscha sah mich überrascht an.

»Das ist eine gute Idee«, sagte die Bresinsky. »Dann können wir gemeinsam in Ruhe alles bereden. Wissen Sie was? Ich hole Sie vom Flughafen ab. Rufen Sie mich an, und sagen Sie mir, wann Sie landen, ich bin dann da. Herr Prinz?«

»Ja?«

»Mir fällt gerade ein Stein vom Herzen.«

»Hallo?«

Aufgelegt.

»Alle Achtung!«, sagte Aljoscha. Er hatte die Arme hinter dem Kopf verschränkt, als würde er statt im zerwühlten Bett auf einer schönen Blumenwiese liegen. »Die Gebrüder Prinz und Zimmermann sind schon so zwei Typen. Jetzt hat Jakob einmal in seinem Leben Glück und weiß nichts Besseres zu tun, als loszugehen und die Galeristin aufzuschrecken. Und der andere kommt hinterher und erzählt ihr haarklein, was passiert ist: Ein Riesendeal? Prima, jetzt weiß sie Bescheid, ruft Alarm – und macht einen Wirbel, den wir überhaupt nicht gebrauchen können.«

»Das war wirklich dumm von mir«, sagte ich lahm. »Darum muss ich jetzt zurück und zusehen, dass Jakob nicht durchdreht. Meinst du nicht? Ich mache mir langsam Sorgen.«

Aljoscha legte sich mit seinem ganzen Körper auf mich.

»Was hast du vor?«, fragte ich.

»Meine Chefin ist auch so hysterisch wie du. Sie hätte gerne, dass ich nach Moskau komme. Dann tue ich ihr den Gefallen. Ich will, dass der Deal so schnell wie möglich über die Bühne geht. Das ist jetzt Jakobs große Chance. Wir dürfen kein Risiko eingehen. Und du vergiss nicht …« Aljoscha küsste mich.

»Was?«

»… den Repin einzupacken. Das ›Unerwartet‹-Geschenk deiner Mutter. Ich bin mir sicher, Jakob wird sich wahnsinnig darüber freuen.«

»Bestimmt.«

Und während ich Aljoschas Körper fühlte, erinnerte ich

mich, wie oft ich mir als Kind unter dieser Dachschräge die Zukunft ausgemalt hatte. Aufregung und Angst hatten mein Herz zum Klopfen gebracht. Wie wunderbar das Leben damals schon gewesen wäre, wenn ich gewusst hätte, dass ich heute hier mit diesem Mann unter einer Decke stecken würde.

10

Die Menschen lachten, als ich meinen Gepäckwagen durch die Sperre in die Ankunftshalle des Münchner Flughafens schob. Der Countdown vor Heiligabend war vorüber, und eine herrliche Reihe von freien Tagen lag vor diesen Menschen, mit Onkel und Bruder, Mutter und Großmutter, mit Spaziergang, Plätzchen und Glühwein. Nur vor mir nicht. Ich stand hier und hielt Ausschau nach Giselind von Bresinsky, statt mit Aljoscha im dicken Pullover am Zürichsee zu marschieren, in die Kronenhalle einzukehren und noch ein paar Tage am Kamin die Füße hochzulegen. Plötzlich war ich sauer auf Jakob, der Aljoscha und mir den Weihnachtsurlaub stahl und mich im Stich ließ, als ich mich bemühte, ihn in die Familie reinzubugsieren. Mutter war bereit gewesen, ihn kennenzulernen. Doch jetzt, da war ich mir sicher, hatte sie ihn als »Flegel« abgehakt. Jakob, du hast es versaut! Und wo war jetzt, verdammt noch mal, diese Galeristin? Ihr riesiger, graumelierter Lockenkopf ist doch eigentlich nicht zu übersehen!

Ich hatte schon das Telefon in der Hand und wollte Giselind anrufen – aber warum sollte ich? Schließlich war sie es, die etwas von mir wollte.

»In die Stadt«, sagte ich zum Taxifahrer. »Erst einmal.«

Ich könnte mich von Bea trösten lassen, die sagen würde,

dass die Sterne ungünstig stehen, aber sie war wieder nicht erreichbar. Und Regula? Sie würde die Tatsachen verdrehen, bis ich am Ende selbst an allem schuld war. Nein, ich wollte nach Hause.

»Fahren Sie mich in die Hans-Sachs-Straße, bitte.«

Aber dann war Jakobs Stimme auf meinem Anrufbeantworter: »Hey, Bruderherz, hast du schon die irren Neuigkeiten gehört? Danke, Aljoscha, danke, danke, auch an dich. Ich weiß, mit Zürich, das war scheiße. Tut mir leid. Aber ich kam mir plötzlich vor wie die arme Verwandtschaft. Ich bin kein Bittsteller. Kannst du das verstehen? Ehrlich, ich wollte mich bei dir melden, aber was hätte ich dir sagen sollen? Und dann kam der Anruf von dieser Frau Nikoskaja, oder wie die heißt, und dann, das kannst du dir vorstellen, war erst mal Fete. Wir haben gefeiert, meine Bilder und ich, das geilste Weihnachten, das du dir vorstellen kannst. Ich weiß, jetzt schaffe ich es. Jetzt zeige ich es euch allen. Und du, mein Lieber, bekommst etwas, über das du dich freuen kannst, aber richtig freuen kannst. Etwas ganz Besonderes. Weil du irgendwie für mich etwas ganz Besonderes geworden bist. Frisör, du! Mann, ich verquatsch mich. Meld dich, okay? Du weißt, wo du mich findest. Denn was ich dem Stephan versprochen habe, will ich jetzt, ausnahmsweise, auch mal halten. Man sieht sich.«

Ein Anruf – und ich war mit Jakob fast schon wieder versöhnt. Warum nicht in Stephans Wohnung ein Fest unter Brüdern feiern, auf Jakobs Baustelle.

Es waren kaum Menschen unterwegs, die Geschäfte geschlossen. Die Flasche Champagner trug ich im Leinensack wie in einem Turnbeutel und war froh über meine Handschuhe, die Mutter »exzentrisch« fand. Ich war froh, dass Bea mir beim orangefarbenen Leder zugeraten hatte. Es war kalt. Vor ein paar Stunden hatte die Sonne noch Lust auf Unternehmungen geweckt, doch jetzt, als ich über den Stachus ging, bettete die Dämmerung die Stadt in ein fahles Licht. Nur die warm erleuchteten Fenster spendeten Trost. Es war Zeit, wieder die Kerzen am Baum anzuzünden.

Ich musste nicht klingeln. Ein Nachbar hielt mir mehr im Vorbeigehen als aus Freundlichkeit die Tür auf.

»Frohe Weihnachten«, wünschte ich.

Der Mann ging davon.

Ich stieg die Treppe hoch. Durch den Spaziergang hatte der Champagner seine Kühlschranktemperatur behalten. Als ich klingeln wollte, sah ich, dass die Wohnungstür nur angelehnt war.

»Jakob, ich bin's!« In der Diele war der Boden sorgfältig mit Packpapier abgeklebt. Hier arbeitete ein Profi. »Ich habe uns etwas mitgebracht. Jetzt wird gefeiert!«

Das Erste, was ich beim Blick durch die halbgeöffnete Tür sah, war die umgestürzte Leiter, das Papier auf dem Boden wüst aufgerissen. Hatte sich hier jemand geprügelt? Dann sah ich ihn, und im ersten Moment dachte ich, er treibe einen Scherz. Jakob kniete vor einem Farbeimer, merkwürdig x-beinig, die Arme hingen kraftlos zu den Seiten. Mit dem Kopf aber steckte er, als wäre es ein altmodisches Waschbecken für eine Haarwäsche, vornübergebeugt im Eimer. Mit drei Schritten war ich bei ihm.

»Jakob, was tust du denn da?«, rief ich.

11

Ich hörte einen Wintermantel rascheln und eine Stimme, die sagte: »Der Frisör! Das ist nicht Ihr Ernst, oder?«

Auf dem Tisch vor mir ein Glas Wasser, das mir irgendjemand hingestellt hatte. Und da drinnen… Was für ein Alptraum. Aber die Frau interessierte erst einmal anderes.

»Tomas Prinz. Tomas, ohne h – habe ich recht?«

Dieser irgendwie geschnittene Schopf, der mit Strähnen mechanisch aufgehellt war: die Kriminalkommissarin Annette Glaser. Ich erinnerte mich: Mit ihrer Frisur war schon damals kein Blumentopf zu gewinnen, aber das hier setzte noch einen drauf. Sie sagte: »Wie kommen Sie in diese Wohnung? Und was haben Sie mit dem Toten zu tun?«

Bei ihrem festen Händedruck bemerkte ich, wie warm ihre Hand oder wie kalt meine Finger waren. »Er ist wirklich tot?«, brachte ich hervor.

Etwas um ihre Augen herum bekam einen nachsichtigen, fast gütigen Ausdruck. In diesem Moment kam sie mir vor wie eine vertraute Freundin. »Es tut mir sehr leid«, sagte sie. »Ja, er ist tot, und ich führe hier die Ermittlungen.«

Ich wollte sie umarmen und in Tränen ausbrechen, murmelte aber nur: »Lange nicht mehr gesehen.«

»Sie machen mir Spaß! Wie lange ist es eigentlich her, mit unserem Fall damals?«

In der Tür lehnte der junge Assistent, an dessen schmale Gestalt ich mich dunkel erinnerte. Er starrte mich an, als würde er im Geiste bereits ein psychologisches Täterprofil über mich erstellen. Hinter ihm waren Gestalten auf dem Flur unterwegs, mit Koffer, Fotoapparat und anderem Gerät, und erinnerten in ihren weißen Schutzanzügen an Astronauten auf Expedition.

Wäre das alles doch nicht wahr! Aber das war Wunschdenken.

»Lass uns mal allein, Torsten«, sagte die Kommissarin leise zu ihrem Assistenten.

Er stand unschlüssig da.

»Und mach die Tür hinter dir zu.«

Der Mann hatte es auch nicht leicht.

»Jetzt erzählen Sie mal der Reihe nach.« Der wattierte Mantel raschelte, als sie sich setzte. »Wer ist der Tote, und was haben Sie mit ihm zu tun?«

»Jakob Zimmermann heißt er.«

Annette Glaser schob mir mein Glas hin und verschaffte sich Platz für ihren Schreibblock.

»Er ist mein Halbbruder. Gott verdammt, warum ist der Dummkopf nicht einfach nach Zürich gekommen, wie wir es verabredet hatten? Dann wäre dieser Wahnsinn hier nicht passiert, oder?«

»Nach Zürich?«

»Wir wollten zusammen mit meiner Mutter Weihnachten feiern. Aber er hatte es sich anders überlegt und ist dann doch in München geblieben.«

»Hat er irgendwelche Angehörigen?«

»Seine Mutter ist tot. Die nächsten Verwandten sind, glaube

ich, wir, meine Schwester und ich. Ich muss Regula Bescheid sagen! Sie weiß noch gar nicht, was passiert ist. Und Mutter. Stellen Sie sich vor, sie lernt Jakob jetzt überhaupt nicht mehr kennen. Nie mehr!«

»Beruhigen Sie sich. Ihre Mutter kannte Herrn Zimmermann gar nicht?«

»Nicht persönlich. Jakob und ich – wir haben denselben Vater.«

»Ach ja, Halbbruder.«

»Und bis vor kurzem wussten wir, also meine Schwester und ich, noch gar nichts von seiner Existenz. Stand vor ein paar Wochen bei mir im Salon und sagte: ›Da bin ich.‹ Das war eine Aufregung. Ich meine, so etwas passiert schließlich nicht alle Tage.«

Die Kommissarin notierte. »Und Sie waren vollkommen ahnungslos?«

»Ich hatte keinen blassen Schimmer. Und Jakob hatte es auch erst mit dem Tod seiner Mutter erfahren. Es gab irgendein Testament oder eine Art Album, da stand alles drin. Aber was hat das mit dem Mord zu tun?«

»Und Weihnachten wollten Sie bei Ihrer Mutter in Zürich Familienzusammenführung feiern?«

»Ja.«

»Und wieso sind Sie jetzt hier?«

»Wie schon gesagt: Jakob hatte es sich anders überlegt. Wir haben auf ihn gewartet, aber er ist nicht erschienen. Und dann kam völlig überraschend dieser…«

»Gab es Streit?«

»Nicht direkt. Ich war zuerst sauer, dass er einfach weggeblieben ist. Aber er hat sich dafür entschuldigt, auf meinem Anrufbeantworter. Der Druck mit der Familie war ihm irgendwie zu groß. Ich kann das, ehrlich gesagt, verstehen.«

»Gibt es die Nachricht noch?«

»Welche Nachricht?«

»Die auf Ihrem Anrufbeantworter.«

»Klar. Ich habe sie vorhin erst abgehört und bin dann gleich hierher.«

»Und woher wussten Sie, dass er hier ist? Und was hat er hier gemacht?«

»Das ist die Wohnung von meinem besten Freund Stephan. – Verdammt!«

Die Kommissarin sah mich überrascht an.

»Ich muss Stephan informieren!«

»Wo ist er denn?«

»Skilaufen mit Sabine, irgendwo in Colorado.« Ich sah auf die Uhr. »Wie spät ist es dort jetzt? Zwölf? Eins?«

»Wir überprüfen das.« Annette Glaser blätterte um. »Aber Ihr Freund kann da drüben in Colorado jetzt sowieso nichts machen. Sie wollten mir noch sagen, was Ihr Halbbruder hier in der Wohnung gemacht hat.«

»Richtig.« Ich stand auf, ging zum Hahn und füllte mir das Glas mit Leitungswasser. »Sie auch?«

Annette Glaser schüttelte den Kopf.

Ich trank und lehnte mich gegen die Spüle. Ich versuchte mich zu konzentrieren. »Stephan hat Jakob den Auftrag gegeben, die Wohnung zu renovieren. Ist ja nicht zu übersehen: Tapezieren, streichen, all das. Jakob hat solche Jobs öfter gemacht. Als Maler hat er ja kaum etwas verdient. Obwohl, das hätte sich ja nun bald geändert. So eine himmelschreiende ...«

»Das verstehe ich nicht«, sagte die Kommissarin. »Er hat als Maler öfter solche Jobs gemacht, aber kaum etwas verdient? Und dann doch? Also, wie jetzt?«

»Als Maler – damit meine ich als Künstler! Jakob war Künstler! Und wenn Sie mich nicht immer unterbrechen würden, hätte ich Ihnen schon lange erzählt, dass er gerade seinen Durchbruch hat. Eine Galerie in Moskau verkauft vielleicht gerade in dieser Minute alle seine Bilder an einen russischen Fischhändler, verstehen Sie? Der will alles haben, was Jakob gemalt hat. Das ist der absolute Wahnsinn!«

»Jetzt also noch die Russen.« Annette Glaser legte den Stift zur Seite und rieb sich die Augen. Was war los? Sie stand auf und zog den Mantel aus. Dieses Geraschel bei jeder Bewegung war nicht auszuhalten.

Sie setzte sich wieder, stützte die Schläfe mit dem Zeigefinger und las im Eiltempo ihre Notizen. War sie aus dem Konzept gekommen?

»Entschuldigen Sie bitte«, sagte ich.

»Noch mal: Warum sind Sie jetzt hierher zu Herrn Zimmermann gekommen?«

»Eigentlich wegen seiner Galeristin hier in München. Ich wollte vermitteln. Moment mal! Die Frau war stinksauer auf Jakob! Und sie hatte eine Scheißangst vor ihm. Verstehen Sie? Viele von Jakobs Bildern stehen bei ihr in der Galerie oder sonstwo. Jakob ist zu ihr hin und wollte sein Eigentum zurückhaben, für den russischen Fischhändler. Und sie, die Galeristin, klar, hat sich natürlich stur gestellt.«

»Name?«

»Wie?«

»Der Name der Galeristin!«

»Giselind von Bresinsky, hinten mit Ypsilon, Brienner Straße.«

Die Kommissarin schrieb alles auf. Und fragte: »Und warum …«

»… ich hierhergekommen bin? Nun, die Bresinsky wollte mich vom Flughafen abholen. Wir hatten verabredet, die Sache mit dem Angebot aus Moskau in Ruhe zu besprechen. Natürlich wollte ich sie möglichst dazu bringen, Jakob die Bilder zurückzugeben. Ich finde, sie hat kein Recht …«

Annette Glaser sah mich an.

»Jedenfalls – wer nicht kam, war Frau von Bresinsky. Dann bin ich ins Taxi und nach Hause, zu mir in die …«

»… Hans-Sachs-Straße, ich weiß. Haben Sie sie nicht angerufen?«

»Die Bresinsky? Nein. Ich habe Jakobs Nachricht gehört, habe mir die Flasche Champagner geschnappt und bin hierher. Schließlich gab es ja etwas zu feiern. Weihnachten, der Bilder-Deal. Und da sah ich ihn …«

Plötzlich hatte ich die Bilder wieder vor mir. Wie ich ihn am Kragen packte, aber sein Körper war tonnenschwer. Der Kopf in der Farbe wie festgeklebt. Ich musste ihm in die Haare greifen, die mir dazu viel zu kurz geraten waren, dann hatte ich ihn irgendwie. Unter einer dicken, zähen Schicht zeichneten sich träge Nase, Mund und Augenhöhlen ab. Jakobs Gesicht war eine tote weiße Maske.

»Entschuldigen Sie, kann ich kurz das Fenster aufmachen?«

»Natürlich. Wir sind übrigens gleich fertig. Sind Sie okay?«

»Es geht schon, danke.«

»Ist Ihnen im Haus jemand aufgefallen?«

»Nicht dass ich wüsste.«

»Haben Sie einen Schlüssel zum Haus?«

»Nein.«

»Wie sind Sie dann hereingekommen? Haben Sie geklingelt?«

Wie war denn das? »Jemand ist mir entgegengekommen. Ein Nachbar.«

»Ein Mann, also. Sie kannten ihn?«

»Ich glaube, ich habe ihn hier schon einmal gesehen.«

»Aber Sie sind sich nicht sicher?«

»Tja, beschwören könnte ich es jetzt nicht.«

»Dann waren Sie im Haus. Weiter?«

»Ich bin die Treppe hoch und direkt in die Wohnung. Herrjeh! Die Wohnungstür stand offen! Ich hatte mich noch gewundert, aber dann – heißt das nicht …«

»Das heißt zunächst einmal gar nichts.«

»Der Mörder ist mir am Ende knapp entwischt! Stand vielleicht noch oben auf dem Treppenabsatz und hat gesehen, wie ich rein bin. Es war doch Mord?«

»Offensichtlich. Aber wir müssen noch die Ergebnisse der Obduktion abwarten.«

Der Assistent kam herein.

Ich sagte: »Vielleicht war es doch der Fremde, unten in der Tür. Oder Giselind von Bresinsky? Aber das ist doch alles Unsinn. Wer will Jakob denn gleich umbringen? Ich kann mir das nicht vorstellen.«

Der Assistent flüsterte, Annette Glaser nickte und sagte: »Zwei Minuten.«

Torsten trat einen Schritt zurück. Ein Leisetreter.

»Sagen Sie, Herr Prinz, wer wusste, dass Jakob Zimmermann sich hier in dieser Wohnung aufgehalten hat?«

Ich überlegte. »Alle. Es war ja kein Geheimnis. Ich wusste davon, Bea, Kitty, Aljoscha, auch Regula und sogar meine Mutter. Und bestimmt auch Jakobs bester Freund, Gregor Kanter. Mit dem hat er, glaube ich, so ziemlich alles besprochen.«

»Haben Sie von dem eine Telefonnummer?«

»Tut mir leid. Es sei denn, Kitty hat sie bei den Terminen notiert. Aber ich bin mir nicht sicher.«

»Was für Termine?«

»Haare. Er war einmal da. Bea hat ihn gefärbt und sogar geschnitten. Normalerweise färbt sie ja nur.«

»Wussten Sie, dass Ihr Halbbruder die Abwesenheit von Herrn Hammerschmid nutzte und sich hier häuslich eingerichtet hat?«

»Nein, das wusste ich nicht. Aber ich kann mir sogar vorstellen, dass Stephan es ihm angeboten hat.«

»Wie es aussieht, hatte Herr Zimmermann Besuch. Jemand hat hier in dieser Wohnung bei ihm übernachtet. Wissen Sie, wer das sein könnte?«

»Keine Ahnung. Vielleicht die Frau mit der Strickmütze? Das war, glaube ich, seine oder Gregors Freundin. Die Frau stand mal vor dem Salon, als Jakob da war, und danach sind sie alle zusammen ins ›Selig‹. Die drei kamen mir sehr vertraut vor. Aber wie sie heißt, weiß ich leider nicht. Da kann Ihnen bestimmt Gregor Kanter weiterhelfen.«

Annette Glaser klappte ihren Block zu. »Vielen Dank, Herr Prinz.« Sie sah mich an. Nichts vergessen? »Das war's fürs Erste. Sie haben uns sehr geholfen.«

Ich schob meinen Stuhl zurück. Mir war flau.

»Sollen wir Sie nicht besser nach Hause bringen?«

»Nicht nötig. Ich nehme mir ein Taxi. Haben Sie hier eigentlich irgendwo eine Katze gesehen?«

»Papperlapapp. Mein Kollege wird Sie fahren. Torsten? Dann bringen Sie gleich den Anrufbeantworter von Herrn Prinz mit.«

Der Assistent lotste mich durch den Flur, am Todeszimmer vorbei. Ich vermied den Blick hinein. Die Mondmenschen waren auch in der Diele, pinselten und schnüffelten noch nach der kleinsten Schuppe, der Spur, die sie zum Täter führen könnte. Ob sie etwas finden würden? In Stephans Wohnung! Wenn der wüsste – und erst Sabine! Hier zu wohnen konnte ich mir nicht mehr richtig vorstellen. Vielleicht hatte der Mörder meinen besten Freund obdachlos gemacht.

Im Auto starrte ich dumpf aufs Armaturenbrett, an dem wieder so ein Block befestigt war. Die Übelkeit zu bezwingen erforderte meine ganze Konzentration. Torsten schaltete das Radio aus.

Womit vertrieben sich die Ahnungslosen jetzt die Zeit? Mutter sah ich im Arbeitszimmer auf die leere Wand starren, wo das Bild gehangen hatte, das nun niemandem mehr gehörte. Aljoscha sah ich in Moskau mit Vladimir Hausmann per Handschlag den Deal besiegeln, der Jakob nichts mehr bringen würde. Ich sah Jakobs Körper von den Pathologen an Armen und Beinen gehalten, Sekunden in der Luft schweben und durchhängen, bis er schwer auf dem Obduktionstisch landete, sah das Gesicht, die gespenstisch weiße Maske. Ich musste das Bild loswerden.

»Wie heißen Sie eigentlich mit Nachnamen?«, fragte ich. Aber als ich die Antwort nicht verstand, fragte ich nicht noch einmal nach.

Endlich waren wir vor meinem Haus. Torsten war hinter mir, immer bereit, mich zu stützen. Mir war elend. Irgendwie schaffte ich es die Treppen hoch, irgendwie bekamen wir die Tür auf, dann stürzte ich ins Bad, riss den Klodeckel hoch und würgte. Ich erhob mich langsam. Wie können Beine schwer und weich zugleich sein? Ich stützte mich am Waschbecken ab und betrachtete mein Gesicht im Spiegel. Was für eine Welt. Ich war fertig mit ihr. Jedenfalls sah ich so aus.

»Alles in Ordnung bei Ihnen?«, hörte ich durch die Tür.

Ich rief etwas und musste plötzlich lächeln über die Anhänglichkeit dieses Mannes, der irgendwie zum Assistenten geboren schien. Der Wechsel von heißem und kaltem Wasser half meiner Durchblutung. Jetzt nur noch schlafen.

Er stand immer noch Wache, sagte: »Warten Sie – geht's?«, und stützte mich wie einen Verletzten. Ich schleppte mich über den Flur, stieß gegen das Fahrrad mit dieser albernen Schleife, ein Geschenk aus einem irgendwie anderen Leben, stolperte gleichgültig über meinen Koffer, den ich nicht mal aufgeklappt hatte, und ließ mich aufs Sofa plumpsen. Ich kam nicht aus den Schuhen. Dass er mir half, brachte mich auf den Gedanken, ihm etwas zu trinken anzubieten. Er sagte: »Sehr gerne«, er hätte schließlich Feierabend. Es war gut, jetzt nicht allein zu sein.

Torsten versuchte, brillant zu sein und über die Welt zu plaudern, die, seiner Meinung nach, gar nicht so schlecht war. Rührend, wie er versuchte, breitbeinig einen Charmeur mit Whiskyglas zu geben. Eher aus Langeweile als aus Interesse studierte ich den Verlauf seiner Hosennähte.

»Sie haben es auch nicht leicht mit all den Mördern und Ermordeten, was?«, sagte ich völlig aus dem Zusammenhang.

Er lachte endlich, antwortete aber wieder viel zu ernsthaft. Ich hörte nicht zu. Mir waren nie seine hellen Augen aufgefallen, die mich anschauten, als wollten sie mir beweisen, dass er viel mehr war als nur der Assistent, der aus dem Zimmer geht, wenn die Chefin es sagt. Dann war er also ein Mann, der messerscharf kombiniert, probiert und Visionen hat. Ich war langsam bereit, mich damit einverstanden zu erklären. Über seine glattrasierten Wangen verlief diagonal ein schöner Schatten.

Ich fand alles amüsant, die harte Story von der blutigen Axt unter der Schlafzimmermatratze, den weichen Whisky, auch den Button-down-Kragen, und ich bemühte mich, so etwas wie einen Sinn in meine Worte zu legen, die mir aber herauskamen, als würde es sich um etwas sehr Dringendes handeln: »Können Sie sich noch erinnern, wie heiß es in dem Sommer war, als Sie und ich mit Ihrer Chefin ermittelt haben? Korrigieren Sie mich, aber wenn ich mich nicht irre und ich jetzt nicht völlig den Verstand verloren habe, war es da doch mörderheiß gewesen, oder?«

Ich versuchte, ganz genau von seinen Lippen abzulesen, die sich bewegten und formten und sagten, als ob es irgendetwas erklären würde: »Ich darf den Anrufbeantworter nicht vergessen.«

»Das macht doch nichts«, antwortete ich und beschloss, dass diese Lippen zu küssen an so einem Tag unmöglich ein Verbrechen sein konnte.

Ich hatte alles gesagt. Kitty hörte nicht mehr auf, den Kopf zu schütteln. Regula, die nach meinem Anruf keine dreißig Minuten später im Salon war, blickte starr vor sich hin, als suche sie fieberhaft nach einer Erklärung, die das Ganze als ein großes Missverständnis auflösen würde. Und Bea? Sie schaute über uns alle hinweg, nach draußen, auf die Hans-Sachs-Straße, still wie der Mond, so dass ich einen Moment lang daran zweifelte, ob sie meine Worte überhaupt mitgekriegt hatte. Das Leben fühlte sich durcheinander und schmutzig an, an diesem Dienstag, den 27. Dezember.

»Es tut mir leid«, sagte ich, als wäre ich schuldig. »Das Wichtigste ist, dass wir jetzt alle einen kühlen Kopf bewahren. Die Polizei – übrigens Frau Glaser – wird herausfinden, was in der Wohnung von Stephan passiert ist. Bea, bist du okay? Komm, setz dich.«

Bea tat, was ich ihr sagte.

Jemand drückte von draußen gegen die Tür. Kitty streckte ihre zehn Finger mit den acht Ringen in die Luft und signalisierte: Geschlossen.

Regula murmelte: »Irgendwie müssen wir jetzt weitermachen, oder? Aber wie? Wir hatten ihn doch gerade erst gefunden.« Sie drehte den Kopf zur Seite. In der Umarmung spürte ich ihren Atem an meiner Schulter. Ihr Körper schüttelte sich. Ich streichelte über ihr weiches Haar.

Das Telefon klingelte. Bea saß da und hatte keine Kraft, das Gewicht loszuwerden, das auf ihren Schultern lag und sie zu Boden drückte. Ich hatte Angst um sie. So hatte ich sie noch nie gesehen.

»Unmöglich«, sagte Kitty. »Herr Prinz nimmt keine neuen Kunden an. Nein, ausgeschlossen. Wirklich nicht.«

Da war er schon, der Alltag. Regula schneuzte sich und tupfte ihre rote Nase, genau wie Mutter es tut. Sie war jetzt beim Kofferpacken, und ich hatte noch nicht gewagt, sie anzurufen. Ob Regula dieses eine Mal ...?

»Was heißt ›persönlich‹? So haben Sie doch Verständnis. Wie?« Kitty hielt den Hörer in die Luft und schaute mich empört an.

Ich übernahm. »Hallo?«

»Sie sind der Herr Prinz?« Ich hörte sofort, dass hier keine Frau in den Spiegel geschaut und beschlossen hatte, auf der Stelle zum Frisör zu müssen. Sie sagte: »Sie kennen mich nicht. Ich bin die Freundin von Jakob« – sie atmete – »gewesen.«

»Es tut mir alles sehr leid«, sagte ich. »Wir sind sehr traurig.« Und weil sie nichts sagte: »Kann ich etwas für Sie tun?«

Ihre körperlose Stimme klang eher zaghaft als schüchtern. »Ich möchte Ihnen etwas geben. Ich glaube, es ist in Jakobs Sinn. Er hat zuletzt immer sehr nett von Ihnen gesprochen.«

»Ja. Wann passt es Ihnen?«

Kitty wollte Bea eine Tasse reichen, hielt sie vor ihr in der Luft und stellte sie schließlich achselzuckend auf das Tischchen neben sie.

»Jetzt, gleich?«, fragte das Stimmchen.

»Lieber morgen«, schlug ich vor. »Gleich um neun. Kennen Sie das ›Arosa‹?«

»Nein.«

»Das ist im Glockenbachviertel, Hans-Sachs-Straße, ein paar hundert Meter vom Salon. Einverstanden?«

»Ja.«

»Dann sehen wir uns dort.«

»In Ordnung.«

»Wie ist Ihr Name?«

»Herrlich, Irene. Auf Wiedersehen.«

Ich legte den Hörer zurück in die Station.

Irene Herrlich. Ob das die Frau mit der Strickmütze war? Es könnte aber auch jemand ganz Fremdes sein. Doch es gab jetzt Wichtigeres.

»Kleines, du musst deinen Tee trinken, solange er heiß ist«, sagte ich.

Bea merkte gar nicht, dass ich ihre Hand hielt.

»Oder willst du dich lieber oben etwas hinlegen?«

Die Tränen liefen ihr über die Wangen, als sie sagte: »Ich will, dass er wieder lebendig wird.«

12

Wir hatten kein Ziel, nur die Richtung. Bea stiefelte mit Entschlossenheit und arbeitete in Gedanken die Ereignisse ab, als wären es Strähnen, die sie in Lagen aus einem großen Wirrwarr herauszukämmen hatte. Ich hakte sie unter und wollte mit ihr Schritt halten. Wir hatten in der letzten Zeit so wenig miteinander geredet, immer nur mit Schere oder Autoschlüssel in der Hand, mit einem Kunden an der Backe oder in der Kaffeeküche beim durchdrehenden Lärm der Waschmaschine. Was hatte sich in den vergangenen Wochen bloß alles verändert! Seit wann war das so? Kein Zweifel – seit Jakob.

»Weißt du noch«, fragte Bea, »wie du mich in der Galerie gefragt hast, ob ich mich verliebt habe?« Sie blieb stehen, die Hände trotzig in die Manteltaschen geschoben, als fürchtete sie, ausgeschimpft zu werden. »Du hattest recht.«

»Mensch, Bea!« Was konnte ich ihr sagen?

Den Mann, in den sie sich verliebt hatte, gab es nicht mehr. Er war einfach weg. Es war brutal.

Ich nahm sie in den Arm.

Jakobs Frauen – ich tröstete sie alle der Reihe nach.

»Dabei wollte ich doch einen Kerl und keinen Typ«, sagte Bea und schneuzte sich.

Ich traute mich nicht zu fragen, worin sich ein Kerl von

einem Typ unterscheidet. Vermutlich im Alter. Aber wäre dann ein Typ nicht viel besser?

Wir gingen im Gleichschritt, und Bea erzählte: »Jakob war völlig verrückt nach mir, und gerade dachte ich, wir haben keine Affäre mehr, sondern fast schon eine Beziehung. Aber vielleicht lag das auch nur an Weihnachten, an den Zimtsternen und Kerzen, meinst du nicht? Ja, bestimmt wäre im Sommer, wenn sein Schweißgeruch unerträglich wäre und er immer noch nicht gelernt hätte, den Klodeckel herunterzuklappen, alles wieder aus und vorbei gewesen.«

Bea hatte es richtig erwischt. Und ich suchte hilflos nach Floskeln: »Du hast die Erinnerung. Und du hast ihn besser kennengelernt als wir alle.« Was für einen Müll ich redete.

Im Rinnstein blinkte ein Christbaum mit Resten von Lametta und blockierte einen kostbaren Parkplatz. Da hatte wohl jemand von Weihnachten schon die Nase voll. Einverstanden. Ich nahm es als Signal. Ich musste wissen, was Sache war.

»Hat eigentlich jemand von dir und Jakob gewusst?«, fing ich an. »Gregor, zum Beispiel?«

»Wir wollten nicht, dass es jemand erfährt. Das zarte Pflänzchen unserer Zuneigung sollte nicht gleich dem grellen Licht der Öffentlichkeit ausgesetzt werden, wenn du verstehst, was ich meine. Wir wollten es beide nicht.«

Beas Pathos war, fand ich, ein gutes Zeichen, aber ich dachte kurz daran, dass die Pflanze so ganz ohne Licht auch nicht gedeihen kann, doch das war jetzt nicht wichtig.

»Und seine Freundin, Irene Herrlich – hast du sie mal kennengelernt?«

»Ein liebes, unschuldiges Mädchen. Sie tut mir so leid.«

»Ich treffe sie morgen. Willst du mitkommen?«, fragte ich.

»Weißt du, was ich will? Wegfahren, raus aus allem, am liebsten nach Sylt.«

Ich überlegte. Die Reise würde ihr bestimmt guttun. Andererseits: »Du musst Frau Glaser von dir und Jakob erzählen.«

»Ich finde, das geht die Polizei nichts an.«

»Natürlich nicht. Aber es könnte für den Fall wichtig sein.«

»Mag sein. Aber in diesem Fall glaube ich es nicht.«

»Wann hast du Jakob eigentlich zuletzt gesehen?«

»Machst du jetzt mit mir das Verhör?«

»Bea!« Ich hielt ihre Schultern fest. »Jakob ist umgebracht worden. Die Polizei sucht den Mörder, und sie sucht nach einem Motiv. Du musst alles erzählen, was du weißt. Vielleicht war es Mord aus Eifersucht! Wäre ja nicht das erste Mal.«

»Ich war bei ihm«, sagte Bea.

»Wann?«

»An Heiligabend. Am Nachmittag.«

»Und?«

»Na, was wohl? Wir haben seinen Triumph gefeiert. Dass der Russe in Moskau seine Bilder kauft. Jakob wollte es zuerst gar nicht glauben und war ein ängstliches und misstrauisches, kleines Häschen. Ich habe ihm immer wieder gesagt, solange es die Galeristin von Aljoscha ist, kann er ganz beruhigt sein. Dann wird mit dem Deal schon alles gutgehen. Stimmt doch, oder? Langsam hat er dann die Tragweite begriffen. Ehrlich, ich habe ihn noch nie so ausgelassen gesehen!«

»Was war danach?«

»Du meinst – gleich danach?«

»Na ja, später.«

»Später hat es geklingelt, und ich bin gegangen, und zwar durch den Treppenabgang in der Küche. Ich hatte keine Lust, Irene zu begegnen.«

»Wollte sie ihn denn besuchen kommen?«

»Die Kleine wollte immer wissen, was Jakob macht. Ich habe mich da rausgehalten. Verstehst du, ich wollte einfach eine gute Zeit mit ihm haben und nicht diese Probleme. Dafür bin ich zu alt.«

»Bea, ist dir klar, wer da geklingelt hat? Und dass du vor dem Mörder möglicherweise die letzte Person gewesen bist, die Jakob lebend gesehen hat?«

Ich wusste nicht, was Bea dachte, aber was wäre passiert, wenn Bea dem Mörder in die Hände gefallen wäre? Hätte sie dann das Verbrechen verhindern können? Oder wäre sie jetzt auch tot? Mir wurde schlecht.

Bea fragte: »Als du Jakob gefunden hast – warum hast du mich eigentlich nicht gleich angerufen?«

»Was hat das jetzt damit zu tun?«

»Bitte antworte.«

»Ich habe die Polizei angerufen.«

»Ich meine, danach.«

»Danach war das Verhör.«

»Und danach?«

Ich könnte Bea jetzt auch ein Geständnis machen. Ihr die absurde Geschichte mit Torsten erzählen. Wozu? Ich sagte: »Hör mal, ich war nach dem Verhör total fertig.«

»Davon rede ich doch die ganze Zeit. Du hast einen Menschen tot aufgefunden. Ermordet! Warum wolltest du nicht mit mir darüber sprechen? Du erzählst mir doch sonst alles – und zwar jeden Quatsch. Kann es sein, dass du mir etwas verschweigst?«

Beas feine Antenne. Aber nicht mit mir. Nicht jetzt, nicht heute. Doch statt dumpf zu leugnen, ist Gegenangriff immer die bessere Strategie. »Entschuldige« sagte ich. »Du bist es doch, die mir seit Wochen etwas verschweigt, das ganze Ding mit Jakob. Und ich sitze dumm mit Aljoscha und Mama in Zürich, warte auf den verlorenen Sohn und habe keinen blassen Schimmer, dass der etwas Besseres zu tun hat.«

»Jetzt bin ich mir sicher, dass du etwas verheimlichst«, sagte Bea, und es hörte sich beinahe zufrieden an.

»Ich war gestern Abend verwirrt und durcheinander«, sagte ich. »Ansonsten ist nichts. Es ist nicht der Rede wert.«

Ich war wie ein Mann auf der Flucht. Ich strampelte auf dem Fahrrad. Ich quälte mich in der Rudermaschine. Ich rackerte mich an der Beinpresse ab. Ich wollte an nichts mehr denken, keine Trauer um Jakob, keine Sorge um Bea, keine Regula. Nur Aljoscha. Am Morgen war seine Antwort auf die brutale Todesnachricht am Telefon eine erstaunte Ratlosigkeit gewesen. Bei meinem Anruf am Mittag hatte das Unglaubliche und Absurde ihn zornig und wütend gemacht. Jetzt, am Abend, könnte er wieder mit leiser Sorge meine Stimme analysieren und fragen, ob, den Umständen entsprechend, alles in Ordnung sei. Ich würde die Sache, die Konfrontation mit Tod und Verbrechen, den Ausnahmezustand, die schwer zu kalkulierenden Überreaktionen am Telefon nicht ansprechen. Das war doch alles nicht wichtig. Was war jetzt eigentlich mit dem Kauf der Bilder? Vermutlich hatte sich die Sache erledigt und Aljoscha einen Haufen Schwierigkeiten. Ich wollte wissen, wie es ihm ging. Ich wollte ihn im Arm halten.

Auf dem Anrufbeantworter blinkte die Nachricht. Aber statt Aljoscha war die Kommissarin auf dem Band: »Eine wichtige Sache: Bitte nicht die Nachricht von Jakob Zimmermann löschen! Mein Assistent hätte den Kasten gestern eigentlich gleich mitnehmen sollen. Sei's drum. Rufen Sie mich zurück? Ich hätte da nämlich noch ein paar Fragen. Danke. Und noch was: Wollen Sie sich nicht mal eines dieser Mobiltelefone anschaffen? Die sind total praktisch.«

Ich schaute auf die Uhr. Bald Mitternacht. Ich ging zum Kühlschrank und schraubte die Wasserflasche auf.

Jakobs letzte Nachricht. Ich ging zum Anrufbeantworter. Sollte ich? Ich drückte. Jakobs Stimme: »Hey, Bruderherz, hast du schon die irren Neuigkeiten gehört?« – Mein Gott, was hätte aus dem Kerl noch werden können. Jetzt, wo alles gerade anfing. – »Denn was ich dem Stephan versprochen habe, will ich jetzt, ausnahmsweise, auch mal halten. Man sieht sich.«

Ich stellte die Flasche in den Kühlschrank zurück. Die Tur fiel scheppernd zu.

Am Ende war der Tod von Jakob doch nur ein dummer Unfall. Aber wer kann so unglücklich stolpern, dass er kopfüber in einen Farbeimer fällt? Wohl niemand.

Ich war todmüde.

Der ewige Assistent – so nannte ich ihn inzwischen heimlich – hoffentlich war er in Ordnung. Das fehlte noch.

Aber warum hatte Aljoscha nicht mehr angerufen? Liebte er mich nicht mehr?

Beim Einschlafen dachte ich, irgendetwas auf dieser Welt muss doch Bestand haben, etwas aushalten und bleiben: gefestigt, stabil und für die Ewigkeit.

Sag mal, Frisör, wirst du alt?

Und bei der komplizierten Suche nach einer ehrlichen Antwort auf diese einfache Frage schlief ich ein.

13

Gestern noch war Kim über die Nachricht vom Tod meines Halbbruders erschüttert und von Schmerz erfüllt und hatte mich tröstend an ihren weichen Busen gedrückt. Heute blätterte sie schon wieder kopfschüttelnd durch die neueren Katastrophen dieser Welt und grüßte mich über die Theke mit der vertrauten Gleichgültigkeit eines Ehepartners, der blind erkennt, wenn der andere auch nur als Schatten den Raum betritt. Schließlich beginnen Kim und ich hier, im ›Arosa‹, fast immer gemeinsam den Tag.

Kim deutete mit dem Kopf auf die fremde Frau. Die Person, die da allein saß, kehrte uns den Rücken zu und wartete. Das Kerzengerade ihrer Haltung wirkte geistesabwesend, ängstlich, aber auch selbstbewusst. Kim zuckte ratlos mit den Schultern.

»Irene Herrlich?«, fragte ich.

Das Lächeln kam mit Verzögerung. »Lieb, dass Sie gekommen sind.« Die gehauchten Worte interpretierte ich nun doch als ein Zeichen ihrer Aufregung.

Sie sah zu, wie ich Schal und Mantel auszog und über den Stuhl zu ihrer Steppjacke legte. Eine Wollmütze konnte ich dabei nicht entdecken.

»Nehmen Sie auch Kaffee?«, fragte ich. »Und die Butterbrezeln sind hier sehr gut.«

Kim verstand mein Zeichen sofort.

Ich gebe zu, für mich war dieser Termin vor allem ein Akt der Höflichkeit. Ich wollte der Hinterbliebenen mein Beileid aussprechen und vielleicht noch etwas über Jakob erfahren, was mir helfen könnte zu verstehen, was für ein Mensch er war und wie er zum Opfer eines so brutalen Verbrechens werden konnte. Auf keinen Fall, hatte ich mir vorgenommen, würde ich Irene den Sensationsbericht liefern, den manche Kunden im Salon einforderten, seit sie von meinen geschwätzigen Angestellten erfahren hatten, dass ich fast unmittelbar Zeuge einer Tat geworden und im Besitz unfassbarer Details war, über die die Münchner Presse, allen voran mein Journalistenfreund Hans-Peter, auf den Titelseiten nur munkeln konnte. Noch weigerte ich mich zu glauben, dass dieser Hunger nach Details ein Grund sein könnte, warum die Anfragen nach Terminen in der sonst eher etwas flauen Zeit zwischen den Jahren plötzlich zugenommen hatten.

Aber Irene, hatte ich den Eindruck, war anders drauf. Als ich sagte: »Mit Jakob, das tut mir unendlich leid. Ich bin immer noch wie unter Schock. Wenn ich etwas für Sie tun kann …?«, schlug sie die ungeschminkten Wimpern nieder und antwortete: »Das ist sehr freundlich von Ihnen.«

Vor ihr auf dem Tisch lag ein Buch, über das sie die Hände hielt, wie über etwas sehr Kostbares. Ihre Nägel waren gepflegt, aber die Haare, die bis zu den schmalen, hochgezogenen Schultern reichten, sahen splissig und hilfsbedürftig aus, von Farbe und Schnitt konnte nicht die Rede sein. Doch das war jetzt nicht meine Sorge.

»Kannten Sie Jakob lange?«, fragte ich.

»Sehr lange.«

Mehr wollte sie dazu anscheinend nicht sagen. In ihrem Alter – ich schätzte sie auf Mitte, höchstens Ende zwanzig – würden wahrscheinlich schon meine zwei Jahre mit Aljoscha eine Ewigkeit bedeuten.

»Und wo haben Sie sich kennengelernt?«, fragte ich.

»Hier in München.«

Sie schien weniger aufgeregt als vielmehr schüchtern zu sein. Klar, ich war für sie ein Fremder, noch dazu ein bekannter Frisör. Wer weiß, was Jakob ihr so alles über mich erzählt hatte.

»Und was machen Sie beruflich?«, fragte ich.

»Ich arbeite in einer Drogerie.«

»Tatsächlich? Dann sind wir ja gewissermaßen in verwandten Branchen«, sagte ich ein wenig anbiedernd. »Und wo?«

»Rotkreuzplatz.«

Kim war hinter der Theke dabei, unsere Brezeln mit Butter zu bestreichen. Sie tut alles mit viel Liebe, aber wo blieb bloß der Kaffee, mein Schmiermittel für eine zähe Konversation am frühen Morgen?

»Da habe ich Jakob auch das erste Mal gesehen«, fing Irene plötzlich an, » also in der Drogerie, wo ich arbeite. Er kam jeden Tag vorbei und hat etwas gekauft. Aber immer Watte, ein Päckchen täglich. Wenn er hereinkam, wusste ich, jetzt geht er wieder in den Gang zu Klopapier, Taschentüchern, Tampons, bis mir mal klar wurde, er kauft die Watte nur, weil er mit mir ein Gespräch anfangen will. Er sucht einen Grund, mich kennenzulernen. Und das hat er dann ja auch geschafft, über die Watte.«

»Was für eine schöne Geschichte«, sagte ich, mehr gerührt über ihre naive Vertrauensseligkeit als über die Geschichte selbst. Watte als Gesprächsthema und Beziehungsfundament.

»Und jetzt ist sie das Einzige, was mir von ihm geblieben ist. Siebenundvierzig Pakete.«

Es hatte also eine Zeit gebraucht, bis die beiden ins Gespräch gekommen waren.

»War Jakob treu?«, fragte ich und dachte noch: Bitte entschuldige, Bea.

Irene schaute ins Leere, schien gar nicht mitzubekommen, wie Kim servierte, und sagte, als wäre es das Ergebnis einer logischen Rechnung: »Natürlich war Jakob treu. Sonst wäre ich ja nicht mit ihm zusammen gewesen.«

Sie hatte keine Ahnung von Jakob und Bea. Nein, dieses Seelchen hatte keinen Schimmer, dass man sie betrogen und Jakob vielleicht schon seine Zukunft mit Bea geplant hatte. Plötzlich wurde ich wütend auf Bea. Es war natürlich toll, von einem jüngeren Kerl angehimmelt zu werden und sich geliebt und begehrt zu fühlen. Jemand wie Irene war da natürlich unwichtig. Hauptsache, Beate Simm hat ihren Spaß! Ich musste dafür sorgen, dass Irene nie erfuhr, was Jakob hinter ihrem Rücken getrieben hatte. Sonst würde es ihr das Herz brechen, und das sollte doch das schöne Bild von einer romantischen Liebe bewahren.

»He, Sie haben die Milch vergessen!«, rief Irene plötzlich hinter Kim her, und die Rabaukenlautstärke offenbarte, wie gut Irene es gerade fand, die Bedienung für sich springen zu lassen.

Ich nippte, zwinkerte und sagte als Entschuldigung für

Kims kleines Vergehen: »Ich trinke ihn immer schwarz. Deshalb hat sie wohl nicht daran gedacht.«

Irene biss mit gespreiztem Finger von ihrer Butterbrezel ab.

Vielleicht irrte ich mich, und das Seelchen war sehr gut in der Lage, sich zu nehmen, was ihm zustand. Vielleicht war es dabei nicht besonders schnell und nicht besonders schlau. Aber bestimmt hartnäckig. Und auch brutal? Ja, vielleicht sogar brutal – aber, Blödsinn, natürlich nicht derart brutal!

Immer noch lag das Buch da, zu dem sie bisher kein Wort gesagt hatte. Sie bemerkte meinen Blick aus den Augenwinkeln.

»Das ist für Sie«, sagte sie, als würde es sich um ein Trinkgeld handeln. »Jakob hat es damals von seiner Mutter bekommen.«

Das geheimnisvolle Testament von Elisabeth Zimmermann, das Erbe, von dem Jakob immer erzählt hatte. Ich war aufgeregt. »Darf ich hineinsehen?«

»Was denn sonst?«

Ich wischte meine Hände an der Serviette ab. Der Einband war aus fester Pappe, die Seiten mit einer Schleife zugebunden. Vorsichtig löste ich den Knoten, schlug das erste Blatt auf und sah in die Augen meines Vaters.

Ich kenne diese ferne Melancholie, das Kinn mit der kleinen Kerbe, die ich von ihm geerbt habe: Papa in Schwarzweiß. Die gleiche Fotografie steht bei Mutter auf dem Nachttisch und stand wahrscheinlich auch auf dem Nachtschrank von Elisabeth Zimmermann. Ob es am Ende noch mehr Frauen gab, die dieses Foto hüteten? Schau her, da versteckt sich doch im Winkel seiner vollen Lippen ein kleines, verschmitztes Lächeln! Friedrich Jakob Prinz, du hast es faustdick hinter den Ohren gehabt. Eigentlich gefiel mir diese bislang unbekannte Seite an meinem Vater.

Auf der nächsten Seite – ich war überrascht – ein Wiedersehen mit unserer alten Kleiderfabrik, dem hässlich schmucklosen Kasten, damals noch in Zürich, Kreis vier. Die Köpfe der Angestellten über- und nebeneinander aufgereiht, der Chef seitlich. Alles hatte seine brave Ordnung.

»Das ist Jakobs Mutter.« Irenes Finger auf ein paar Körnern, die sich zu wenig mehr als einem verschwommenen Gesichtsausdruck zusammensetzten.

Warum hatte sich Vater unter hundert Frauen ausgerechnet diese ausgesucht? Oder hatte sie sich ihn ausgesucht? Aus Liebe? Vielleicht. Und das Album war ein Zeichen dafür, dass sie meinen Vater im Laufe der Jahre zu einem Helden idealisiert hatte.

Ich blätterte und staunte weiter, was Elisabeth Zimmermann, die Näherin, alles zusammengetragen hatte. Ein Artikel aus der Wirtschaftspresse. Firma Prinz steigert ihren Umsatz. Weiter. Prinz erobert neues Marktsegment und macht nun auch in Berufsbekleidung. Prinz expandiert. Prinz verhängt Kurzarbeit. Prinz entlässt Mitarbeiter. Prinz eröffnet eine Fabrik in Polen. Elisabeth Zimmermann hatte eine gute Übersicht über meines Vaters Erfolge und Misserfolge.

Die Geschichte nahm kein Ende. Vater auf einer Gala, neben Mutter in ihrer typischen Fotografierhaltung, das rechte Bein ein wenig vorgestellt. Ob Elisabeth Zimmermann sie gehasst hatte? Immerhin, sie hat sie nicht aus dem Foto geschnitten. Ein Bericht über Zürichs Goldküste, die Ostseite des Sees, die die Sonne von Westen bekommt. Da steht das Haus meiner Eltern, auch das hatte sie gewusst.

Dann Vaters Todesanzeige. Die Namen der Trauernden, darunter auch schon Christopher, der damals noch gar nicht mit Regula verheiratet war. Leere Seiten. Ende. Keine Informationen über die Alzheimer-Stiftung, nichts über die Bonbonfabrik. Eine Frau hatte die Zeugnisse unserer Firmen- und Familiengeschichte aus den Zeitungen geschnitten, geordnet und aufgeklebt, hatte trockene Nachrichten in diesem Buch zu ihrer persönlichen Geschichte gemacht. Und mit Vaters Tod hatte Elisabeth Zimmermann ihr Interesse für die Schnipsel aus seiner Welt begraben.

Ich klappte das Buch zu und lehnte mich zurück. Was für ein wundersames Album.

»Alles okay?« Irene ging mit der Fingerkuppe über die Krümel auf ihrem Teller.

»Haben Sie Frau Zimmermann gekannt?«, fragte ich.

»Klar.«

»Was war sie für ein Mensch?«

»Dass sie gerne aus Zeitungen und Illustrierten ausschneidet, habe ich nicht gewusst.«

»Und sonst?«

»Jakob konnte bei ihr machen, was er wollte. Im Gegensatz zu seiner Schwester.«

»Jakob hat noch eine Schwester?«

»Halbschwester. Stellen Sie sich vor, Jakobs Mutti hatte nicht nur Ihren Vater gehabt!«

»Hat sie jemals geheiratet?«

»Nein. Beim Thema ›Männer‹ wurde sie schweigsam. Nur wenn sie von Ihrem Vater anfing, konnte sie nicht wieder aufhören. Ich habe damals gelernt, lieber meine Klappe zu halten. War Ihr Vater wirklich so toll?«

»Und die Halbschwester?«

»Über die wurde nie so richtig geredet.«

»Warum denn nicht?«

»Die lebt so in ihrer eigenen Welt …«

»Etwa Drogen?«

»… und die war nun mal nicht die Welt von Mutti Zimmermann. Sie sind aber auch ganz schön neugierig, was?«

»Hatte Jakob denn mit seiner Schwester Kontakt?«

»Die will mit der ganzen Familie nichts zu tun haben. Und für Jakob und seine Kunst interessiert sie sich auch nicht. Sie ist schwierig, ›kratzbürstig‹, hat Mutti Zimmermann immer gesagt, hat ausgeteilt, konnte selber aber nichts einstecken. Vielleicht, weil sie immer so etwas wie das Stiefkind und Jakob das Wunschkind war. Wissen Sie, wie Mutti Zimmermann immer zu Jakob gesagt hat? ›Mein kleiner Prinz‹. Ich glaube, da wäre ich als Schwester auch stinkig geworden.«

Elisabeth Zimmermann musste ihren Sohn wirklich geliebt haben. Hatte vielleicht ihre ganze Liebe auf den Sohn übertragen. Ein Wunder, dass Jakob nicht schwul geworden ist, würde Stephan jetzt sagen. Und das auch glauben.

Ich fragte: »Und dass Jakob Künstler war, fand die Mutter in Ordnung? Oder war das auch nicht ihre Welt?«

»Das fand sie großartig. Jakob konnte sowieso machen, was er wollte, sie fand alles gut. Es sei denn, er hätte Autos geklaut. Auch, dass er mit Renovieren ehrlich sein Geld verdient hat, fand sie toll und lobenswert. Geld hat sie ihm trotzdem ständig zugesteckt. Jakob hat sich immer etwas gewunden, es dann aber genommen. Und ihr hinterher etwas Schönes gekauft. Verstehen Sie, das war so ein Kreislauf. Ein Kreislauf der Liebe, könnte man sagen. Entschuldigung.« Irene putzte sich die Nase.

»Hatte er denn als Künstler keinen Erfolg?«, fragte ich etwas scheinheilig. Aber ich wollte auf etwas Bestimmtes hinaus.

Irene lachte kurz auf. »Hat er vor Ihnen den dicken Max markiert, mit großen Vernissagen und so? Das sieht ihm ähnlich. Aber er hing doch immer am Tropf von dieser Galeristin, dieser Von-und-Zu und ihrem merkwürdigen Assistenten. Haben Sie den mal kennengelernt? Aber aus irgendeinem Grund hat Jakob die Hoffnung nicht aufgegeben. Und die Hexe hat ihm in Abständen immer Geld zugesteckt, für Farbe, Leinwand, um den Künstler dann doch noch am Leben zu erhalten.« Sie stutzte und horchte ihren Worten hinterher.

Sie hatte also keine Ahnung, dass Jakob als Künstler vor dem Durchbruch stand und bald einen Haufen Geld verdient hätte. Warum war Jakob so verschwiegen gewesen? Offenbar hatte er ihr nicht getraut. Und heimlich sein Leben ohne sie geplant. Vielleicht war er in seinem kurzen Leben auch einfach nicht mehr dazu gekommen, ihr von den großen Veränderungen zu erzählen. Aber gegenüber Bea und Giselind hatte er alles gleich ausgeplaudert. Oder wollte Irene mich mit ihrer Ahnungslosigkeit für dumm verkaufen?

»Kennen Sie denn seine Bilder?«, fragte ich.

»Er hat mich sogar mal porträtiert. Seine Mutter übrigens auch. Und Sie und Regula wollte er ebenfalls malen. Er malte meistens, ohne dass man es gemerkt hat, so aus der Erinnerung. Ich wusste immer, wenn er tage- und nächtelang nicht auftauchte, dann malte er wieder. Dann durfte ich ihn nicht stören. Wie jetzt zuletzt auch.«

Wenn er da nur gemalt hätte, dachte ich und ging vorsichtig einen Schritt weiter: »Aber er hat doch renoviert.«

»Stimmt. Sie haben recht. Aber doch nicht rund um die Uhr.«

»Nein«, murmelte ich. »Vermutlich nicht.«

Dass Jakob sie in den Nächten betrog – auf die Idee kam sie anscheinend gar nicht.

»Übrigens«, sagte Irene, »wenn sie sich so für die Familie interessieren, können Sie vielleicht auf der Beerdigung die Schwester kennenlernen. Sie ist sehr schön. Eine Telefonnummer, das sage ich Ihnen gleich, kann ich Ihnen nicht von ihr geben. Die hat niemand. Ich glaube, nicht einmal Jakob hatte eine. Werden Sie kommen?«

Ich schaute in ihre braunen Augen und sagte: »Irene, ich komme auf jeden Fall. Weiß man denn schon, wann?«

»Die Leiche ist nicht freigegeben, sagte die Polizei. Klingt das nicht schrecklich? Mein armer Jakob.« Irene wurde immer leiser.

»Wenn Sie Hilfe bei den Formalitäten für die Beerdigung brauchen, sagen Sie es mir.«

»Das ist sehr freundlich von Ihnen, Herr Prinz.« Sie lächelte, ohne dass ich hätte sagen können, ob sie das Angebot damit annahm oder ablehnte. »Ich möchte Ihnen noch etwas sagen.«

»Ja?«

»Jakob war sehr, sehr froh, dass er Sie gefunden hat. Sie und Ihre Schwester. Er hat gesagt, das sei das Beste, was ihm passieren konnte.«

»Ah, ja.« ›Das Beste, was ihm passieren konnte.‹ – Was als Kompliment gemeint war, klang für mich doppeldeutig. Damit konnte Jakob auch meine guten Beziehungen direkt in eine Moskauer Galerie hinein gemeint haben. Oder Dinge, die zu erben Regula ihm in Aussicht gestellt hatte? Ich war ungerecht. Ich schämte mich.

»Er hat endlich gewusst, wo er herkommt, also, wo sein Vater herkommt. Und mit Ihnen beiden ist das plötzlich Wirklichkeit geworden. Bestimmt wäre er auch bald mal zu Ihrer Mutter gefahren und hätte sich dieses sagenhafte Haus und ihren Betrieb und überhaupt Zürich angesehen.«

Ich stellte mir vor, wie Jakob mit Mutter einen Gang durch die Bahnhofstraße gemacht hätte, mit einem Abstecher zu ›Weinberg‹ und anschließend zu ›Sprüngli‹. Warum eigentlich nicht?

»Das wollte ich Ihnen jedenfalls noch sagen. Und jetzt gehe ich.«

Irene stand auf, lächelte, zog einen Schal aus dem Ärmel und wickelte ihn sich um den Hals. Ich half ihr in die Jacke. Sie drehte sich zu mir um. »Also dann. Viel Spaß mit dem Album. Bei Ihnen ist es ja in guten Händen.« Sie zog eine Mütze aus der Tasche und setzte sie sich auf. Dann gab sie mir die Hand.

Ich sah nur ihre Wollmütze und seitlich diese Strickblume.

»Machen Sie es gut«, sagte Irene.

Ich ließ endlich ihre Hand los. »Auf Wiedersehen«, sagte ich und sah ihr verwundert hinterher.

»Blöde Kuh«, murmelte Kim und räumte ab, auch das Kännchen, das mit Milch voll war bis oben hin.

»Theadora, ich weiß beim besten Willen nicht, was ich mit dir anfangen soll. Deine Haare sind perfekt!« Ich war ratlos, aber auch sauer. Theadora sah in den Spiegel, und was sie sah, gefiel ihr nicht, weil es ihr gerade nicht gefallen wollte. Wenn der Frau langweilig ist, geht sie zum Frisör. Und ich stehe da und soll zaubern. »Henna, das weißt du genau, kriegst du bei mir nicht. Und nichts gegen Andy Warhol, aber so einen Kurzhaarschnitt wie Sienna Miller – tut mir leid!«

»Hör auf zu schimpfen«, sagte Theadora. »Ich dachte für Silvester an etwas Festliches.«

»Noch festlicher als für Weihnachten? Was soll das, bitte schön, sein?«

»Etwas mit Gold.«

»Gold?«

Theadora zupfte an ihren Haaren. »Ich meine, als Strähnchen. Denkst du nicht, das könnte mir schmeicheln?«

»Theadora, das ist nicht dein Ernst.« Ich winkte meinem Lehrling. Benni war sofort zur Stelle mit einem Gesicht, das den Ernst der Lage reflektierte. Dass er in meinem Salon lernen darf, ist eine Ausnahme, ein Gefallen, den ich seinem Vater, meinem Gemüsehändler, tue. Eigentlich habe ich keine Lust, einem Kind das ganze Frisör-ABC beizubringen: Waschen und legen, Fingerwelle und Dauerwelle, Konturschnitt, Stufenschnitt, Haarfarbe. Bei mir darf der Frisör arbeiten, der sein Handwerk beherrscht und begabt ist, Ehrgeiz hat und sich entwickeln will. Aber Benni machte sich ganz ordentlich. Er hat Talent. Nur was sein Gespür für Trends angeht, habe ich meine Zweifel. Ich sagte zu ihm: »Ihr zwei geht zum Haarewaschen, und ich überlege mir etwas.«

In den Karteikästen auf der schwarz lackierten Theke sah es schlimmer aus, als wenn die Kleinen Kaufmannsladen gespielt hätten. Ein Durcheinander! Warum ist es so schwer, die Karten nach dem Eintrag über die Zutaten für die Haarfarbe wieder an ihren Platz im Alphabet zurückzustellen? Da lagen Vera Zernack, Hugo und Hubertus – wieder im Doppelpack, Madame Forest, Doktor Pauly, und, schau an, Lissy war nach dem Skandal mit ihrer Freundin und den Extensions auch schon wieder da gewesen. Ich freute mich. Lissy ist eine treue Seele. Ich suchte, sortierte und fand Theadoras Karte.

Mit den Aufhellern, *intense light* und *ash blond*, level vierzig, war sie eigentlich gut bedient, auch wenn klar war, dass wir damit über kurz oder lang nicht mehr das feine Grau würden abdecken können. Ich überlegte: Farbe, Strähnen – der ganze Zirkus, den doch mittlerweile jeder Frisör veranstaltet. Warum färbte ich sie nicht einheitlich, eine Farbe und Schluss, zum Beispiel weißblond? Das Ganze müsste aussehen wie eine Perücke, eine Andy-Warhol-Perücke! Auf der anderen Seite: Bea würde mir etwas erzählen, wenn ich ihr, kaum dass sie ein paar Tage nicht im Salon war, mit meinen Experimenten in Theadoras Haarfarbe herumpfuschte, die sie über die Jahre ausgeklügelt und raffiniert entwickelt hatte.

Als Benni Theadora mit Handtuch und Umhang vorbereitete, schaute ich sie mir an. Sie war verwöhnt und suchte die Abwechslung. Sie war rücksichtslos lieb und bekam alles, was sie wollte. Was könnte ich mit ihr anstellen?

Ich sagte: »Keine Farbe. Ich weiß etwas Besseres. Etwas, was wir sonst nie machen.«

Wie schön, dass in meiner Welt, abgesehen von Jakobs Tod, die Probleme doch immer klein und lösbar sind.

Ich suchte zusammen, was ich für meine Frisur brauchte. Benni verzog keine Miene. Das war die richtige Einstellung.

Mit feinen Zinken kämmte ich durch ihr Haar. Theadora, das spürte ich, wollte etwas sagen, traute sich aber nicht. Anscheinend hatte ich sie mit irgendetwas eingeschüchtert.

»Also«, begann ich. »Warum bist du wirklich hier?«

»Damit du mich schön machst.«

»Und außerdem?«

»Um dir ein gutes neues Jahr zu wünschen. Und neue Kraft, nach allem, was in den vergangenen Tagen passiert ist.«

»Das ist lieb. Ich bin froh, wenn das alte vorüber ist, das kannst du mir glauben. Es hat uns jetzt wirklich nichts Gutes mehr gebracht.« Ich zog das Haar so weit wie möglich und graduierte vorsichtig. Theadora hat eine tolle Haarlinie, schon immer gehabt.

»Ich weiß«, sagte Theadora. »Es tut mir so leid. Wir mochten ihn so gerne.«

»Es ist ein Alptraum.«

»Und du hast alles mit eigenen Augen gesehen? Wie furchtbar. War das nicht ganz entsetzlich?«

Ich fönte kurz an.

Theadora sagte laut: »Und ich hatte ihm doch noch den Auftrag gegeben, bei uns im Kinderzimmer die Wolken zu übermalen.«

Ich legte den Apparat wieder zur Seite. »Ah ja, Sonne statt Wolken.«

»Jetzt werde ich natürlich die Wolken lassen. Es ist schließlich das Werk eines großen Künstlers.«

Den Pony ließ ich lang.

»Wenn ich doch nur schon früher gewusst hätte, was Zimmermann für ein Kaliber ist. Ich hätte ihm sofort ein Bild abgekauft. Was heißt eines? Ich hätte eine ganze Serie genommen, für unsere kleine Sammlung.«

Nur die eine Strähne vorne kürzte ich minimal.

»Hast du seine Bilder schon einmal gesehen?«, fragte Theadora.

»Na, klar.«

»Und mir hat niemand etwas gesagt.«

Der Moskau-Deal hatte sich also schon bis zu Theadora herumgesprochen, und er ließ ihr keine Ruhe.

Ich arbeitete mit dem groben Kamm nach, um die Stufen zu finden, und spürte, dass Theadora jetzt zum Punkt kam – eine Anspannung in den Schulterblättern oder irgendwo in der Wirbelsäule.

Sie sagte: »Denkst du, es wäre möglich, dass ich mir mal etwas von ihm angucke? So in nächster Zeit?«

»Warum nicht? Er hätte sich sicher gefreut.«

»Bestimmt, das hätte er.« Theadora bemühte sich, nicht zu vergnügt zu erscheinen. »Wann, denkst du, können wir das mal machen?«

»Was?«

»Die Bilder angucken!«

»Aljoscha kommt heute Abend mit der ganzen Entourage aus Moskau.«

»Genau das meine ich. Nicht, dass der Russe gleich alles wegkauft.«

Ich wuschelte mit den Fingerspitzen durchs Haar, es fühlte sich schön seidig an, und dachte: Wem gehören jetzt eigentlich

Jakobs Bilder? Irene Herrlich? Oder seiner Halbschwester, die kein Telefon hat? Wahrscheinlich würde es kein Testament geben. Ich könnte Stephan fragen, wie wohl die Rechtslage ist. Ich musste ihn endlich in Colorado anrufen. Bisher hatte mir die Zeitverschiebung immer einen Strich durch die Rechnung gemacht.

Ich ging mit meinen Fingern sanft mit der Linie, als Kitty schräg hinter mir sagte: »Frau Glaser möchte dich sprechen!«

Ich wiederholte die Bewegung. Hier, genau hier müsste der Abbruch sein.

»Ich rufe sie gleich zurück«, sagte ich.

»Sie ist schon da«, sagte die Kommissarin. »Ich hoffe, ich störe den Künstler nicht. Hat sich ja gar nichts in Ihrem Salon verändert. Vorne hell und hektisch, hier hinten ruhig und gesittet. Und überall schöne Menschen.«

Ich gab ihr die Hand. »Ich bin gleich so weit, Frau Kommissarin. Kaffee so lange?«

Raschelnd nahm sie auf dem Sofa Platz. Dieser Mantel! Ich bedeutete Theadora, den Kopf nach vorne zu senken. Beim Fönen über Kopf entsteht ein Volumen, das ich für die Frisur brauche. Diese Technik schien die Kommissarin zu interessieren.

»Weißt du«, sagte ich im Getöse zu Benni, »wenn du dir die Magazine und Modejournale anschaust, wirst du feststellen, dass überall der gleiche Einheitsbrei ist. Kein Statement für die Frisur. Und das werden wir jetzt ändern.« Ich knipste den Fön aus. »Bist du okay, Theadora?«

Ihr stand die Überraschung ins Gesicht geschrieben, als wüsste sie nicht, über welche Sensation sie sich mehr freuen wollte: dass ihr unerwartet ein Besuch der im Mordfall ermittelnden Kriminalkommissarin in den Schoß fiel. Oder dass auf ihrem Kopf jetzt das Statement für die Frisur blühte.

Ich kämmte eine schmale Strähne heraus, wickelte das untere Ende um den dünnen Kammstiel und presste es mit dem Glätteisen. Als ich losließ und den Stil herauszog, war eine Kräuselung entstanden, wie bei einem Geschenkband. »Hast du gesehen?«

Benni übernahm, kämmte heraus, wickelte um den Stiel, glättete, zog heraus – fertig.

»Wo ist eigentlich Ihre Farbstylistin, diese Bea?«, fragte die Kommissarin.

Benni war flink, ein kleines Naturtalent.

»Bea? Hat sich krankgemeldet. Ihr geht's nicht so gut.«

»Hat sie ein schlechtes Horoskop?«

Ich lachte. »Ja, das würde gerade noch fehlen.«

Ich zeigte Benni, wie er sensibel Maß zu nehmen hatte, damit der Bruch zwischen glatt und kraus einheitlich ist – ein Geduldsspiel, bei dem man nicht die Nerven verlieren darf.

»Fünf Minuten«, sagte ich. Ich wollte Benni mit Theadoras Haar im Blick behalten.

Annette Glaser stellte sich neben mich. »Wir haben den Mann gefunden«, sagte sie mir ins Ohr, »wissen Sie, den, der Sie zur Tür hereingelassen hat.«

»Ach ja?«

Beide schauten wir Benni bei Theadora zu.

»Ist ein Nachbar. Hat außer Ihnen zur fraglichen Zeit noch eine Person gesehen. Eine Frau. Wohl ziemlich groß. Eingewickelt in Mütze und Schal. Haben Sie eine Idee, wer das gewesen sein könnte?«

Ich dachte sofort an Bea. Aber Irene war ja auch nicht gerade klein. Es war höchste Zeit, dass Bea mit der Kommissarin sprach. Und ich sollte so lange lieber meine Klappe halten.

Ich verschränkte die Arme vor der Brust und log: »Nein, keine Ahnung.«

»Sie haben heute Irene Herrlich getroffen, stimmt's?«

»Sie hat mir ein Buch gegeben, eine Art Vermächtnis von Jakobs Mutter. Ich kann es Ihnen gleich zeigen. Es liegt oben.«

Die Kommissarin sagte nun doch: »Aber aus den Ermittlungen halten Sie sich raus, oder? Spielen Sie bitte nicht wieder Detektiv.«

Ich hob die Hände, niemals, und das war ja nicht einmal gelogen. Benni legte das Glätteisen beiseite.

Mit Annette Glaser schaute ich mir das Ergebnis an. Die Haare glatt, aber am unteren Ende ein Kranz aus krausen Locken, wundervoll leicht und weiblich, aber auch lustig. Ich kämmte vorsichtig durch. Wie herrlich die Löckchen bei jeder Bewegung wippten. Mit dem Handspiegel zeigte ich Theadora ihren neuen Style.

»Toll!«, sagte Annette Glaser. »Und so festlich.«

»Hält das bis Silvester?«, fragte Theadora.

»Drei Tage? Mit der nächsten Haarwäsche ist es hin.«

»Ach, nein«, rief die Kommissarin.

»Dann muss ich am einunddreißigsten wiederkommen«, sagte Theadora zufrieden. »Dabei können wir dann auch den Termin für die Bilder absprechen. Versprochen, Tommy?«

Ich war glücklich. Ich freute mich über die schöne Frisur.

Die Kommissarin sagte: »So. Jetzt setzen Sie sich mal. Ich muss Ihnen etwas sagen. Es ist nämlich nicht alles so, wie Sie denken.«

»Sie meinen – mit Jakob?«

Annette Glaser nickte.

Ich tat, was sie sagte. Ich setzte mich.

Ich ahnte, was sie mir sagen wollte.

14

Die Nachricht hatte Regula blass gemacht wie das Vanillekipferl, das sie mit nervösen Fingern über den Pausbacken des Engels zerbröselte, der von der Serviette verträumt zu ihr aufschaute, als wollte er sagen: Gibt doch Wichtigeres! Irgendwo hinter der geschlossenen Tür hörten wir Anna mit heller Stimme einen Abzählreim aufsagen, dann Christophers Bass. Regula und ich schwiegen, als müssten wir Kräfte und Worte sammeln für die Diskussion mit Mutter, die gleich all die Fragen stellen würde, auf die wir doch selbst keine Antworten fanden. Wer von uns sollte eigentlich mit ihr sprechen? Wir könnten ja, wie Anna, einfach abzählen.

Das Telefon dudelte, und Regula stand auf, als würde die Melodie sie daran erinnern, dass es an der Zeit wäre, neuen Tee aufzusetzen.

Also schön. »Hallo, Mama«, sagte ich nach dem Knopfdruck. »Sind Eisenblätters weg?«

»Ich habe sie rausgeschmissen. Was ist denn los?«

»Geht's ihnen eigentlich gut? Er hatte doch irgendetwas mit der Hüfte gehabt. Oder war es die Bandscheibe?«

»Weiß ich nicht. Worum geht's?«

»Um Jakob.«

»Wieso? Er ist doch tot.«

»Ja.«

»Ist etwas mit dem Bild?«

»Mit welchem Bild? Nein, es geht um Folgendes...«

»Weißt du, dass ich mir schwere Vorwürfe mache? Ich kann mir eigentlich nicht verzeihen, was wir angerichtet haben. Wir hätten das nicht tun dürfen. Ich hatte schon schlaflose Nächte.«

»Wovon sprichst du?«

»Jakob hätte seinen Vater kennenlernen müssen. Er ist sein Sohn. Stell dir vor, du wärst ohne Vater aufgewachsen, ohne Respektsperson. Da fehlt doch jede Orientierung! Nein, wir haben einen schweren Fehler gemacht. Und wenn dieser Mensch noch am Leben wäre, würde ich alles tun, um es wiedergutzumachen. Und zwar trotz – oder gerade wegen dieser groben Unhöflichkeit, am Heiligen Abend ohne ein Wort der Entschuldigung wegzubleiben. Denn, habe ich mir überlegt, vielleicht hat gerade dieser Mangel an Anstand mit seiner vaterlosen Erziehung zu tun. Am Ende hat möglicherweise genau das zu seinem schrecklichen Tod geführt. Das hängt doch alles miteinander zusammen. Hörst du mir zu?«

»Er ist nicht Vaters Sohn.«

»Wie bitte?«

»Er hat uns angelogen.«

»Was sagst du da?«

»Die Polizei hat es herausgefunden. Die Kommissarin hat es mir eben berichtet. Sie haben wohl Vaters und Jakobs Blutgruppen verglichen, keine Ahnung, und damit lässt sich ausschließen, dass die beiden miteinander verwandt waren.«

»Ist das wirklich wahr?«

»Hundert pro.«

Regula bemühte sich, an der Spüle mit Kanne und Wasser keinen Lärm zu machen.

»Mama, bist du noch dran?«, fragte ich.

»Und wo kommt dann dieser Jakob her? Und was wollte er von uns?«

»Gute Frage.«

»So ein Lump. Uns so hinters Licht zu führen!«

»Aber er ist der Sohn von Elisabeth Zimmermann. Und dass diese Frau bei uns gearbeitet hat und schwanger wurde, steht ja wohl außer Frage.«

Mutter lachte, aber es klang nicht amüsiert. »Die Dame hat deinem Vater das Kind untergeschoben.«

»Aber warum?«

»Dreimal darfst du raten: Geld, natürlich. Mein Gott, all die Jahre habe ich geglaubt, und dein Vater... Aber ich wusste, dass da etwas faul ist. Ich habe es die ganze Zeit gewusst! Doch ihr hattet ja nichts Besseres zu tun, als Robin Hood zu spielen, statt erst einmal die Fakten zu überprüfen.«

»Mama, wir haben es alle geglaubt! Auch du. Eben gerade hast du noch gesagt...«

»Weil ihr zwei mich mit eurem Gesäusel völlig verrückt gemacht habt. Wo ist das Bild?«

»Der Repin? Der ist bei mir. Wieso? Ich hatte ihn doch mitgenommen. Mama, wenn das deine einzige Sorge ist: Keine Bange, du bekommst ihn zurück. Das ist wirklich nicht zu fassen.«

»Was, bitte, ist nicht zu fassen? Dass ich mich um euer Erbe sorge? Dass ich versuche, den Laden zusammenzuhalten? Dein Vater hat all die Jahre sehr hart dafür gearbeitet. Und ich lasse nicht zu, dass sich irgendwelche Halunken daran bereichern. Das ist ja wohl die Höhe!«

»Ja, Mama.«

»Und was sagt Regula zu alldem?«

»Die ist völlig fertig.«

»Hat sie vor, jemals wieder mit mir zu sprechen?«

»Ob sie mit dir sprechen will?«, wiederholte ich und schaute fragend Regula an, die abwehrend mit den Händen wedelte. Ich sagte: »Ja, sie will schon, aber sie kann gerade nicht.«

»Wie oft haben wir uns eigentlich schon wegen diesem, du weißt schon, gestritten?«, fragte Mutter.

»Wir sollten uns mal in aller Ruhe zusammensetzen, du, Regula und ich«, schlug ich vor.

»All die Missverständnisse und Vorwürfe. Wo soll das hinführen?«

»Sag ich doch. Magst du kommen?«

»Nein. Ich fliege morgen früh. Das lasse ich mir nicht auch noch durcheinanderbringen.«

»Dann kommen wir zu dir.«

»Wann?«

Ich rechnete: Heute Abend Aljoscha, morgen der Termin mit den Russen ... »Frühestens übermorgen. Das wäre der dreißigste.« Ich sah Regula an, sie nickte. »Ich sage dir sobald wie möglich Bescheid.«

»Tu das. Und gib Regula einen Kuss von ihrer Mutter.«

»Ciao, Mama, ciao.«

Regula goss rotgoldenen Tee in die vorgewärmte Tasse, schob mir Kandis, Milch und Plätzchen hin, als hätte sie etwas gutzumachen, und sagte in den benebelnden Duft des Wintermärchens hinein: »Wir fliegen also nach Nizza?«

Wie oft habe ich eigentlich schon in Hotelhallen auf Aljoscha gewartet? In London, nervös und aufgeregt, ob es überhaupt ein Wiedersehen gäbe. In Odessa, dem Spontan-Trip, weil ich unbedingt die große Treppe aus dem Eisenstein-Film sehen wollte, den wir uns zusammen angeschaut hatten. Immer wieder Moskau, und jetzt hier, Premiere im ›Bayrischen Hof‹, eine Konstellation wie beim letzten Mal in Moskau: Wir sollten Aljoschas Chefin, die Galeristin, treffen und den Sammler Vladimir Hausmann. Der Auftrag: Dem Russen München zeigen. Ich hatte ihm die Präsidentensuite buchen müssen, mit Tresenbar und Springbrunnen mit eingebauter Venusstatue. Ich kenne die Räume. Mutter wohnt immer schräg gegenüber. Oder war es ein Stockwerk höher? Für Katharina Nikolskaja reservierte ich, weniger spektakulär, bei mir um die Ecke, in der Hans-Sachs-Straße im ›Olympic‹. Ich hoffte, sie würde zufrieden sein. Immerhin ist das Hotel in einer der schönsten Straßen Münchens.

Ich war zu früh und angelte mir vom Tischchen neben meinem Sesselchen eine dieser kleinformatigen Zeitschriften, als sich auf der anderen Seite der Grünpflanzen sein großer Kopf in mein Blickfeld beugte: Das Haar ohne Scheitel glatt in die Stirn gekämmt, die Koteletten weit überm Ohrläppchen gekappt. Vladimir Hausmann verplemperte die Wartezeit aber nicht mit Heftchen. Durchs immergrüne Blattwerk fleischiger Pflanzen hindurch sah ich ein Paar elegant übereinandergeschlagener, schöner Frauenbeine. Überall auf der Welt schmücken diese eleganten Damen die Sessel in den

Foyers der Spitzenklassehotels. Hausmann parlierte mit einer der Edel-Prostituierten. Na, und? Ich wollte ihn begrüßen und ein wenig Konversation betreiben, auch wenn ich mich mit Schaudern an meine zwei Minuten in Moskau erinnerte, als ich tapfer mein Begrüßungsvokabular aus Lektion eins an den Mann gebracht hatte, bis die Nikolskaja mir signalisierte, besser zu schweigen.

Ich schloss den Knopf an meinem Sakko, legte mir den ersten Satz zurecht und hustete in die hohle Faust, als er hinter den Blättern seinen Arm ausstreckte und sein goldenes Feuerzeug entzündete. Ein dunkler Haarschopf kam von links. Die weiche Innenwelle betonte die Herzform ihres Gesichts. Als ihre lange Zigarette mit der Berührung seine kleine Flamme zum Lodern brachte, schlug sie ihre langen, falschen Wimpern hoch und schenkte ihm ein Lächeln, von dem er wahrscheinlich nicht nur in dieser Nacht träumen würde. Sie blies den Rauch senkrecht nach oben. Dann verschwand das Herzgesicht wieder hinter den Blättern.

»Was ist los?« Aljoscha legte mir die Hand auf die Schulter und schaute zu Hausmann hin, mit der gleichen Miene wie ich. »Wieder der Schock über den russischen Haarschnitt? Du kennst ihn doch, das ist Vladimir, der sieht immer so aus.«

Abwesend gab ich Katharina Nikolskaja die Hand und murmelte: »Ich glaub's nicht – Maria!«

»Wer ist Maria?«, fragte Katharina auf Russisch. »Auch eine Künstlerin?« Statt des exzentrischen Moskauer Rosakäppchens trug sie hier eine enttäuschend banale Ballonmütze.

»Künstlerin? Nicht ganz. Und wenn, dann auf einem anderen Gebiet.«

Die schöne Maria, die von Jakob an jenem Abend so kategorisch aus der Galerie verbannt worden war, stöckelte zielstrebig, aber ohne Eile davon. Ich war mir nicht sicher, ob sie mich gesehen und erkannt hatte.

Vladimir Hausmann kam mit einem Schwall russischen Kauderwelschs herüber, küsste die Nikolskaja, umarmte Aljoscha. Mich boxte er vergnügt gegen den Oberarm und radebrechte auf Deutsch, wie ich es wahrscheinlich auf Russisch tun würde: »Und, was geht los?«

Wegen der besseren Sicht musste Vladimir vorne sitzen.

Der Taxifahrer musterte seine Fracht, fragte in den Rückspiegel: »Wohin? Hofbräuhaus? Na, klar«, und startete den Motor.

Maria im ›Bayrischen Hof‹, kein Zweifel. War sie wirklich so eine? Vielleicht war ihr Beruf für Jakob der Trennungsgrund gewesen. Und deshalb hatte Jakob auch nie mit mir über Maria sprechen wollen.

Der Russe guckte rechts und links, was München zu bieten hatte, und hielt sich oben am Griff fest, obwohl wir im Feierabendverkehr zwischen den Ampeln kaum vorankamen.

Wenn ich Maria treffen wollte, brauchte ich also nur in der Hotelhalle auf sie zu warten. Kurios.

Aljoscha verkündete, um eine Unterhaltung anzukurbeln, was alle wussten: Vladimir sei zum ersten Mal in München.

»Und Sie?«, fragte ich die Nikolskaja.

Sie sei schon öfter hier gewesen, übersetzte Aljoscha.

Die Nikolskaja nickte unter ihrer Mütze, deren Schirm ihre Sicht eher behinderte.

»Kennen Sie dann auch die Galerie von Giselind von Bresinsky?«, fragte ich.

»Ja, ja«, antwortete sie, als sie den Namen hörte, und klopfte ihrem Vordermann die Schuppen von den Schultern.

Warum fuhren wir jetzt über den Stachus? Der Taxifahrer murmelte: »Linksabbieger.«

»Was?«, fragte Vladimir und drehte sich halb um.

»Stachus«, sagte ich, um etwas zur Besichtigungstour beizutragen. »Der Karlsplatz heißt auch Stachus.«

»Sta-chus«, wiederholte Vladimir und sah mit gespitztem Mund zum Seitenfenster hinaus, wo eine Kehrmaschine auf dem Gehweg Schritt-Tempo fuhr, auf dem Dach das Orangelicht, das in der Dämmerung dramatisch blinkte. »Sta-chus.« Die Nikolskaja brachte mit einer Bemerkung Vladimir laut zum Lachen.

Aljoscha nutzte den Moment und fragte gedämpft: »Und es ist wirklich wahr? Jakob ist gar nicht euer Bruder? Ich kann das gar nicht glauben!«

»Er hat uns alle hinters Licht geführt. Ich bin ganz schön geschockt. Aber was bedeutet das jetzt eigentlich für den Deal mit seinen Bildern?«

»Die gehören dem Erben, also vermutlich dieser Halbschwester.«

»Der Frau ohne Telefonnummer.«

»Frag doch mal die Kommissarin nach ihr. Oder diese Irene.«

»Und wenn sie Jakobs Kunst gar nicht haben will?«

»Keine Sorge, die meldet sich schon. Was Geld bringt, will jeder haben.«

»Nur mal angenommen«, sagte ich.

»Dann könnte sie den Erlös zum Beispiel auch in eine Stiftung überführen«, antwortete Aljoscha und warf etwas in die russische Unterhaltung ein, anscheinend etwas sehr Bedeutsames, denn die Russen staunten und guckten in alle Richtungen aus den Fenstern.

Was für ein Durcheinander. Ich musste noch einmal mit Irene Herrlich sprechen. Sie musste mir irgendwie den Kontakt zu der Schwester herstellen. Ich wollte damit nicht bis zur Beerdigung warten.

Ich schaute zum Fenster hinaus. Warum waren wir jetzt fast schon bei der Residenz? »Sie können uns einfach am Isartorplatz rauslassen«, sagte ich.

»Wie viele Einwohner hat München jetzt genau?«, fragte Aljoscha. »Eineinhalb Millionen?«

»So in etwa.«

»Und das höchste Gebäude? Die Frauenkirche?«

»Auf keinen Fall. Wohl eher der Olympiaturm.«

Aljoscha übersetzte.

Irene – ich dachte an das Treffen zwischen ihr, Jakob und Gregor im ›Selig‹. Ich hatte gewusst, dass da etwas faul war. Hatte nicht am Ende doch die vermeintlich harmlose Irene von den Männern den Bericht zum Projekt gefordert: Wie zocke ich die Familie Prinz ab? Am Ende steckten sie alle unter einer Decke, ein Komplott. Oder litt ich unter Verfolgungswahn?

Beruhige dich, hieß die Berührung von Aljoschas Hand, während er zu einer Geschichte schmunzelte, die der Russe zum Besten gab.

Dann wäre der Mord ein Streit unter Komplizen. Aber worüber? Um Geld? Das war doch alles unwahrscheinlich.

»Ja, das Oktoberfest ist vorbei.«

Vom Isartor bummelten wir zum Marienplatz, wo sich die Touristengruppen zerstreuten, denn das Glockenspiel war gerade vorbei. Die Nikolskaja lachte, als dürfe nicht der Eindruck entstehen, dass der Kunde um einen Höhepunkt seiner Reise betrogen worden war. Vladimir mit dem langen Arm betrachtete alles durch das Display, ohne wahrscheinlich etwas von der Neogotik am Rathaus zu sehen, von der Aljoscha einfach behauptet, sie passe gar nicht zu München. Wie die Theatinerkirche, die, wie er immer sagt, mit ihrem italienischen Stil auch nicht hierherpasst. Die Nikolskaja stampfte mit den Füßen gegen die Kälte an.

Morgen würden wir Gregor treffen, Jakobs besten Freund. Er hatte versprochen, uns Jakobs Atelier aufzuschließen. Ob Gregor wusste, dass Jakob nie ein Prinz gewesen war? Mit Sicherheit.

»Und was ist«, fragte Aljoscha neben mir, »wenn Jakob kein Lügner war? Wenn er wirklich geglaubt hat, er sei ein Prinz?«

»Es ist nett, dass du seine Ehre retten willst.«

»Immerhin kannte Jakob den Inhalt des Albums von seiner Mutter. Da steht alles über euch drin. Ich finde, da konnte er schon auf die Idee kommen, dass er einer von euch ist.«

»Du meinst, er findet das Album über uns und denkt sich: Da bin ich bestimmt der Sohn?«

Aljoscha zuckte unsicher die Achseln. »Ich kann einfach nicht glauben, dass der Kerl so übel drauf war. Denk doch mal an seine Mutter: Die hat ihn immer ›petit prince‹ genannt. Sie war doch nicht durchgeknallt. Sie hat nur einfach beschlossen, dass dein Papa auch der Papa ihres geliebten Sohnes sein soll.«

»Und warum beschließt sie so etwas einfach?«

»Weil sie deinen Papa mehr geliebt hat als den Typen, der ihr das Kind gemacht hat. Oder sie wusste selbst nicht so genau, wer der Vater ist, und hat sich für die bessere Wahl – deinen Vater – entschieden.«

»Du hast ja eine Phantasie!«

»Marie?«, fragte Vladimir.

»Nein.« Ich klopfte ihm auf die Schulter. »Phantasie, wissen Sie? Aljoscha hat eine große, hat viel Phantasie. Das ist etwas sehr Schönes.«

»Wer ist Marie?«, fragte Vladimir.

Die Nikolskaja gab die Frage an Aljoscha weiter.

»Marie – Marienplatz«, sagte Vladimir. »Mariensäule.«

Jetzt verstand ich. »Warum das so heißt? Keine Ahnung. Kommt bestimmt von Maria. Mutter Jesu. Die sind ja alle katholisch hier. Kommt, lasst uns mal zum Hofbräuhaus gehen. Wussten Sie eigentlich, dass Lenin auch mal in München gelebt hat? Muss so um neunzehnhundert gewesen sein.«

Unter den schönen Deckenmalereien des Hofbräuhauses saßen, wie immer, die Amerikaner, Engländer und Italiener in dichtgedrängten Reihen und lärmten an den blankgescheuerten Tischen. Ich war mir nicht sicher, ob sie mit ihren blauweißen Accessoires für Vladimir nicht als waschechte Bayern durchgingen. Er inspizierte die urigen Maßkrugständer und kitschigen Souvenirs hinter Glas und hatte bereits bei der ein- und hochgeschnürten Bedienung für jeden ein Helles geordert. Wir stießen an auf unser Wiedersehen, als wären wir schon immer die besten Freunde gewesen.

»Na sdarowje – auf die Gesundheit!«

Wir tranken auch auf die Jugend, danach auf die Liebe. Trinken mit Russen ist wie Vokabellernen.

»Haben Sie eine Frau?«, fragte Vladimir. »Nein? Sie haben eine Schwester? Ja? Er hat eine Schwester. Wunderbar!«

Wir tranken auf Regula. Vladimir hatte Tränen in den Augen. Ich überlegte, ob ich ihn einweihen sollte in die merkwürdige Konstellation mit Jakob, seinem Künstler, meinem Beinahe-Halbbruder. Aber der Mord hatte ihn schon genügend verunsichert. Und überhaupt war das alles viel zu kompliziert.

Die Nikolskaja erinnerte daran, dass wir einen Tisch beim ›Ederer‹ reserviert hatten.

Nach der dritten Maß schlossen wir Freundschaft mit der Reisegruppe aus Wisconsin, die zu uns aufrutschte, aber nur von den »Greenbay Packers« erzählten wollte. Vladimir ging ohne Ankündigung dazu über, Wodka für alle zu bestellen, den die Bedienung in immer kürzeren Etappen heranzuschaffen hatte und der mit einem Prosit auf viele, mir zunehmend unbekannte Personen weggekippt wurde. Katharina Nikolskaja verabschiedete sich freundlich, aber entschieden und vergab Küsse, rechts und links, an jeden, rund zwanzig.

Ich wollte wissen, was jetzt mit der Besichtigung der Residenz, des Hofgartens oder wenigstens der Feldherrnhalle sei, worauf ein gut informierter Amerikaner »Hitler« rief, doch Vladimir winkte ab und legte tröstend den Arm um meine Schulter. Wir tranken auf Gorbatschow, und ich überlegte, ob es nicht ganz egal ist, wenn man den Überblick verliert und nicht mehr sagen kann, wer für einen Vater und Mutter, Bruder und Schwester, Mord und Totschlag ist. Alles eine Sache der Einstellung – Zustimmung von Seiten der Amerikaner –, und was sagten die Russen? Ich hörte immer nur »Perückenmacher«, bis ich endlich den Zusammenhang kapierte, dass die Schnapsidee, meinen Frisörsalon sehen zu wollen, keine Laune, sondern Vladimirs Herzenswunsch war. Der Salon sei die wahre Sehenswürdigkeit! Aljoscha stimmte Vladimir mit glasigen Augen zu und bestärkte ihn darin so lange, bis die Amerikaner sich anschlossen und durch nichts in der Welt davon abzubringen waren, nur noch eines in München sehen zu wollen: den Frisörsalon! Ich war einverstanden, aber nur unter der Bedingung, und das ließ ich mir von allen hier Anwesenden in die Hand versprechen, dass wir die große Katharina nicht ausschließen würden, denn das würde uns die Dame nie verzeihen. Man versprach mir alles, was ich wollte. Jemand fragte nach der Wegzehrung. Vladimir hatte alles im Griff.

Ich weiß nicht, wann wir vor dem Salon ankamen. Wir hatten die Amerikaner verloren, Katharinas Hotel nicht gefunden und versuchten nun kichernd, den Salon aufzuschließen, was uns erst gelang, als wir alle sechs Hände zu Hilfe nahmen. Vladimir taumelte durch die Räume wie angeschossen, fiel auf einen der Sessel am Waschbecken, lehnte sich zurück und rief mit letzter Kraft und Betonung auf Silbe zwei: »Tomas!« Die Geste verriet, dass es sich um einen letzten Willen handeln könnte. Eine Haarwäsche?

Ich lag schon mit meinem Ohr auf seinem Mund, als er endlich flüsterte: »Wenn du ihre Telefonnummer haben willst – Marias Telefonnummer, ja? Kein Problem! Tomas, ich besorg sie dir.«

Und bei diesem Versprechen spürte ich, wie sich mir das

Herz in der Brust vor Freude und Rührung zusammenzog. Vladimir war ein wahrer Freund.

Aljoscha fand ich am nächsten Morgen auf dem Sofa, mit dem Gesicht nach unten.

»Ich dachte, du bist Russe. Aber du verträgst ja auch nicht mehr«, sagte ich, als er mich verstrubbelt anschaute und sich zu erinnern versuchte, wo er mein Gesicht schon einmal gesehen hatte. Seine Augen waren durch die Schwellungen, die der Alkoholabbau anscheinend des Nachts verursacht, zu kleinen Schlitzen geworden.

Fürs ›Arosa‹ war es zu spät. In einer Stunde hatten wir schon den Termin im Atelier in der Domagkstraße. Ich sammelte Wäschestücke vom Boden und legte sie auf den Schreibtisch, ging ins Schlafzimmer. Was wollte ich? Kaffee? Im Bad hörte ich Wasserrauschen und Aljoscha, der mir seinen Ohrwurm in der schrillen Tonlage einpflanzte, die er fast den ganzen Refrain über durchhielt, bis er, kurz vor Ende, doch noch in die Oktave tiefer kippte.

Was für ein Tag, gestern. Erst das Gespräch mit Irene Herrlich. Plötzlich die Kommissarin mit dieser Nachricht und der Plan mit der großen Familienaussprache in Nizza. Und dann die Nacht! Der heiße Kaffee funktionierte und begann, den Wodka-Nebel, der über diesem Morgen lag, zu vertreiben. Wie kleine Pflanzen sprießten die Anekdoten von lustig bis peinlich, bis sie plötzlich von einer einzigen Frage niedergewalzt wurden: Wo war Vladimir? Er war uns irgendwo abhandengekommen. Nur wo? Ich ging die Möglichkeiten durch. Im Hofgarten beim Weitpinkeln? Er hatte uns doch noch den Kasatschok beigebracht, und das war nicht im Salon gewesen. Ob er allein den Weg zum Hotel gefunden hatte? Nicht auszudenken, wenn er irgendwo ausgerutscht, umgefallen, erfroren war.

Vladimir saß am Empfang neben Kitty und verfolgte geduldig die Arbeitsschritte, die sie ihm erklärte: »*Look, dear,* wenn das Telefon klingelt, drück ich hier, sage: ›Tomas Prinz – für Haare‹, du weißt, was das heißt? –, habe gleichzeitig hier drüben alle Termine im Blick, vom Chef, von Dennis, er ist der Topstylist, *you know,* und ganz wichtig: immer die Rückrufnummer.« Vladimir nickte. »Sieh, wen ich gefunden habe!«, rief Kitty mir zu. »Als ich kam, lag er im Waschbecken und hat geschlafen. Du hättest ihm wenigstens ein Handtuch unterschieben können, nicht wahr? *Prawda?*«

Vladimir küsste ihr die Hand, und Kitty schaute in die wimpernlosen Augen, die in seinem Gesicht wie Rosinen in einem großen, runden Kuchen steckten. Ihr Lächeln verriet, dass sie gerade beschloss, dass er der dritte von den Klitschko-Brüdern sei.

»Wir sind spät dran!«, rief ich.

Dass gar keine Eile angesagt war und wir in diesem Moment bereits alle Zeit der Welt hatten, konnte ich nicht wissen.

Das dröge Gebläse im Taxi auf der Fahrt in die Domagkstraße produzierte mit der warmen Luft das Bedürfnis nach Schlaf. Katharinas Fragen zu unserem Nachtprogramm, das wir ohne sie absolviert hatten, beantworteten wir ohne Verabredung einsilbig, bis sie es aufgab und wir alle stumm zum Fenster hinausschauten. Häuser, Passanten, Bäume strichen im Tempo von sechzig km/h an uns vorüber. Was wir hier vorhatten, war traurig und elektrisierend zugleich: Wir würden das Werk eines Künstlers besichtigen, der Opfer eines rätselhaften Mordes geworden war und nun, aufgeschnitten und seziert, bald verbrannt und begraben, einen Haufen Geld bekam, von dem er nichts mehr haben würde. Und was war mit dem Ruhm? Vielleicht würde Vladimir Hausmann, der Fischhändler aus Russland, sich mit Jakobs Kunst die Wände schmücken und den Keller vollstellen. Vielleicht würde er aber auch mit Leihgaben dafür sorgen, dass Schüler, Rentner und Kunstkenner gegen Eintrittsgeld Jakobs Bilder sehen könnten. Vielleicht würde ein Erbe reich werden. Vielleicht würde eine Stiftung entstehen, die ›Stiftung Jakob Zimmermann‹, die Geld an Künstler verteilt, die vielleicht noch ärmere Schlucker sind, als er einer war. Wäre das nicht großartig? Ja. Und absurd. Aber ich hatte ziemlich oft ›hätte-wäre-könnte‹ gedacht.

Das Taxi war weg, wir standen allein auf dem Gelände, auf dem, wie schon bei unserem ersten Besuch, keine Menschenseele zu sehen war und anscheinend nie jemand arbeitete, da bog Gregor mit roter Nase aufs Gelände. Eben hatten wir ihn noch überholt und mitleidig kommentiert, wie er sich auf seinem Fahrrad mit verzerrtem Gesicht gegen den Wind stemmte, den wir in unseren kuscheligen Sitzpolstern bis dahin gar nicht bemerkt hatten. Gregor stieg vom Sattel, und meine Begleiter traten nacheinander wie die Mitglieder einer Delegation vor, um ihm die eiskalte Hand zu schütteln. Gregor sagte vier Mal: »Hallo«, lächelte mehr aus Anspannung als aus Freundlichkeit und wirkte sehr verfroren. Er schulterte sein Fahrrad und ging voran, wir folgten. Er war nicht mehr und nicht weniger als der Freund, der für seinen toten Kumpel und Kollegen den Hausmeister zu spielen hatte. Ich war mir nicht sicher, ob die Mission für Gregor Pflicht oder Ehre war.

Oben lehnte er das Fahrrad gegen die Wand und klimperte mit dem Schlüsselbund. Dann war es still. Gregor zog den Rotz in der Nase hoch und stutzte: Das Schloss war kaputt. Er stieß die Tür auf.

Da war der Stuhl, auf dem Aljoscha bei unserer Besichtigung gesessen hatte. Das Waschbecken. Die Tuben mit Farbe, die Pinsel, sonst nichts. Der Raum leer, keine Kunst. Alle Bilder waren weg.

Das Fahrrad fiel scheppernd in den Raum, und Gregor sagte: »Verfluchte Scheiße!«

Und damit hatte er verdammt recht.

15

Es ist alles zum Heulen«, sagte ich. »Aber wenigstens ist es kein Mord.«

Da saßen wir wieder alle. Es war Donnerstag, der 29. Dezember. Kitty hörte nicht auf, den Kopf zu schütteln. Nach dem Mord nun Kunstraub? Jemand klaute Bilder, die bisher niemand auch nur geschenkt haben wollte. Regula suchte nach dem Missverständnis. Und Bea? Sie betrachtete Gregor, der von meinem großen Esstisch abgerückt mit verschränkten Armen neben mir saß, und ich zweifelte, ob sie meine Worte überhaupt mitgekriegt hatte. Meine beste Freundin bereitete mir mehr und mehr Kopfzerbrechen. Für die letzten Tage des Jahres hatte sie sich krankgemeldet und mit meinem Einverständnis »eine Auszeit« genommen, um die Ereignisse »zu verarbeiten«, wie sie sagte. Aber der Polizei hatte sie nicht erzählt, dass sie am Tag, als der Mord geschah, bei Jakob gewesen war und vermutlich ganz nah dran am Täter. Ich hatte mit ihr geschimpft: »Bea, du hast gelogen!« Sie war doch eine wichtige Zeugin. Bea hatte sich verteidigt, sie hätte »nicht gelogen«, sondern nur »geschwiegen«. Sie hatte Angst. Und zu allem Überfluss sei ihr Horoskop bis zum Jahresende so düster, dass sie sofort ein Loch zum Hineinkriechen finden müsse. So hatte ich Bea noch nie erlebt. Ich hoffte, dieses Loch würde für Bea nicht zur Falle werden. War es noch die Trauer oder schon eine Depression? Bis zum Jahresende, hatte ich beschlossen, würde ich ihr Zeit lassen. Dann musste etwas geschehen.

»Doch, Tomas«, sagte Bea, und ich war froh, dass sie sich zu Wort meldete. »Es ist Mord. Es ist ein zweiter Mord an Jakob.«

»Sie hat recht«, sagte Gregor. »Jemand nimmt Jakob das Leben, und jemand nimmt ihm seine Bilder. Bea, du hast vollkommen recht. Das ist Doppelmord. Und …«

»Was?«, fragte ich.

»Nichts«, antwortete Gregor.

Ich ahnte, was in seinem Kopf mit den merkwürdig blonden Haarspitzen, die Bea ihm verpasst hatte, vor sich ging. Er dachte an eine angesehene Münchner Galeristin, an Giselind von Bresinsky. Und dieser Gedanke war nicht dumm.

»Und jetzt sind auch noch die Russen involviert«, sagte Bea. »Das kann ja nichts Gutes bedeuten.«

»Wieso?«, fragte Kitty. »Was hast du plötzlich gegen Vlad? Mit Rufmord machst du es dir ein bisschen zu einfach, Kleines.«

»Das Wichtigste ist, dass wir jetzt alle einen kühlen Kopf bewahren«, sagte ich und, ohne selbst ganz überzeugt zu sein: »Die Polizei wird herausfinden, was im Atelier von Jakob passiert ist.«

»So wie sie herausgefunden hat, was in der Wohnung von deinem Freund Stephan passiert ist«, sagte Gregor mit dem Spott eines Menschen, der nie daran glaubt, dass die Staatsgewalt irgendetwas richten würde.

»Sei nicht unfair. Die Polizei steckt mitten in den Ermittlungen.«

Regula nickte mit der Überzeugung des Menschen, der immer pünktlich seine Steuern zahlt.

»Ich muss dann mal los«, sagte Gregor, und sein Ton ließ keinen Zweifel daran, dass er keine Lust hatte, sich das Gequatsche noch länger anzuhören.

»Wenn du zur Bresinsky gehst, komme ich mit«, sagte ich.

Gregor grinste mich an. Der glaubte, wenn ich mit ihm in die Galerie käme, wären Spaß und Ertrag bestimmt größer. Und ich wusste jetzt sicher, dass meine breiten Streifen, die ich ihm millimeterkurz verpasst hätte, seinen Typ auf den Punkt genau getroffen hätten.

»Tomas«, sagte Kitty. »Kann ich dich kurz sprechen? Es dauert nicht lange.« Ihre Augen sagten mir, dass diese Unterredung wichtig war. Vielleicht hatte es mit Vladimir zu tun.

»Also gut, ich komme nach«, sagte ich.

Gregor klopfte auf den Tisch.

»Du weißt«, sagte Kitty, als wir über den Flur in die Küche gingen, »dass ich Jakob von Anfang an nicht über den Weg getraut habe.«

Ich erinnerte mich an das Haarbüschel, das sie in den Briefumschlag für diese Genanalyse gelegt hatte. Ja, Kitty hatte tatsächlich als Einzige das richtige Gespür bewiesen.

Sie sagte: »Vielleicht bringt es auch nichts, zumal man Toten ja nichts Schlechtes nachsagen soll.«

Ich lehnte mich gegen den Tisch, an dem Jakob vor ein paar Wochen so flink den Knoblauch geschält hatte. »Was willst du mir sagen?«

»Du erinnerst dich an den Einbruch bei Theadora?«

»Klar. Wir hatten doch letztens noch im Salon darüber gesprochen.«

»Jakob hat bei Theadora renoviert, und kurz darauf waren alle Bilder weg. Dasselbe bei Vera Zernack.«

»Was war bei Vera Zernack?«

»Jakob hatte bei ihr das Bad gefliest mit den tollen Glasmosaiksteinen aus Italien. Ich habe damals die Fotos gesehen.«

»Davon wusste ich gar nichts.«

»Kurz darauf wurde auch bei ihr eingebrochen, gleich im Herbst, als sie in die Finca nach Spanien sind.«

»Das ist absurd. Jakob war doch kein Einbrecher, der überall eingestiegen ist, wo er vorher renoviert hatte. Außerdem besitzt Vera keine wertvolle Kunst.«

»Woher willst du das wissen? Vielleicht hat Jakob in irgendeiner Ecke etwas entdeckt, was er zu Geld machen konnte. Doof war er ja nicht.«

»Ich glaube, Kitty, dieses Mal verrennst du dich aber wirklich.«

»Erinnere dich an seine hellblaue Lederjacke.«

»Das Ding war super.«

»Und irre teuer. Von irgendwoher musste das Geld doch kommen. Ist dir nie seine Armbanduhr aufgefallen? Spätestens da war mir alles klar.«

»Und was sollen wir jetzt mit diesem Verdacht anfangen?«

»Ich möchte nur, dass du es im Hinterkopf behältst. Und der Kommissarin davon erzählst, wenn du das nächste Mal mit ihr sprichst.«

»Das wird sicher bald passieren.«

»Und noch etwas, Tomas.«

»Ja?«

»Kümmere dich um Regula. Ich glaube, die Geschichte geht ihr ganz schön an die Nieren.«

»Versprochen.« Ich wollte schon gehen, da fragte ich sie noch: »Und was hältst du von Gregor?«

»Die blonden Spitzen sind entsetzlich. Aber sonst ist er, glaube ich, ganz in Ordnung.«

»Danke, Kitty.« Ich gab ihr einen Kuss. »Bis später.«

Alexander Quasten stellte eine Flasche Klaren auf den Tisch und fragte: »Nehmen Sie auch einen?« Gregor saß schon im Büro, ein Bein rechtwinklig aufs andere gelegt. Die Nachricht war wohl schon verkündet, und der Ausschank die Reaktion auf den Schreck. Quasten stellte ein drittes der schlanken Gläser auf den Tisch. Statt Trachtenjacke trug er heute Blazer, aber dezent, ohne Goldknöpfe.

»Danke.«

Er schenkte jedem zu einem Drittel ein und hob sein Glas. Augenkontakt, aber kein Trinkspruch, wir waren hier nicht bei den Russen. Aber worauf tranken wir eigentlich? Auf den Bilderraub? Auf den Schreck? Und wo war Giselind?

»Das sind Neuigkeiten, was?«, sagte ich. Der Klare war ein guter Grappa.

»Allerdings«, sagte Quasten unverbindlich. »Giselind ist auf dem Weg.«

Gregor hypnotisierte sein Glas, in dem der Alkohol in Schlieren herunterlief. Quasten folgte mit den Pupillen den Zeilen eines kopierten Artikels, der schräg vor ihm auf dem Tisch lag. Vielleicht hatte er Sprechverbot, solange die Chefin nicht da war. An der Wand lehnten Bilder, verpackt in Luftpolsterfolie. Jakobs Bilder?

In der Stille war zu hören, wie Quasten sich am Blattrand Notizen machte. Die ausgeglichene Ruhe, der ordentliche Scheitel, die gut durchbluteten Wangen machten mich aggressiv. Ich hielt es nicht mehr aus und wiederholte ärgerlich, was Gregor vorhin so treffend formuliert hatte: »Und was sagen Sie zum Doppelmord? Erst Jakob, dann die Bilder?«

Den Stift zwei Zentimeter überm Papier fixierte mich Quasten, vielleicht erstaunt über diesen kleinen Ausbruch des Frisörs, aber mir kam es hochmütig vor.

Gregor signalisierte mit knapper Geste: Sachte. Mit einem Blick und einer Bewegung machte er uns zu Komplizen.

Quasten las weiter, kritzelte, lächelte, als sei der Text von feinem Humor. So ein Fatzke.

Ich wollte aufstehen und gucken, ob die Bilder an der Wand von Jakob waren. In dem Moment ging vorne die Tür, ein kühler Luftzug, und Giselind rief: »Ist das wirklich wahr? Alle Bilder weg?« Die langen schwarzweißen Fransen ihres Capes nahmen raffiniert das Silberschwarz ihrer drahtigen Haarkrause auf, die große Brosche setzte wie immer den bizarren Akzent. »Einfach weg?« Sie drückte Gregor, dann mir rechts und links ihre Wange ans Gesicht, als würde sie sich den Trost nehmen, der ihr zustand. Für sie waren wir liebe Gäste, und sie schien nicht einmal auf die Idee zu kommen, dass wir keine waren. Oder war es ihre Routine als Galeristin? Wahrscheinlich saßen hier täglich Leute herum, machten, wie Aljoscha es nannte, »Mund-zu-Mund-Beatmung«, weil sie hofften, mit ihrer Kunst irgendwann einmal ausgestellt zu werden. Und alle wurden mit lieber Herablassung behandelt. Armer Künstler. Armer Jakob.

Quasten hatte Giselind noch nicht den Grappa eingeschenkt, da legte Gregor schon los und sagte: »Habt ihr etwas damit zu tun?«

»Was, lieber Gregor, möchtest du damit sagen?« In Giselinds Süße lag bitterer Ernst.

Quasten öffnete einen Aktenordner und legte das Papier ab.

»Ich will damit sagen, dass es dich schier zerrissen hat, weil Jakob einfach seine Bilder über die Moskauer an einen russischen Sammler verticken wollte. Bravo, Jakob! Er hat euch den Finger gezeigt. Was liegt da näher als die Vermutung, dass ihr mal kurz in Jakobs Atelier zum Aufräumen gegangen seid? Ich meine natürlich, nicht du persönlich, aber ein paar deiner Helfer.«

»Haben wir schon über deine nächste Ausstellung gesprochen?«, fragte die Bresinsky zerstreut. »Ich glaube nicht. Und ich merke gerade, dass ich dazu auch immer weniger Lust verspüre. Geht es dir auch so, Alexander?«

Wurde Quasten eigentlich noch für etwas anderes als fürs Nicken bezahlt?

»Entschuldigen Sie, Herr Prinz, aber unser Gregor versteht nur diese plumpe Sprache.«

»Wahrscheinlich weißt du nicht einmal etwas davon«, sagte Gregor zu Giselind. Er ignorierte ihre Drohung, fühlte sich mit mir an seiner Seite sehr sicher. »So etwas erledigt schließlich dein Gehilfe. Oder lässt es erledigen.«

Quasten stand auf und ging um den Tisch herum.

»Da braucht es nicht einmal viele Worte und Absprachen, stimmt's?«, fragte Gregor frech.

Quasten sah auf ihn herab und sagte: »Hau ab.«

Imponiergehabe. Trotzdem fragte ich mich kurz, ob Gregor mit den dekorativen Tattoos gegen Quasten, den Anzugträger, nicht vielleicht den Kürzeren ziehen würde. »Beruhigt euch«, sagte ich. »Wir sind alle mit den Nerven runter. Aber deshalb müssen wir nicht anfangen, uns zu kloppen.«

»Alexander, setz dich«, sagte die Bresinsky.

Quasten drehte sich um, ging den Weg um den Tisch zurück an seinen Platz. Er tat wirklich immer, was sie ihm sagte.

Giselind bemühte sich nun auch um einen vernünftig pragmatischen Tonfall: »Wer hat denn, außer uns, in letzter Zeit ein starkes Interesse an den Bildern gezeigt? Anscheinend die Russen. Sehe ich das richtig?« Sie sah von einem zum anderen.

»Interessante Theorie«, sagte Gregor, »darauf muss man erst einmal kommen.«

»Vladimir Hausmann ist nicht von der russischen Mafia«, sagte ich. »Das ist lächerlich. Er wollte die Bilder kaufen.«

»Ich will niemandem zu nahe treten«, sagte die Bresinsky. »Ich will nur in Ruhe überlegen, wer hinter der ganzen Sache stecken könnte. Aber vielleicht haben Sie recht, Herr Prinz. Der Gedanke ist zu abwegig. Und was die russische Kollegin, diese Frau Nikolska, angeht ...«

»Nikolskaja«, sagte ich.

»... genau, wären wir uns über Jakobs Bilder schon einig geworden. Da wollte ich sowieso noch mit Ihrem Aljoscha, ich meine, dem Herrn Mossin, reden.«

»Was gibt es denn da noch zu reden?«, sagte ich. »Die Bilder sind weg, futsch, verschwunden!«

»Warten Sie mal ab, wenn ein bisschen Zeit vergangen ist, tauchen die Bilder wieder auf, als wäre nichts gewesen. Meinst du nicht, Alexander?«

Quasten nickte. War das jetzt ein indirektes Geständnis? Ich verlor langsam die Übersicht. Ich bin kein Kriminalist.

»Herr Prinz, jetzt gucken Sie nicht so«, sagte die Bresinsky. »Ich werde mich nicht wegen der Kunst mit Ihrem russischen Freund oder dieser Frau Nikolska anlegen.«

»Natürlich nicht«, sagte Gregor. Er war nur noch am Spotten. »Das hätte dein Gehilfe erledigt. Der hat dir ja auch geraten, Jakob mit seiner heißersehnten Einzelausstellung hinzuhalten, ihn von Mal zu Mal zu vertrösten. Dieses ganze Scheiß-Demütigungsspiel. Aber dass sich das Ausland für ihn interessiert, damit habt ihr nicht gerechnet. Und jetzt scheißt ihr euch in die Hosen, weil ihr Angst habt, dass euch ein Riesenbatzen Kohle durch die Lappen geht. Gott, wie erbärmlich! Aber wenigstens weißt du jetzt, Giselind, was für einen tollen Berater du dir da hältst!«

Gregor haute auf den Putz, als wollte er nur eines: den Bruch mit diesem Galeristen-Duo, das innerlich ein Gähnen unterdrückte: Quasten blätterte im Terminkalender. Giselind betrachtete den schön geformten Bogen ihrer Fingernägel, nicht verlegen, sondern weil sie wahrscheinlich überlegte, ob sie in diesem Jahr noch zur Maniküre gehen sollte. Auch wenn Gregor viele Dinge gesagt hatte, die bestimmt richtig waren, kamen wir so nicht weiter.

»Warum haben Sie mich nicht abgeholt, als ich Ihretwegen am zweiten Weihnachtsfeiertag vorzeitig aus Zürich kam?«, fragte ich. »Es war Ihnen doch so wichtig, dass wir über Jakob und den Deal mit den Russen sprechen.«

»Irgendein Termin war mir dazwischengekommen.« Die Bresinsky schaute ihren Assistenten an. »War es nicht das Ding mit den Engelschalls? Nein, Schuster war's.«

Quasten nickte.

»Ich hätte Sie anrufen müssen. Tut mir leid.«

Gregors Blick sagte mir: Siehst du, was habe ich dir gesagt? Kein Rankommen an die beiden. Aber ich machte einen letzten Versuch: »Warum haben Sie Jakob Geld gegeben, wenn Sie ihn gar nicht ausstellen wollten?«

»Wir haben ihn ausgestellt«, sagte Quasten.

»Ich habe ihn immer wieder in Gruppenausstellungen reingenommen«, sagte die Bresinsky. »Um zu testen, wie er ankommt. Aber er war noch nicht so weit. Er war noch im Werden. Und darum habe ich ihm ab und zu Geld gegeben, für Material, damit er produziert. Das tue ich nicht aus Menschenliebe, sondern ist ganz egoistisch.«

Ich überlegte. Vielleicht hatte Jakob sich vom Materialgeld einfach Lederjacke und Armbanduhr gekauft. Möglich. Oder hatte Jakob noch ganz andere Dienste geleistet? Dann hätte Kitty doch recht mit ihrer Theorie von den Einbrüchen. Ich merkte, dass ich bei dieser Frau nicht weiterkam. Ich fühlte mich eingeseift: lieb behandelt und ausgebremst. Aber dass hier ein paar Dinge faul waren – da war ich mir sicher.

Gregor stand auf. Ich auch.

Wir gingen nebeneinander über den Odeonsplatz. Der Glanz war weg, die Zeit der Weihnachtsmänner und der Hoffnung auf große Geschenke vorbei.

»Glaubst du«, fragte ich, »sie hat etwas mit dem Mord zu tun?«

»Ich halte bei dieser Frau alles für möglich.«

»Mit ihr hast du es dir jetzt für immer verscherzt.«

Gregor winkte ab. »Iwo. Wenn die Bresinsky etwas verkaufen kann, dann verkauft sie es, auch meine Briefmarken. Da mach dir mal keine Sorgen.«

»Deine Bilder laufen gut?«, fragte ich.

»Ich komme zurecht.«

»Komm. Du stapelst tief, oder?«

Gregor sah mich von der Seite an. »Hat Jakob dir von meinem vermeintlich riesigen Erfolg erzählt? Weißt du, der Wert eines Bildes berechnet sich nach einem Faktor. Mein Faktor ist zwar mit den Jahren gestiegen, aber da meine Radierungen klein sind, sind die Preise erschwinglich. Vielleicht verkaufe ich unterm Strich schneller mal etwas als jemand, der lieber großformatig malt. Passt ja auch besser übers Sofa.«

»Dann fühlst du dich bei ihr gut aufgehoben?«

»Sie nimmt meine Arbeiten mit auf die Kunstmessen. Darauf kommt es an. Sonst wäre ich als Künstler gar nicht vorhanden und meine Arbeit nicht viel mehr als ein nettes, kleines Hobby.«

»Das Stadium, in dem Jakob noch war, oder?«

»Jakob? Der hatte es doch viel einfacher. Der wusste gar nicht, wie einfach. Ich bin damals über Monate zu jeder Vernissage gerannt, bis Quasten mich endlich angesprochen und gefragt hat – denn das ist sein Job –, wer ich bin und was ich mache. Natürlich hatte er zu dem Zeitpunkt schon Erkundigungen über mich eingeholt und wusste, dass ich Künstler bin. Dann durfte ich ihnen mal meine Arbeiten zeigen und zwei Jahre später an einer Gruppenausstellung teilnehmen. Verstehst du: So läuft das.«

»Und warum hast du nicht einfach einen Termin gemacht?«

»Ohne Empfehlung? Ohne Katalog? Nur mit einer Ausstellung in Heringsdorf und im Kunstverein von keine-Ahnung-wo? Bringt nichts.«

»Warum denn nicht?«

»Eine Galerie ist kein Frisörsalon. Da kannst du nicht einfach reinmarschieren und sagen: Machen Sie mal. Wenn du nichts vorzuweisen hast, musst du Nutte sein. Nur Jakob hat das nicht nötig gehabt.«

»Wieso?«

»Ich habe ihn mit Giselind bekannt gemacht. Ich habe ihm die Tür geöffnet. Ich war seine Empfehlung.«

»Wie damals, als er sich in der Akademie eingeschlichen hatte, beim Aktzeichnen. Das hat er mir erzählt.«

»Jakob war ja auch gut. Er kam von der Fotografie, aber wenn ich nicht aufgepasst hätte, wäre er ein ›Bitte-recht-freundlich‹ geworden. Er kann froh sein, er hat viel von mir gelernt. Und ich von ihm. Scheiße.«

Gregor steckte die Hände in die Hosentaschen, ballte sie zu Fäusten und atmete tief durch, um seine Stimme wieder in den Griff zu bekommen. »Weißt du, was er immer gesagt hat? ›Ich will schöne Bilder malen. Bilder, die man gerne anguckt.‹ Das würde kein Künstler sagen. Und das mochte ich an ihm.«

So richtig wurde ich aus Gregor nicht schlau. Erst spottete er und brachte in der Galerie alle gegen sich auf, wollte aber, völlig klar, weiter mit der Galeristin zusammenarbeiten. Das war wenigstens ehrlich. Und er war ein Förderer und Lehrer von Jakob gewesen. Ein Freund, wie ich ihn mir am Anfang meiner Karriere auch gewünscht hätte.

Ich fragte: »Hattest du eigentlich immer einen Schlüssel zum Atelier?«

»Mir hat er vertraut. Ich konnte jederzeit kommen und

ihm meinen Senf zu seinen Bildern geben. Aber was spielt das für eine Rolle? Es ist eingebrochen worden. Da ist niemand mit einem Schlüssel reinspaziert.«

»Und wer hatte jetzt Jakobs Schlüssel? Irene?«

»Vermutlich. Warum?«

»Nichts Bestimmtes. Ich will mir nur einen Überblick verschaffen.«

»Dir lässt der Fall auch keine Ruhe, was? Du hast Irene ganz schön in die Zange genommen. Sie sagte, es sei fast ein Verhör gewesen. Aber ich finde das super, Tomas, ehrlich. Vielleicht findest du ja wirklich etwas heraus.«

»Weiß Irene, dass Bea ein Verhältnis mit Jakob hatte?«

»Ein Verhältnis?« Gregor lachte. »Sie sind zusammen in die Kiste gestiegen, meinst du das?«

»Bea jedenfalls hat es ganz schön erwischt. Ich habe sie schon lange nicht mehr so …«

»Wie?«

»… so neben der Spur gesehen. Doch, Bea hat Jakob geliebt.«

»Aber die beiden passten doch überhaupt nicht zusammen. Immer dieser Tick mit der Astrologie. Das habe ich auch zu Irene gesagt.«

»Wann?«

»Was meinst du – wann?«, fragte Gregor.

»Wann hast du ihr gesagt, dass Bea und Jakob nicht zusammenpassen? Also wann hat sie erfahren, dass die beiden, nun … miteinander in die Kiste gestiegen sind?«

Gregor antwortete nicht.

Ich blieb stehen, um ihm ins Gesicht zu sehen. »Vor oder nach Jakobs Tod?«

Nicht einmal die Pupillen in seinen grauen Augen bewegten sich, als er sagte: »Nach seinem Tod.«

Ich traute Gregor nicht. Vielleicht wollte er Irene schützen, damit sie nicht als betrogene Freundin dastand. Damit sie kein Motiv hatte und nicht unter Mordverdacht geriet.

»Und wann«, fragte ich, »hat sie von Jakobs großem Durchbruch erfahren? Auch erst nach seinem Tod?«

»Ich tratsche nicht hinter Jakobs Rücken über seine Affären und Geschäfte. Ich weiß nicht, wie du es hältst, aber ich versuche, bei meinem besten Freund loyal zu sein.«

»Habt ihr gewusst, dass Jakob nicht mein Halbbruder ist?«

Gregor sah mich überrascht an. »Hey, natürlich haben wir es nicht gewusst. Was denkst du von uns? Das war für uns alle eine riesige Überraschung. Und ein großer Schock, klar! Wir hatten uns für Jakob gefreut. Zum ersten Mal in seinem Leben hatte er das Gefühl, da sind Menschen, die ihn mögen und unterstützen wollen. Das war für ihn eine neue Erfahrung.«

»Hat Jakob selber geglaubt, dass er ein halber Prinz ist?«

Gregor schaute in den Himmel. »Vielleicht wollte er es glauben. Er hatte einen ziemlich starken Willen. Da war er seiner Mutter ähnlich.«

Ich war mutlos. Das führte doch alles zu nichts. Nur eine Person konnte ich jetzt noch fragen, ob Jakob ein Lügner und Betrüger oder ein heilloser Träumer gewesen war. Wenn ich wüsste, wer Jakob wirklich war, käme ich auch dem Mörder auf die Spur. Da war ich mir sicher.

»Was hast du jetzt vor?«, fragte Gregor.

»Vielleicht kann seine Exfreundin mir etwas erzählen, was mich weiterbringt.«

»Seine Ex? Wen meinst du?«

»Sie arbeitet im ›Bayrischen Hof‹, sozusagen. Sie ist eine dieser Edelnutten. Jetzt sag bloß, das wusstest du nicht?«

Gregor schüttelte den Kopf. Er wollte etwas sagen, ließ es dann aber.

»Ich muss los«, sagte ich.

»Mit dieser Frau«, sagte Gregor, »das halte ich für keine gute Idee.«

»Warum?«

»Aber wenn du sie schon siehst, sag ihr – egal. Sag ihr nichts. Sag ihr einfach überhaupt nichts von mir.«

»Ist alles okay?«

»Ja. Sie wechselt nur ständig ihre Telefonnummer.«

Ich gab ihm die Hand. »Mach's gut. Und halte mich auf dem Laufenden, wenn das erste Bild von Jakob auftaucht.«

Es sollte ein Scherz sein, aber Gregor lachte nicht, sondern hielt meine Hand fest. »Da ist noch eine Sache, Kumpel. Ich wollte dich mal ganz unverbindlich etwas fragen. Ich meine, ich wollte dir und deinem Freund, dem Aljoscha, einen Vorschlag machen. Hast du noch einen Moment Zeit?«

Wenn ich jetzt ablehnte, würde ich nie mehr aus diesem Schraubstock herauskommen.

16

Ich brauchte Regulas Personalausweis. Wie ein Reiseleiter stand ich am Check-in und wartete auf meine Schwester. Ich stellte mir vor – Regula im Aufbruch zu einer Reise ohne Familie: Anna, die sich ihrem Abschiedsschmerz hingab. Jonas, der ihr mit einem neuen Schub von Neurodermitis die Trennung unmöglich machte. Und Christopher, der noch das Kofferschloss reparierte. Aber vielleicht lag die Verspätung nur an der S-Bahn, die Regula aus politisch-moralischen Gründen benutzte, während Mutter und ich Weltmeister im Taxifahren sind. Regula, beeil dich.

Ich ließ eine Dame vorbei, die noch mehr Gepäck hatte als ich.

Die nächsten Tage würden nicht einfach werden. Mutter und Tochter trafen zum ersten Mal wieder aufeinander, seit Jakob in unser Leben getreten war. Wahrscheinlich würde das Treffen folgendermaßen ablaufen: Zuerst machen sie auf Harmonie, dann kommt der Augenblick für klare Worte und die Causa Jakob auf den Tisch. Regula wirft Mutter vor, immer nur an sich zu denken. Mutter streitet ab und will beweisen, dass sie immer nur das Beste für die Familie will. Der Streit schaukelt sich hoch, und auf dem Höhepunkt fordern beide eine Unterbrechung, greifen zu Zigarillos und Kopfschmerztabletten und wühlen im Geiste wütend nach längst schon vergessenen Kränkungen. Jakob verkommt zur Nebensache. Jetzt bin ich dran, vermittle zwischen den Frauen und muss dabei wie ein Luchs aufpassen, nicht plötzlich selbst als Angeklagter dazustehen, der an allem schuld ist. Ich kenne diesen Ablauf. Vorsorglich hatte ich mich wieder in dem kleinen Hotel am anderen Ende der Promenade einquartiert.

Eine Stimme über Lautsprecher machte einen letzten Aufruf. Aber das waren jetzt nicht schon wir, oder?

Der Witz bei der ganzen Sache: Es gab ja gar keinen Sohn. Wir hatten es nur alle für möglich gehalten.

»Warum reist du mit so viel Gepäck?«, fragte Regula.

»Und du?« Ich schaute auf ihre komisch praktische Reisetasche. »Pullover, Bikini, Cocktailkleid, und was man im Winter in Nizza sonst noch so braucht – alles dabei?«

»Nein, aber wir gehen zusammen shoppen. Du suchst aus und Mama bezahlt.«

»In deine ›Galeries Lafayette‹ kriegst du mich aber nicht.«

Für Regula waren die kommenden Tage ein seltener Urlaub von Ehe und Familie; für mich ein mittelgroßes Opfer, konnte ich doch die freien Tage um den Jahreswechsel nicht dazu nutzen, um Aljoscha zu unterstützen und aufzurichten. Er hatte Ärger. Nach dem Bilderraub war er von seiner Chefin ruckzuck wieder nach Moskau kommandiert worden. Die Stimmung dort war mies. Vladimir Hausmann hatte für die ganze Sache ein Wort benutzt, das Aljoscha mir, wahrscheinlich zensiert, mit »Verarschung« übersetzte. Für die Galerie war mit dem Verlust der Bilder ein so großer Schaden an Ansehen und Glaubwürdigkeit entstanden, dass Aljoscha es einen »Super-GAU« genannt hatte. Ich wäre jetzt gerne bei ihm. Es gibt nicht viele Momente in seinem Leben, in denen er meinen Trost braucht. Und was tat ich? Flog in die entgegengesetzte Richtung, nach Nizza, als wäre es ein Gesetz, dass Liebe und Sachzwänge immer kollidieren, und verhandelte, als gäbe es nichts Wichtigeres, mit der Dame am Check-in wegen unserer Plätze auf Steuerbordseite. Und der kühne Bogen, den die Check-in-Frau sich als Augenbrauen gemalt hatte, gab mir zu verstehen, dass sie alle Menschen für Hysteriker hielt.

Als die Schwierigkeiten mit dem Personal und das Geruckel beim Start überwunden und die kalten und noch kälteren Luftschichten durchstoßen waren, als endlich die Motoren gleichmäßig rauschten, merkte ich, wie langsam die Anspannung von mir abfiel. Schließlich waren die vergangenen Wochen ganz schön nervenaufreibend gewesen. Die Gurte klickten, und mit dem Geschirrgeklapper begann die leise Geschäftigkeit der attraktiven Stewardess und des enttäuschend unattraktiven Stewards. Ich freute mich, mal wieder Arm an Arm neben meiner Schwester an Klapptischchen zu sitzen, an bunten Verpackungen für Brötchen, Schnitzel und Kuchen zu reißen, die so klein sind, dass wir uns als Kinder immer vorgestellt hatten, sie kämen aus einem Land, in dem die Zwerge wohnen. Regula bestellte Sekt. Die Sonne schien über einen weichen, unwirklichen Flausch, der da draußen wie gekämmter Filz auslag und aus dem immer wieder ein paar Zotteln ziemlich crazy in die Höhe gezupft waren. Mir war gar nicht klar, wie tief ich durchatmete.

Regula versuchte, mit ihren Salatschnipseln keine Sauerei zu veranstalten. Es gelang ihr. »Erzähl mal«, sagte sie. »Wie war es gestern noch mit Gregor in der Galerie?«

»Hör bloß auf.«

»Habt ihr etwas herausbekommen?«

Ich erzählte von den beiden Galeristen, die ich »aalglatt« fand, und von Gregor, der das Geschäft mit der Kunst durchschaute und mitspielte. Er war Profi. Und das Beste war: »Gregor hat mir ein Angebot gemacht, und was für eins. Ich war total geschockt.«

»Was für ein Angebot?«, fragte Regula.

»Stell dir vor: Er will die Bilder, die Jakob gemalt hat, neu malen. Den Stil imitieren. Unten rechts Zimmermann drauf und eines nach dem anderen nach Russland verkaufen. Kannst du dir das vorstellen?«

Regula lachte und fragte durch die Serviette: »Und Aljoscha? Was sagt der dazu? Gregor glaubt doch nicht im Ernst, dass er so einen Betrug mitmacht. Was für eine unglaubliche Frechheit.«

»Genau das waren seine Worte«, antwortete ich.

Ich dachte aber auch an die Pause, die am Telefon entstanden war, als ob Aljoscha in Gedanken doch mal rasch die Möglichkeiten eines solchen Arrangements durchspielte. Aber dann hatte er, Gott sei Dank, gesagt: »Tickt der eigentlich noch richtig?«

»Dieser Gregor tickt doch nicht richtig«, sagte Regula.

»Aber er ist eben auch ein cooler Typ, ohne Tabus.«

»Du meinst – sexuell?«

»Wie kommst du denn darauf?«

»Er ist doch nicht unattraktiv, oder?«

Regula und ihre ständigen Versuchsballons. Ich sagte: »Ich fand es ziemlich beeindruckend, wie er seiner Galeristin all die Wahrheiten auf den Tisch gekotzt hat. Ohne Rücksicht auf Verluste. Ich weiß, ehrlich gesagt, nicht, ob ich so etwas bringen würde. Er ist immerhin abhängig von der Bresinsky.«

»Er weiß ganz genau, wie weit er gehen kann, meinst du nicht? Ich glaube, er wollte dich beeindrucken. Und das ist ihm ja anscheinend auch gelungen.«

Vielleicht hatte Regula recht. Vielleicht spielten sie alle nur mit mir – Gregor und Irene. Und trafen sich danach im Café, steckten die Köpfe zusammen und lachten sich eins. Wie jetzt, bei Gregors Vorschlag mit den Fälschungen. Oder Irenes Angebot, kurz danach. Es war ebenfalls eine maßlose Unverschämtheit gewesen. Ich hatte ziemlich heftig reagiert. Aber vielleicht sollte ich Regula davon gar nichts erzählen.

Ich schaute aus dem Fenster. Durch ein Wolkenloch hindurch glitzerte schon das Mittelmeer.

Waren denn überall nur Abgründe?

Ich stellte mir vor, wie ich Abend für Abend in der Hotelhalle vom ›Bayrischen Hof‹ herumsitzen, nach Maria Ausschau halten und Umfragen starten würde. Wie die Kolleginnen-Damen mitleidig lächeln, die Portiers bedauernd die Achseln zucken, die Kofferjungs feixen. Ich würde mir den Ruf erwerben, einer Prostituierten mit Namen »Maria« verfallen zu sein. Aber vielleicht hieß sie im Beruf ganz anders. Vielleicht hatte sie einen Künstlernamen.

Ich wollte doch abschalten, nicht mehr an den Schlamassel denken. Am einfachsten wäre es tatsächlich, Vladimir Hausmann nach ihrer Telefonnummer zu fragen.

Jetzt flogen wir die Schleife, würden also, wie ich vermutet hatte, von Osten reinkommen. Gut, dass wir rechts saßen. Ich gebe zu, wenn ich ein Foto oder ein Phantombild von Maria gehabt hätte, säße jetzt Benni in der Hotelhalle und müsste aufpassen, und zwar wie ein Schießhund.

Gleich kam der Blick. Allein seinetwegen lohnt sich schon die Reise hierher. Die Kommissarin hatte ich gar nicht mehr nach Maria gefragt. Zu groß war ihre Angst, ich könnte in die Ermittlungen pfuschen. Ich dachte an ihre Aufforderung, mich »bis auf weiteres zur Verfügung« zu halten. Tja, mein Mobiltelefon hatte ich nicht mitgenommen.

Da waren der Strand, die Wellen mit den gemütlichen Mittelmeerschaumkronen, der vierspurige Boulevard und die Palmen, in denen abends die Lichtergirlanden leuchten und blinken. Hoffentlich ist der Weihnachtsschmuck noch da. Ich sah die wunderschönen alten Villen mit hohen Fenstern und prachtvoller Stuckatur, dort ein paar Bausünden aus den Sechzigern und Siebzigern, aber egal, und weiter, schon zum Greifen nahe, die Kuppel vom ›Negresco‹, Mutters Hotel. Wie lange ich nicht mehr hier gewesen war. Fünf Jahre? Sechs?

»Schnall dich an!«, sagte Regula.

Es war wirklich lächerlich, was ich da in München veranstaltete. Spielte mich als Detektiv auf. Als hätte ich nichts Besseres zu tun und das Leben keine anderen Abwechslungen zu bieten. Aber wenn die Glaser den Mörder nicht findet?

Regula stützte sich auf meine Lehne und beugte sich zu mir herüber. »Hat denn die Polizei eigentlich überhaupt keine Spur? Gar nichts?«, fragte sie das Fenster leise, als ahnte sie, dass zu dieser Stunde ein bürokratischer Vorgang bei der Münchner Staatsanwaltschaft, die Unterschrift auf einem

Stück Papier, unsere Situation dramatisch verändern würde. Ich hatte dieses Kribbeln im Bauch. Das Wasser kam ganz nah. Dieses Gefühl, gleich ins Meer abzustürzen.

Ich würde mich künftig aus allem raushalten. Ich war fest entschlossen.

Wir kamen mit dem Triebwerk hart auf der Landebahn auf. Die Motoren jubelten. Der Pilot zog alles, was er an Bremsen zur Verfügung hatte.

»Danke für das Businessclass-Vergnügen!«, sagte Regula.

Wir wollten Teil eins des Abends ohne Drama hinter uns bringen. Im ›La Tapenade‹ in der Altstadt bekamen wir mit einer Reservierung von hier auf jetzt sogar einen Tisch, der nicht einmal neben der Eingangstür war. Wir wollten anständig essen und uns nebenbei nett unterhalten. Das unverfängliche Eingangsthema bei der »Salade niçoise«, aus der Mutter die Besonderheit, die Sardellen, sortierte, waren natürlich »Annas erster bleibender Zahn« und »Jonas' leidige Neurodermitis«. Ich tupfte mit Baguette die Vinaigrette vom Teller und hing meinen Gedanken nach. Stephan war ganz still geworden, als er erfuhr, dass in seinem Wohnzimmer ein Mord passiert und die Katze stiften gegangen war. Ich hatte ihm trotzdem zugeredet, im Schnee von Colorado zu bleiben und die letzten Urlaubstage zu genießen. Wenn das überhaupt möglich war.

Als ob Mutter den Moment der Unaufmerksamkeit nutzte, war sie über die Neurodermitis schon bei ihrem Lieblingsthema gelandet, der privaten Krankenkasse und einem Stichtag am einunddreißigsten, den wir Kinder bereits so gut wie verpasst hätten, wenn sie nicht in ihrem geräumigen Geldbeutel mit dem goldenen Schnappverschluss das Kärtchen des netten Versicherungsagenten gefunden hätte, der, ein Anruf genügt, die Sache in letzter Sekunde für uns und auch für die Schlafmütze Christopher richten würde. Und plötzlich befanden wir uns gefährlich nahe am heiklen Thema, das uns mit Christophers kompliziertem Versicherungsstatus und schwarzgeldverdächtigen Einnahmen ruckzuck um die Ohren fliegen konnte. Doch Regula wechselte bei der Ankunft des Hauptgangs das Thema und ließ beim Tellerschieben die Visitenkarte verschwinden. Während ich mit der Sahnesauce über meiner Entenbrust haderte, berichtete Regula nun von der Pasolini-Ausstellung in der ›Pinakothek der Moderne‹, die für sie *»most outstanding«* sei. Mutter fragte nach der Bedeutung von Pasolini und den Anglizismen, die sich seit Regulas Recherche nach einem englischen Au-pair in ihren Sprachschatz einschlichen und darauf schließen ließen, dass sie es, gegen Christophers Widerstand, ernst meinte und die Suche intensiviert hatte. Aber das war jetzt nebensächlich. Mit Crème Caramel und warmem Schokoladenkuchen wurde es Zeit, zum Thema ›Jakob‹ überzuleiten. Ich könnte nun doch von diesem Besuch, kurz vor meiner Abreise, erzählen. Ich würde damit klarmachen, dass der Feind uns nichts mehr angeht, was zu Harmonie und Einigkeit in unserer Familie beitragen könnte. Es wäre ganz einfach. Sollte ich?

»Mama, er will etwas erzählen«, sagte Regula wie ein Mädchen, das sich mit roten Wangen auf eine Geschichte freut.

»Ja, dann red doch, Junge«, sagte Mutter in der Laune mütterlicher Gönnerhaftigkeit, die, wenn sie sie überkommt, schuld daran ist, dass sie uns Kindern keinen Wunsch abschlagen kann.

Ich lehnte mich zurück, fest entschlossen, diese unerfreuliche Geschichte als Anekdote zu erzählen, um unseren unbeschwerten Abend nicht zu verderben. Ich begann damit, wie ich vor der Flimmerkiste hing und in diese TV-Serie schaltete, nur um kurz zu kontrollieren, ob sich das kleine Monster inzwischen doch endlich in die Schönheit verwandelt hätte, die einem in den Gazetten versprochen wurde. Mutter nickte mit der Depression des Serien-Junkies, der dem Schneckentempo der Geschichte ausgeliefert ist. Regula verstand kein Wort. – Ich erzählte, wie es plötzlich klingelte, ich dachte, es könne nur Bea sein, drückte auf den Summer und ließ die Tür angelehnt. Als ich in den Fernseher schrie: »Warum kämmt sich das Mädel nicht einfach mal?« – stand Irene Herrlich im Raum.

»Und?«, fragte Regula.

»Wer ist Irene Herrlich?«, fragte Mutter.

»Die Freundin von Jakob«, sagte ich.

»Ich dachte, deine Färberin wäre mit Jakob …«

»War sie auch, aber inoffiziell.«

»Was wollte Irene?«, fragte Regula.

»Sie hatte ein großes Paket dabei.«

»Und was war in dem Paket?«, wollte Regula wissen.

»Ein Bild von Jakob.«

»Ich dachte, die Bilder seien alle verschwunden«, sagte Mutter.

»Sind sie auch. Aber dieses nicht.«

»Warum dieses nicht?«

»Irene hatte es an sich genommen, um es uns zu geben.

Angeblich hatte Jakob es uns beiden, also Regula und mir, gewidmet.«

»Wirklich?«, fragte Regula.

»Das ist ja reizend«, sagte Mutter mit dem gedehnten Mitleid für einen Menschen, der eigentlich abgrundtief schlecht war, dessen Bemühen um die gute Tat sie aber bereit war anzuerkennen.

»Allerdings wollte Irene das Bild nicht einfach so hergeben«, ergänzte ich.

»Sondern?«

»Weil es eines der wenigen Bilder sei, die noch von Jakob existierten, und weil sie arm ist und ich reich bin, wollte sie es mir verkaufen.«

Regula schaute mich mit dem Löffel im Mund an.

»Wie viel?«, fragte Mutter.

»Zehntausend.«

»Und taugt es was?« Mutter ist es gewohnt, Preis und Ware gegeneinanderzuhalten.

»Ich habe es mir gar nicht mehr angeschaut.«

»Wie ungeschickt, den Preis zu nennen, ohne das Stück überhaupt hergezeigt zu haben.«

»Mama! Ich war total sauer!«

»Das verstehe ich, mein Junge.«

»Was hast du ihr gesagt?«, fragte Regula.

»Dass sie das Bild nehmen und sich damit zum Teufel scheren soll.«

»Und?«

»Das hat sie dann getan.«

Ich forschte bei Regula nach Zustimmung. Sie nickte langsam, als versuche sie, sich nach und nach mit jedem einzelnen Satz einverstanden zu erklären. Hatte ich vielleicht einen Fehler gemacht?

»Madame? Die Rechnung, bitte«, sagte Mutter.

Mit dem Trinkgeld auf dem Tischtuch – so kam es mir vor – ließen wir auch das Thema ›Jakob‹ zurück. Es war doch alles zu ihm gesagt. Seine Bilder waren sonstwo, wir aber behielten unsere Repin-Studie. Wir hatten uns ein paar Mal wegen ihm gestritten, aber beim ersten Schlichtungsversuch hatte sich das Problem bereits als so nichtig erwiesen, dass wir gar nicht mehr davon sprechen mussten. Wir waren ohne Schaden davongekommen. Sicher – es gab eine Zeit, da hatte Jakob die Ordnung in unserer Familie ein wenig durcheinandergebracht, aber mittlerweile waren seine mitgebrachten Zuckerschnecken längst gegessen und verdaut, vom Sattelschlepper wahrscheinlich schon die Hinterachse gebrochen, die Zeichnung von der Schildkröte in der Flut neuer, aufregenderer Spielsachen begraben und vergessen. Jakob war uns nahegekommen, aber nicht zu nahe. Und das Wichtigste: Auch wenn Vaters Techtelmechtel mit einer Näherin namens Elisabeth Zimmermann Tatsache war und wir alle es für möglich hielten, dass es ein uneheliches Kind gab, das benachteiligt und totgeschwiegen im Hinterzimmer irgendeiner Münchner Nähstube aufwuchs, war Jakob doch nie ein Sohn meines Vaters gewesen, ob tot oder lebendig, und die Versuche der armen Verwandtschaft, doch noch ein Krümchen vom Kuchen zu ergattern, waren ins Leere gelaufen.

Regula sagte, als ich ihr in den Mantel half: »Und was ist, wenn Irene noch mehr Bilder in der Hinterhand hat? Wenn sie hinter dem Einbruch steckt?«

»Das musst du der Polizei sagen, nicht mir.«

»Tomas, sie hat auf deiner Matte gestanden und dir das Bild angeboten.«

»Na, und?«

»Und dein Aljoscha ist wegen einem Haufen Geld hinter Jakobs Kunst her wie der Teufel hinter der armen Seele.«

»Streitet euch nicht, Kinder«, sagte Mutter. »Jetzt gibt es nämlich für jeden ein Glas Blubberwasser, oder was ihr sonst so wollt.«

Nur dem Taxifahrer musste erklärt werden, dass es ins ›Negresco‹ ging.

Am Hotel riss der Mann mit Kniebundhose, Frack und Zylinder uns die Wagentüren auf, als würden wir den roten Teppich zu einem glamourösen Maskenball betreten. Ich drückte ihm ein paar Münzen in die weißen Handschuhe, dem Herrn, der uns mit einem Bückling die Hoteltür aufhielt, ebenso. Im Verteilerkreis der Hotelhalle wurden wir gleich nach rechts gewunken, in die Bar. Mutter steuerte direkt auf Madame la Duchesse d'Orléans zu, die hinten an den hohen, gardinenverhangenen Fenstern im pompösen Goldrahmen so blasiert über ihrem Stammplatz wachte, dass die übrigen Gäste sich freiwillig mit den verschlissenen Polstern der Sessel rechts, links und gegenüber begnügt hatten.

Mutter bestellte Champagner mit einer Erleichterung, die auf den schüchternen, minderjährigen Kellner fast ansteckend wirkte. Regula suchte lange, bis sie fand, was nicht auf der Karte stand: Amaretto Sour, und ich nahm blind doch wieder meinen Old fashioned. Gedämpft von Gobelins und Holzvertäfelung klimperte ein Piano vom Band. Satt zu sein kann sich, wenn man nicht höllisch aufpasst, zu einem Gefühl auswachsen, dass einem richtig schlecht werden könnte.

»Lasst uns noch einmal auf ihn anstoßen«, sagte Regula, als würde schon feststehen, dass wir danach nie wieder über Jakob sprechen würden.

Mutter erhob gnädig ihr Glas. Ich tat es ihr nach. Die Enttäuschung über den Klang von Glas an Glas lächelten wir einfach weg.

»Wenigstens habe ich mich damals nicht verhört«, sagte Regula und stocherte nach einer Olive.

»Wobei verhört?«, fragte ich.

Regula machte ein Gesicht und einen Mund, als überlegte sie, ob sie den Kern nun schlucken oder spucken wollte.

»Dein Bruder hat dich etwas gefragt«, sagte Mutter und lehnte sich zurück, um zu genießen.

Regula entschied sich fürs Spucken und sagte: »Egal.«

»Nicht egal.« Ich zwickte Regula in die Seite. »Sag schon.«

»Also gut. Damals – also, ich hatte da mal mitbekommen, wie du, Mama, dich mit Papa gestritten hast. Und um sicherzugehen, hatte ich die Wörter, die da zwischen euch gefallen sind, in Meyers Konversationslexikon nachgeschlagen.«

»Was für Wörter?«, fragte ich.

»Wechselbalg«, sagte Regula. »Und …«

Mutter und ich sahen Regula erstaunt an.

»… Bastard.«

»Das heißt ja, du hast es die ganze Zeit gewusst!«, sagte ich.

»Gewusst ist übertrieben. Mein Gott, wie alt war ich denn damals? Zehn? Zwölf?«

»Aber natürlich nichts gesagt. Wo hast du das bloß so früh gelernt? Von Mama und Papa? Sind in unserer Familie eigentlich alle gestört?«

»Tomas, bitte!«, sagte Mutter.

»Ich war mir ja auch nicht sicher«, sagte Regula. »Und weil Mama und Papa danach waren wie immer, habe ich mir nichts dabei gedacht. Und es irgendwie auch vergessen.«

»Leute, wisst ihr was?« – Die Frage war gar keine Frage. »Ich muss mal an die frische Luft. Ihr entschuldigt?«

Ich ging raus, ließ das ›Negresco‹ mit seiner Festbeleuchtung und die irre buntglitzernde Nicki-de-Saint-Phalle-Statue mit ihrer lustigen Trompete hinter mir. So ein Kindergarten! Auf der Promenade war es kühl, aber der Wind, der vom Meer, von Afrika, herüberkam, war sanft. In der Ferne, kurz vor der Kurve zum Hafen, konnte ich die Lichter meines kleinen Hotels sehen. Mit Anna und Jonas hätte ich mir jetzt den Spaß gemacht und entlang der Palmen die Laternen auf dem Boulevard abgezählt, vermutlich fünf Mal bis zwanzig. Familie – ich wollte nichts mehr von dem Thema hören.

An den Strand schlug in artigen Wellen das Wasser. Ein paar Gestalten gingen in die Knie und versuchten, flache Steine über die Wasseroberfläche springen zu lassen, aber sie hatten es nicht richtig raus. Macht doch alle, was ihr wollt.

Hinter den Palmen strahlten die Fassaden im Prunk der Belle Époque mit ihren Pilastern, Giebeln und Kapitellen. Jemand überholte mich auf leisen Laufschuhen, dann einer auf Inlinern, in langen, gleichmäßigen Zügen. Es war doch gut, in Nizza zu sein.

Ich wollte noch einen Abstecher machen, überquerte auf Höhe der Oper den Zebrastreifen und ging durch einen der Torbögen, unter dem sich die Clochards mit Hund und Decke, Radio und Weinflasche eingerichtet hatten. Es roch nach

Urin. Unter den Markisen des ›Marché aux Fleurs‹ lief ein Kind zwischen den Stangen Slalom, von keinem der Marktstände behindert, auf denen erst morgen früh wieder die Mimosen, Ranunkeln und Pfingstrosen angeboten würden. Meine Bar an der ›Place du Palais de la Justice‹ war voller Menschen. Ich mag diesen Ort, wo um diese Zeit keine Touristen sind und Platz ist für die Hausfrauen, die zu irgendeiner Musik mit wortkargen Rentnern quasseln, und Schülerinnen, von halbstarken Jungs umringt, gelangweilt paffen, als wären sie in Paris. Der Barkeeper füllte mein Glas auf dem Tresen mit Rotwein. Wo war eigentlich der dicke Patron mit der roten Krawatte? Draußen flitzten wie kleine Strolche Jugendliche vorbei, gleich darauf Polizisten in ihren blauen Uniformen mit weißen Gürteln und der Trillerpfeife, wie ein harmloses Katz- und Maus-Spiel, das einem keine Angst machen musste.

Im Hotel hatte man mein Gepäck schon aufs Zimmer gebracht und eine Nachricht für mich.

»Merci. Bonne nuit.«

Mit dem Schlüssel in der Hand öffnete ich auf der Treppe den Umschlag, konnte aber bei dem gedämpften Licht kein Wort lesen. Unter dem Spotlight vor der Zimmertür erkannte ich: eine Nachricht von Kitty. Ich dachte, ich sehe nicht richtig – das ist nicht wahr!

Das Telefon auf dem Nachttisch klingelte. Ich nahm sofort ab. »Hallo?«

»Ich bin's«, sagte Regula. Sie rief vom ›Negresco‹ aus an. »Hier ist am Empfang eine Nachricht. Du darfst jetzt keinen Schreck bekommen.«

»Ich weiß schon«, sagte ich. »Bea ist verhaftet.«

17

Ich hatte mir Wärterinnen im Frauenknast immer mit Kurzhaarschnitt vorgestellt und derber Uniform, die um Brust und Schenkel spannt, die Menschen durch die Gittertüren schubsen und denen die Vorschrift Mund und Herz verschließt. Aber diese Dame, die mich durch die Sicherheitsschleuse in den Besucherraum führte, hatte ich stark im Verdacht, aus Brasilien zu sein, die Uniform maßgeschneidert zu tragen und für die schönen Haare eines meiner Bügeleisen zu benutzen.

Bea saß an einem Tisch mit Weihnachtsgesteck, das so wenig Stimmung verbreitete, dass man nicht einmal daran gedacht hatte, es wegzuräumen. Ich war erleichtert, Bea nicht in Häftlingskleidung, sondern in Freizeitklamotten, Jeans und Pullover, zu sehen.

»Mensch, Bea«, sagte ich.

»Hallo, Tom«, sagte Bea. Wir umarmten uns. Sie war noch blasser als sonst. Nur die Tatsache, dass sie Make-up aufgetragen hatte, beruhigte mich ein wenig.

Bea guckte höflich in den Beutel, in den ich eine Auswahl an Krimi- und Liebesromanbestsellern, Zeitschriften und Kreuzworträtseln gepackt hatte. Ich hatte das Zeug eilig am Flughafen zusammengekauft. Ihr Lächeln sah gequält aus. Bea, fiel mir ein, löste gar keine Kreuzworträtsel.

»So lange wirst du hier natürlich nicht bleiben«, sagte ich und stellte die Tasche aufs Linoleum. An dem quadratischen Tisch saßen wir wie Mandant und Anwalt. »Stephan hat mir gesagt, welchen Anwalt wir nehmen sollen.«

Ich hatte ihn noch in der vergangenen Nacht und gleich heute Morgen vor dem Abflug immer wieder angerufen, weil von seinen Anwaltskumpeln in der Nacht vor Silvester und am Silvestertag natürlich niemand erreichbar war. Stephan war überfordert und zunächst unfähig, im Schnee von Colorado die privaten Mobilfunknummern zu finden. Das schwerfällig Umständliche – Stephan nannte es »besonnen« – regte mich auf. Dass der Tote, dessen Ermordung man jetzt Bea bezichtigte, in seinem Wohnzimmer gelegen hatte, schien für ihn, so kam es mir vor, immer noch eigenartig abstrakt zu sein. Oder war er nur hartgesotten?

»Hat sich dieser Lars Profitlich bei dir gemeldet?«, fragte ich.

»Lars Profitgier? Hier war ein Carsten Soundso.«

»Stimmt. Den hatte ich danach angerufen.«

»So einer mit Cordjacke und dicken Gummisohlen.«

»Soll er Gummistiefel und Vokuhila tragen, Hauptsache er holt dich hier raus. Wie behandeln sie dich? Sind sie höflich? Hast du einen Fernseher? Ich hätte dir DVDs mitbringen sollen. Die Glaser habe ich noch nicht erreicht. Wenn ich die zu fassen kriege.«

»Tomas, dreh nicht durch.«

»Wie kommt sie bloß auf die Idee?«

»Eine falsche Spur, und schon setzt sich eine Geschichte zusammen, die vollkommen logisch und schlüssig erscheint, aber völliger Blödsinn ist. So ging es meinem Bruder immer beim Lateinübersetzen.«

»Nimm die Glaser noch in Schutz! Aber mit der Kaution, das geht jetzt ganz schnell.«

»Meinst du?«, fragte Bea.

»Bestimmt.«

Bea weinte. Ich griff über den Tisch nach ihren Händen. War das alles eine gottverdammte Scheiße. Die Model-Wärterin rührte sich nicht und träumte sich durch die Fenstergitter in ihr anderes Leben, in das nach Brasilien.

»Weißt du«, erzählte Bea leise unseren Händen, »ich wäre vielleicht schon fähig, einen Mord zu begehen, wenn es hart auf hart kommt.«

»Was redest du da?«

»Aber ich könnte doch Jakob nichts zuleide tun. Wusstest du eigentlich, dass er gar nicht Stier ist, sondern Waage?«

»Hat er dir das gebeichtet?«

»Es stand auf seinem Personalausweis, den er immer in seinem Portemonnaie gehabt hat.«

»Und du hast dir heimlich sein Foto angeschaut.«

»Er hat gedacht, Stier passt besser zu Jungfrau. Süß, oder?« Bea machte sich von meinen Händen los und wischte sich über die Augen.

Ich gab ihr mein Stofftaschentuch. Zum Glück hatte ich ein sauberes parat.

Bea dachte unausgesetzt an Jakob, das wurde mir jetzt wieder klar. Sie drehte sich im Kreis und kam auf gar keinen vernünftigen Gedanken mehr. Sie liebte diesen Mann, der ein Betrüger gewesen war, uns alle in Schwierigkeiten gebracht hatte, und legte jede seiner Lügen noch als Liebesbeweis aus. Ich sagte: »Da siehst du mal: Sternzeichen kann man drehen und wenden, wie man will. Ob Stier, Schütze, Waage – irgendwie findet sich immer etwas, was für den Charakter in Frage kommt.«

»Eben nicht! Wann kapierst du das endlich? Ich hatte mich die ganze Zeit schon gewundert, wieso er als Stier seine Emotionen so unter Kontrolle halten kann. Okay, ich habe es mir mit seinem Aszendenten erklärt, aber so richtig hat mir das mit dem Stier nicht eingeleuchtet.«

»Ich bin froh, wenn das neue Jahr anfängt und wir wieder zusammen im Salon stehen, das kannst du mir glauben.«

»Ach, Tom, es tut mir so leid, dass du jetzt gar nichts von deinem Ausflug nach Nizza hattest.«

»Ach – ich war mit Mama und Regula in der Altstadt, in der Bar vom ›Negresco‹, ich war am Strand, auf dem Blumenmarkt und in meiner kleinen Stammbar, das reicht. Was hätte ich dort noch anstellen sollen?«

»Zwölf Stunden Nizza, oder wie lange warst du da? Das musst du nachholen. Du musst im Januar noch mal hin. Nimm Aljoscha mit.«

»Wieso Aljoscha? Wann sind wir beide eigentlich das letzte Mal zusammen weggewesen? Ich meine, so richtig weg. Das war doch seit Japan nicht mehr. Nizza! Das ist viel besser als gleich wieder im Salon stehen. Was meinst du? Lass uns das machen. Abgemacht?«

Bea beugte sich vor und gab mir mit ihren dunkelroten Lippen einen Kuss.

»Besuchszeit zu Ende«, sagte die Brasilianerin, als hätte sie die ganze Zeit nur auf dieses Zeichen gewartet.

Ich erwischte die Kriminalkommissarin auf dem Gang der Mordkommission in der Ettstraße beim Versuch, eine Flasche Sekt in ihrer Handtasche zu verstauen. Letzte Amtshandlung im alten Jahr, Annette Glaser wollte gerade gehen.

»Frau Glaser!«, rief ich.

»Sie haben mir gerade noch gefehlt.«

»Sie können doch nicht einfach Bea in den Knast stecken. Ehrlich, was soll denn das?«

»Ihre Bea ist nicht im Knast, sondern in U-Haft. Außerdem: Wenn sich hier jemand aufregen darf, dann ich, und zwar über Sie! Da gucken Sie, was? Na, kommen Sie schon.«

»Was habe ich verbrochen?«

Die Kommissarin schloss ihr Büro auf, öffnete die Tür und drückte seitlich einen Schalter. Es dauerte ein paar Sekunden, bis die Neonröhre an der Decke reagierte, aufflackerte und beim Lichtspenden leise summte.

Die beiden Schreibtische, die sich gegenüberstanden, waren säuberlich aufgeräumt und erzählten, dass hier in diesem Jahr nichts mehr passieren würde. Aber da hatte Frau Glaser sich verrechnet.

Ich sagte: »Wie kommen Sie, mit Verlaub, auf den Schwachsinn, Bea könnte Jakob kopfüber in die Farbe gedrückt haben?«

Frau Glaser stellte vorsichtig ihre Tasche mit der Flasche ab. »Jetzt mal langsam. Setzen. Tee?«

»Statt bei mir im Salon nach dem Mörder zu suchen, sollten Sie mal die Galerie unter die Lupe nehmen.«

»Sie können mir schon glauben, dass ich niemanden grundlos festnehme. Da kann sie tausend Mal Ihre Starfärberin sein.«

»Was liegt denn genau gegen sie vor?«

»Hat sie es Ihnen nicht erzählt? Ein Nachbar hat gesehen, wie sie den Tatort verlassen hat, fluchtartig.«

»Fluchtartig verlassen? Sie wollte einfach Irene Herrlich nicht in die Arme laufen.«

»Nachdem ein lauter Streit stattgefunden hatte.«

»Zwischen Bea und Jakob? Sagt das auch der Nachbar? Jetzt sage ich Ihnen mal etwas: Bea hat Jakob geliebt, verstehen Sie? Das war weit mehr als eine Affäre. Ich weiß gar nicht, wie lange es her ist, dass Bea sich mit einem Typen ein gemeinsames Leben vorstellen konnte!«

»Gemeinsames Leben? Na, bitte. Nur dass Herr Zimmermann überhaupt nicht vorhatte, sich von seiner Verlobten, Frau Herrlich, zu trennen.«

»Hat er Ihnen das noch geflüstert, in Ihrer Gerichtsmedizin?«

»Er wäre Vater geworden. Irene Herrlich ist schwanger.«

»Sie ist was?«

Irene Herrlich schwanger. Bea mit Jakob eine Affäre. Jakob tot. So ein Scheibenkleister.

»Wir haben jede Menge Spuren und Beweise. Und Frau Simm hat uns nicht die Wahrheit gesagt. Sie übrigens auch nicht. Oder wussten Sie etwa nicht, dass sie am Tatort war?«

»Doch, wusste ich.«

»Und?«

»Ich wollte mich da nicht einmischen.«

»Auf einmal?«

Annette Glaser nickte grimmig, als hätte sie schon immer gewusst, dass der Frisör und seine Farbstylistin ein Gaunerpärchen waren.

»Aber das ist doch kein Grund, sie einfach festzunehmen«,

sagte ich. »Dann müssen Sie mich ja auch in Handschellen legen. Oder wie sieht das jetzt aus?«

»Ich dachte immer, wir könnten vernünftig zusammenarbeiten. Was hat Ihnen Frau von Bresinsky erzählt?«

»Die Galeristin? Dass ihr alles schrecklich leidtut. Und dass sie glaubt, dass die Bilder von Jakob früher oder später wieder auftauchen. Da fällt mir noch etwas ein. Kitty hat herausgefunden ...«

»Wer?«

»Meine Mitarbeiterin am Empfang. Ihr ist aufgefallen, dass in mindestens zwei Fällen bei Leuten eingebrochen wurde, nachdem Jakob dort renoviert hatte. In einem Fall sind dabei ein paar ziemlich wertvolle Kunstgegenstände weggekommen.«

»Und Ihre Empfangsdame, nehme ich an, wittert einen Zusammenhang?«

»Ganz genau. Vielleicht steckt sogar diese Galeristin dahinter. Oder ihr Assistent – haben Sie sich den schon einmal vorgenommen? Zwischen ihm und Gregor Kanter herrscht Krieg. Die beiden hassen sich.«

»Wie lange ist das mit den Einbrüchen her?«

»Warten Sie mal, die Zwillinge von Theadora sind jetzt, glaube ich ... Also vor einem halben Jahr ungefähr. Die Sache mit dem Einbruch war nämlich am Tag ihrer Geburt. Da waren Insider am Werk. Vielleicht steckte wirklich Jakob dahinter. Oder, was halten Sie davon: Gregor Kanter? Obwohl der, glaube ich, nicht so ein Risiko eingehen würde. Was meinen Sie?«

Die Kommissarin nahm sich Zettel und Stift. »Und wie heißt die Dame, also, die mit den Zwillingen?«

»Theadora.«

»Und weiter?«

»Da müssen Sie noch mal im Salon anrufen. Früher hieß sie Schmitz, aber seit sie den Japaner geheiratet hat, kann ich mir ihren Namen nicht merken. Ich sag meinen Leuten Bescheid, die können Ihnen auch gleich Theadoras Telefonnummer geben. Die andere Dame heißt Vera Zernack.«

Draußen war der Pfiff einer Silvesterrakete zu hören. Nach einem Knall war wieder Ruhe.

»Können Sie Bea nicht wieder freilassen?«

Annette Glaser notierte. »Nein. Sie saß ja schon auf gepackten Koffern. Fluchtgefahr. Und Verdunkelungsgefahr.«

»Sie wollte doch nur nach Sylt.«

»Auch wenn sie auf Kaution freikäme, was ich nicht glaube, darf sie die Stadt nicht verlassen.«

Es war nur noch der schwache Protest eines Geschlagenen, als ich sagte: »Sie hätten mir aber doch Bescheid geben können. Oder wenigstens Ihr Assistent. Ich sitze in Nizza und weiß von nichts.«

»Nizza? Hübsch.«

»Wo ist er überhaupt?«

»Wer? Ach so. Im Urlaub. Schon seit vorgestern. Nach Goslar oder so, anscheinend zu seinen Eltern. Sonst noch Fragen oder irgendetwas, was ich für Sie tun kann?«

»Nein, danke. Für heute reicht es.«

»Dann guten Rutsch.«

»Danke, Ihnen auch. Frohes Neues.« Ende der Sprechstunde. Ich konnte nichts dafür, dass mir die Worte so herausrutschten, dass es sich anhörte, als ob ich das Gegenteil meinte.

Auf dem Gang kein Mensch, die Wartebänke leer. Die Beamten hatten für dieses Jahr die Mörder gefasst, die Fälle gelöst und mit einem Seufzer die Akten geschlossen. Jetzt konnte die Statistik errechnet werden. Aber bevor alles auf null gestellt wurde, wollten die Menschen fröhlich sein, und kein Wutanfall und keine Ohnmacht der Welt konnte sie davon abhalten. Ich hätte hier, zwischen den dicken Mauern, mal eben schnell eine Runde schreien und heulen können, aber mein Taschentuch war jetzt bei Bea in einer Gefängniszelle und wurde dort bestimmt auch viel mehr gebraucht.

Draußen am Tor wartete eine schmale, zarte Gestalt so ruhig und unerschütterlich, dass ich ihr, ohne weiter nachzudenken, um den Hals fiel.

Kitty murmelte: »Ich weiß, ich weiß.«

Jakob war tot, Bea in Haft, Irene schwanger und Gregor dabei, wie verrückt Fälschungen zu produzieren. Alles war so verfahren und hoffnungslos.

Kitty klopfte mir auf den Rücken und sagte: »Ist ja gut, ist ja gut.«

Nur die Galeristin, Giselind von Bresinsky, und ihr sauberer Assistent, Alexander Quasten, waren guter Dinge. Es stank doch alles zum Himmel.

»*Come on, dear!* Wird schon wieder.«

Und was hätte man dazu in diesem Moment auch anderes sagen können?

»Du brauchst Ablenkung«, sagte Kitty. Mir war nicht klar, was das bedeutete, doch eine Antwort bekam ich nur von Autofahrern, die in ihren Blechkisten ungeduldig auf die Hupe drückten. Passanten stapften hurtig durch den Schneematsch, auf der Jagd nach dem letzten Champagner, mit dem die Party den Kick bekommen sollte. Die beginnende Knallerei hing wie eine unberechenbare Gewitterwolke über der Stadt. Ich bin kein Fan von Silvester. Aber mit Kitty in ihrem eleganten Mantel und dem schönen Pelzkragen gefiel es mir, nicht dazuzugehören, auf einem Spaziergang mittendrin zu sein und ohne Ziel, als wären wir unantastbar und unverletzlich. Ein mittlerer Sprengsatz explodierte mit Karacho in einem Hauseingang. Ich nahm Kitty am Arm. Wie schafft man es eigentlich, in weniger als sieben Tagen von besinnlich auf bescheuert umzuschalten? Ich könnte jetzt, ging es mir durch den Kopf, auch mit Mutter und Regula einen Aperitif unterm Sonnenschirm nehmen und zugucken, wie sich die Wellen brechen.

Kitty schob mich in die Ladentür wie in ein rettendes Paradies.

»Das ist nicht dein Ernst, oder?«, fragte ich.

Was sollte ich jetzt bei ›Dallmayr‹, zwischen den Menschen, die anscheinend aus allen Richtungen der Stadt zusammengelaufen waren, um hier zwischen Austern, Pasteten und Filets, Loden und Pelz endlich fündig zu werden. Ich könnte jetzt auch, ging es mir wieder durch den Kopf, mit Aljoscha auf einem Markt in Moskau Kohlköpfe kaufen.

Kitty stand auf Zehenspitzen und spitzte den Mund. »Der Kaviar schaut gut aus, findest du nicht? Dazu ein schöner Chablis. Aber warum nicht von den weißen Trüffeln? Und Champagner.«

»Kitty«, sagte ich. »Was ist los? Warum gehst du mit mir einkaufen? Wir gehen nie zusammen einkaufen. Und Silvester bei ›Dallmayr‹ ist die Hölle.«

»Sei lieb. Du bist allein. Deine Schwester ist an der Côte d'Azur, Aljoscha in Moskau, Bea im Knast. Nicht einmal Stephan ist da. Du willst auf keine Silvesterparty gehen. Du hängst durch. Darum kümmere ich mich um dich. Du musst dir etwas Gutes tun.«

»Was willst du mir zum Jahresende sagen? Haben dich die Angestellten geschickt? Wollen sie mehr Geld?«

»Es ist etwas anderes.«

Wir fanden einen Platz am Stehtisch. Ich half Kitty, den Mantel auszuziehen, und zog uns einen der Barhocker heran. Drüben saß, wie beinahe jeden Tag, die Alte im Nerz und mit der schwarzen Perücke, nickte beim Kauen, schluckte und schob sich ruhig das nächste Kaviarbrot in den Mund.

»Jemand wollte dich sprechen«, sagte Kitty.

Nicht schon wieder.

Ich bestellte zwei Gläser Champagner und auch von diesen Häppchen. Ich hob mein Glas wie zum Protest. »Auf uns. Und auf Bea.«

»Und darauf, dass im neuen Jahr alles gut wird«, sagte Kitty.

Wir tranken.

»Also: Wer wollte mich sprechen?«, fragte ich.

»Eine Frau.«

»Hatte sie etwa so eine Strickmütze auf dem Kopf, wie sie kein Mensch mehr trägt?«

»Sie lungerte erst an der Scheibe herum, und als sie dann hereinkam, aber so unentschlossen und zögerlich, war mir sofort klar: Einen Haarschnitt will die nicht.«

»Sondern?«

»Dich sprechen. Ich habe ihr gesagt, dass du nicht da bist,

und sie gefragt, was sie will, aber sie wollte nicht mit der Sprache raus. Hat sich nur umgeguckt. Ich hatte den Eindruck, sie kennt dich.«

»Das kommt mir alles sehr bekannt vor«, sagte ich.

»Und wie alles endet, wissen wir ja jetzt«, sagte Kitty.

»Allerdings.«

»Und weißt du, was sie gesagt hat? Dass es für dich wichtig sei, mit ihr zu sprechen. Und zwar bald. Für mich klang es wie eine Drohung.«

»Wie sah sie aus?«

»Gepflegt. Die Haare ...«

»... graumeliert? So eine Lockenpracht?«

»Ich weiß nicht. Sie hatte etwas auf dem Kopf.«

»Also doch die Strickmütze?«, fragte ich.

»Gestrickt schon. Aber war es nicht mehr so eine Kapuze?«

»Was hatte sie denn für Augen? So ganz schöne, lange Wimpern?«

»Wenn, waren sie hinter den getönten Gläsern. Kennst du sie?«

»Tja.« Aber würde es einen Sinn ergeben? Warum sollte die Frau, die mir die ganze Zeit aus dem Weg ging, anscheinend sogar ihren Arbeitsplatz mied, nur um mich nicht zu treffen – warum sollte diese Person mich plötzlich im Salon aufsuchen und unbedingt sprechen wollen? »Ich dachte für einen Moment an Maria, Jakobs Exfreundin.«

»Willst du deinen Verdacht nicht lieber gleich Frau Glaser erzählen?«

»Was für einen Verdacht? Was soll ich ihr denn erzählen? Dass eine Frau mit Kapuze und Sonnenbrille im Salon nach mir gefragt hat? Spätestens seit der Nummer mit den Einbrüchen denkt sie sowieso, wir Frisöre hätten nicht mehr alle Tassen im Schrank.«

»Seit wann kümmert es dich, was andere Leute von dir denken?«

»Schon immer.«

Wir tranken, schwiegen und warteten auf eine Stimmung, die sich bei unserem Getränk einstellen müsste, als wäre sie im Preis inbegriffen. Aber ich sollte vielleicht lieber meine Sinne beisammenhalten. Als ob gerade heute noch irgendetwas passieren würde! Man könnte auch einfach nachbestellen, Gläser und Flaschen, und saufen, bis die Frist abgelaufen und das Jahr vorüber ist.

Jemand stieß mir beim Mantelanziehen seinen Ellenbogen in die Rippen und entschuldigte sich nicht einmal.

Ich trank aus und sagte zu Kitty: »Du hast vielleicht recht. Gleich im neuen Jahr rufe ich die Kommissarin an, und damit hat sich die Sache.«

In der Hans-Sachs-Straße wanderten die ersten Gestalten mit großen, aluminiumbespannten Schüsseln, dem Nudelsalat als Wegzehrung beim kollektiven Warten. Als letzte Tat im alten Jahr nahm ich die Reklame aus dem Briefkasten. Auf dem Treppenläufer schwebte mir so etwas wie eine heiße Badewanne vor. Aljoscha las gerne in der Wanne die bunten Prospekte mit den Sonderangeboten, angeblich, weil er dann nicht darauf achten musste, ob sie dabei nass wurden. Aber wo wären wir, wenn ich anfangen würde, solche Angewohnheiten zu übernehmen?

Das Licht ging aus. Ich machte nicht den Schritt zurück zum Schalter, hier kenne ich jede Stufe im Schlaf. Ich holte meinen Schlüssel heraus, diese automatische Bewegung auf halber Treppe, um ein paar Sekunden Lebenszeit zu schinden, in Gedanken schon in der Wohnung. Plötzlich sah ich dieses Bündel. Saß da jemand?

Das Wesen schaute mich aus seiner Kapuze heraus an, faltete sich zu seiner ganzen Größe auf und kam auf mich zu. Durch den Schreck brauchte ich zwei Sekunden, um die finsteren Winkel in diesem Gesicht zu erforschen.

»Was machst du denn hier?«

Gregor stand dicht bei mir. Ich hoffte, dass ich nicht zu atemlos klang. Beim Aufschließen sah ich aus den Augenwinkeln, dass seine Jacke stark ausgebeult war. Hoffentlich steckte nicht das darin, was ich vermutete.

»Ich habe gedacht, ich komme noch mal mit einer Flasche bei dir vorbei«, sagte er. »Natürlich vom Feinsten. Du trinkst doch bestimmt nichts Billiges, habe ich recht?«

»Es kommt immer darauf an, mit wem man trinkt.«

»Hey, das war jetzt aber keine Beleidigung, oder?«

»Komm rein. Gehst du denn auf keine Silvesterparty?«

Wie gerne wäre ich jetzt alleine gewesen. Ich drückte in den Zimmern auf die Lichtschalter und überlegte mit jeder Lampe, die anging, wie ich Gregor schnell und möglichst elegant wieder loswerden könnte. Und nur insofern interessierte mich überhaupt seine Antwort.

»Silvesterparty?«, rief er aus dem Flur, wo er seine Jacke aufhängte. »Dasselbe wollte ich dich fragen. Du hast doch bestimmt einen ganzen Haufen tolle Einladungen.«

»Kann mich gar nicht retten. Aber woher wusstest du, dass ich überhaupt nach Hause komme? Ich hätte doch auch verreist sein können.«

»Risiko. Außerdem weiß ich, dass so einer wie du, der mindestens seit heute Nachmittag unterwegs ist, vor der Gala noch ein heißes Bad nimmt. Habe ich recht?« Gregor folgte mir in die Küche und sah sich dabei neugierig um.

Hatte er etwa seit dem Nachmittag hier am Haus herumgelungert? Vielleicht sollte ich einfach gleich die Flasche aufmachen, mit ihm trinken, anstoßen und die Sache so schnell wie möglich abbiegen. Aber welche Sache überhaupt?

»Warum bist du hier?«, fragte ich.

»Ich will dich entführen.«

Ich lachte wie über einen guten Scherz und drehte am Korkenzieher.

»Im Ernst, Kumpel, wenn du nichts vorhast, würde ich dir gerne die Bilder zeigen.«

»Was für Bilder?«

»Die ich gemalt habe. Weißt schon, im Jakob-Style.«

»Ich habe dir doch gesagt, was ich von der Idee halte. Und auch Aljoscha hat nicht das geringste Interesse.«

»Jetzt sei kein Spielverderber. Du sollst dir die Bilder ja auch nur angucken. Weiter nichts. Es gibt überhaupt keine Verpflichtung zu irgendetwas, nicht für dich und auch nicht für Aljoscha.«

»Eine Verpflichtung gibt es sowieso nicht. Aber es ist auch kein Spiel. Und wenn, ist es ein Scheißspiel.«

Gregor starrte auf meine Hände, die den Flaschenhals im Würgegriff hielten. Es war diese Sekunde, in der er begriff, dass sein Plan nicht aufging und er sofort entscheiden musste, wie er darauf reagierte. Wenn ich nicht den Daumen auf dem Korken gehabt hätte, wäre der Knall beträchtlich gewesen. Die Kohlensäure stieg als weißer Rauch auf.

»Okay«, sagte Gregor und hielt die Hände, als wollte er Beifall klatschen. Doch er legte sie nur ineinander, um den nächsten Plan zu schmieden. »Ich überfalle dich hier und stehle dir deine wertvolle Zeit. Vergiss es einfach, okay? Ich lass dich jetzt allein, und wir reden nicht mehr darüber.«

Unter der Tür drehte er sich noch einmal um. In seinem Blick lagen Respekt vor meiner Stärke, einer unanständigen Sache zu widerstehen, und das Lächeln eines Verführers, der es irgendwann wieder versuchen will. So erschien es mir jedenfalls in dieser Sekunde, bevor er um die Ecke bog. Oder machte er einfach nur auf Bengel, dem man seinen Streich nicht übelnehmen sollte? Die Wohnungstür klappte. Gregor war fort. Ich atmete auf.

Schade um den Champagner. Sollte ich den jetzt alleine trinken?

Im Kühlschrank lagen ein paar Dinge, die Agnes eingekauft hatte, ebenfalls Delikatessen von ›Dallmayr‹. Ich musste schmunzeln. Noch drei Stunden bis Mitternacht. Die letzte Gelegenheit, wenigstens mit Gregor das Jahr abzuschließen, hatte ich verpatzt, schlafen gehen war doof, also blieb noch die Wanne. Ich drehte den Wasserhahn bis zum Anschlag auf.

Auf der Straße grölte eine einsame Stimme im verzweifelten Versuch, Party zu machen. Und auch das Wummern irgendwo im Haus machte klar, dass man jetzt entweder ganz laut oder ganz still sein musste. Mir fiel ein, ich hatte in der Flut der Neujahrsgrüße Eisenblätters vergessen. Das musste ich nachholen, mehr Mutter als Eisenblätters zuliebe.

Mit Gregors Flasche und dem Telefon stieg ich zu den Schaumbergen und wählte, dreizehn Ziffern per Speichertaste, meine persönliche Russland-Melodie. Es war eindeutig:

Aljoscha freute sich, meine Stimme zu hören. Er musste sich sputen mit dem Moskauer Zeitvorsprung und schälte im Akkord Rote Bete fürs Silvestermenü. Und nicht bloß, weil ich mit den Kohlköpfen gar nicht so danebengelegen hatte, war mit dem heißen Wasser um mich herum mein Glück plötzlich perfekt. Ich ließ ihn mir wieder mal erklären, warum seine »Smetana« so viel besser sei als unsere Crème fraîche, fragte nach, wieso er sich verfluchte, dass er vom Viktualienmarkt keine Schalotten mit nach Moskau genommen hatte – nur damit er redete und ich seine schöne Stimme hörte, die mich einlullte wie der vertraute Geruch des Badeschaums.

»Und was machst du?«, fragte er plötzlich.

»Ich? Nichts.«

»Du plätscherst. Du bist in der Wanne. Es ist lebensgefährlich, in der Badewanne zu telefonieren.«

Ich erzählte ihm vom deprimierenden Besuch bei Bea in der »U-Haft« und dem trödeligen Anwalt, von Kittys Fürsorge und Gregors merkwürdigem Besuch.

»Gut, dass du nicht mit ihm mitgegangen bist«, lobte Aljoscha. *»Slawa bogu.«*

»Warum, was wäre daran so schlimm gewesen?«

»Diese Idee, Jakobs Bilder nachzumalen, ist völlig durchgeknallt. Der Typ ist durchgeknallt.«

»Du bist eifersüchtig.«

»Hätte ich denn Grund dazu?«

Es klingelte an der Tür. Das Geräusch brachte Bewegung in mein Badewasser.

»Wer ist denn das schon wieder?«, fragte Aljoscha.

»Ich muss Schluss machen.«

»Mach nicht auf.«

»Ich glaube, ich weiß, wer es ist!«

»Ich habe dir noch gar nicht erzählt, dass mich Frau von Bresinsky angerufen hat.«

»Was wollte sie denn?«

Es klingelte wieder. Ich erkannte sie an der Art und Weise, wie sie auf den Klingelknopf drückte: vertraulich kurz – und trotzdem befehlend.

»Ich rufe dich an«, sagte ich, als wäre es für Aljoscha eine Neuigkeit, rief beim Aussteigen: »Ich komme!«, und nahm eine ganze Wasserwelle mit. Ich freute mich. Hatte Annette Glaser also doch Gnade vor Recht ergehen lassen, oder wie hieß das? Ehrlich gesagt hatte ich es auch nicht anders erwartet. Aber ich würde ihr trotzdem einen dicken Blumenstrauß schicken.

Ich rannte im Bademantel zur Tür.

Da war niemand. Jemand ging die Treppenstufen hinunter, entfernte sich Schritt für Schritt. In der dumpfen Langsamkeit lag die Enttäuschung, dass der Entschluss, eine Überraschung zu bereiten, ins Leere gelaufen war.

»Hallo? Bea, bist du es?«

Stille. Dann die Schritte, jetzt aufwärts, zügig und entschlossen.

»Gott sei Dank«, sagte ich, »dass sie dich doch noch begnadigt haben.«

Eine Gestalt bog in langem Mantel auf dem Treppenabsatz um die Kurve. Der Pullover war hochgeschlossen, die Haare betonten die Herzform ihres Gesichts. Es war Maria.

18

Als ich in Hemd, Hose und mit verstrubbeltem Haar zurück ins Wohnzimmer kam, war der Sessel, in den sich Maria gehorsam gesetzt hatte, leer. Hatte sie Angst vor der eigenen Courage bekommen und einfach die Flucht ergriffen? Nein.

Still lehnte ich mich in den Durchgang der Flügeltür und beobachtete ihren heimlichen Streifzug. Das Glas mit dem Champagner, das ich ihr aus Gastfreundschaft und zum Zeitvertreib in die Hand gegeben hatte, drehte sie wie ein hübsches Spielzeug, ohne eine Spur von Scham darüber, dass sie sich so neugierig auf die Suche nach Indizien machte, die ihr etwas über meine Person erzählen könnten – und das viel genauer und intimer, als ich es selbst vermutlich tun würde. Ich hatte keine Ahnung, ob sie in den Bleistiftkritzeleien einiger Obststücke den frühen Giacometti erkannte, der da ziemlich dürftig in seinem Holzrahmen hing – das Erbstück eines viel zu früh verstorbenen Freundes. Ihre Miene verriet keinen Kommentar zu der ledernen Schreibmappe mit der Garnitur gefütterter Umschläge und fester Briefbögen, hundert Mal Tomas Prinz in Silber, dazu den Malachit-Füller, dessen Schwere verriet, dass sich hier der Nutzen der Dekoration unterordnete. Sie kam zu den Fotos, und die kleine Bewegung ihrer Lippen verriet, dass sie gefunden hatte, wonach sie suchte. Sie ging ganz nah heran an die Aufnahme am Moskauer Küchentisch, bei der Babuschka nichts falsch machen wollte, in der entscheidenden Sekunde dann aber doch, halb blind, halb abgelenkt, in die falsche Richtung lächelt; an Anna und Jonas, die sich mit Kindercharme innig umarmen, weil sie von ungezählten Fotos wissen, was gut ankommt; an Aljoscha, der mit bloßem Oberkörper und zusammengezogenen Augenbrauen gegen Sonne und Kamera blinzelt, in einem selten verwegenen Moment seiner Pin-up-Qualität bewusst; an Regula, die sich streng in Pose setzt, ohne den prüfenden Seitenblick von Mutter zu bemerken, die sich beim Klick gerade in ihrer Tochter erkennt.

»Und Jakob, gehört der nicht dazu?«, fragte Maria die Wand.

»Jakob?« Ich fühlte mich ertappt. Immerhin hatte ich sie beim Spionieren beobachtet.

»Oder hat er überhaupt nie dazugehört?« Maria ging zurück zu ihrem Sessel, wollte Harmlosigkeit demonstrieren. Wie ihr Haar wippte, wenn sie, in der Hüfte leicht eingeknickt, auf hohen Schuhen einen Schritt vor den nächsten setzte, wie sie den schlanken Arm streckte und das zierliche Handgelenk beim Trinken anwinkelte – jede Bewegung dieser Frau floss in die nächste. Wären wir beim Casting und nicht bei mir im Wohnzimmer, ginge es um schöne Aufnahmen und nicht um die Suche nach dem Mörder, würde ich sie immer nur angucken wollen, sehen, wie sie hin und her geht.

»Wenn das so ist, dann waren alle seine Anstrengungen ja völlig umsonst«, sagte sie, ohne dass ich den Zusammenhang kapierte.

»Nun«, sagte ich mit gespielter Nachdenklichkeit. »Das würde ich so nicht sagen.«

»Sie hätten Politiker und nicht Frisör werden sollen. Jetzt sagen Sie nicht, dass es da keinen großen Unterschied gibt. Diese Märchen über die Fähigkeiten des Frisörs, der viel mehr ist als nur einer, der Haare abschneiden kann, glaube ich nicht. Bitte, das soll keine Beleidigung sein. Im Gegenteil: Mir gefällt Ihr Salon, es gibt dort so eine Stimmung, so eine freundliche Lässigkeit. Ich meine, wohlgemerkt, Ihren Salon und nicht Ihren englischen Bullterrier, den Sie an den Eingang gesetzt haben und der sein Revier mit einer Entschlossenheit verteidigt, dass mir himmelangst und bange geworden ist. Kann ich noch einen Schluck haben? – Wieso merkt man eigentlich gleich, dass hier ein Mann wohnt? Weil die Möbel alle geradlinig sind? Sind sie aber gar nicht. Weil keine Nippes herumstehen? Na ja. Wenn ich Sie mir so anschaue in Ihrem weißen Hemd, wette ich, dass Sie nur weiße Handtücher haben, weiße Unterwäsche tragen und in weißen Bettbezügen schlafen.« Sie trank, guckte mich an und lachte: »Gott, kann das Leben schön sein!«

Ich wusste gar nicht, was ich sagen sollte.

Den Kopf ein wenig schiefgelegt, fragte sie: »Was treibt Sie eigentlich um? Was verfolgt Sie die ganze Zeit und lässt Ihnen keine Ruhe? Doch nicht etwa die Frage, wer Jakob umgebracht hat?«

»Auch.«

»Und sonst?«

»Wollen Sie es hören?«

»Klar.«

»Mich treibt um, ob er die ganze Zeit gewusst hat, dass er

nicht mein Bruder ist. Ob er mir frech ins Gesicht gelogen hat, als wir unten im Büro saßen und mir schwindelig vor Augen geworden ist, weil das ganze Bild, das ich von meiner Familie hatte, ins Wanken geriet. Warum ist er zu meiner Schwester gegangen, mit Geschenken für meinen Neffen und meine Nichte – wollte er sich Rückendeckung holen, weil er sich nicht sicher sein konnte, ob ich ihm die Geschichte abkaufe? Oder hat er selbst geglaubt, er sei ein Prinz, weil seine halb wahnsinnige Mutter dieses Album zusammengeklebt hat, mit all den Schnipseln aus dem Leben meines Vaters? Das, Maria, sind die Fragen, die mir keine Ruhe lassen. Und deshalb habe ich gehofft, Sie wiederzusehen und mit Ihnen sprechen zu können.«

Maria forschte in meinem Gesicht, ob ich noch etwas hinzufügen wollte. Da das nicht der Fall war, schloss sie komischerweise die Augen, als sie sagte: »Nun. Jetzt bin ich ja da.«

»Und haben Sie eine Antwort auf all meine Fragen?«

Maria betrachtete das Zimmer, als wollte sie sich alles gut einprägen. Mir fiel auf, dass die elegante Kleidung so viel wie möglich von ihrem Körper verdeckte. Ich war mir nicht sicher, ob das zu ihrem Beruf oder zu ihrer Persönlichkeit gehörte.

»Sie müssen Jakob doch gut kennen, vielleicht besser als alle anderen. Oder wie lange waren Sie zusammen?«

Maria schaute auf ihre Hände, holte Luft, verschränkte die Arme plötzlich, als ob ihr kalt sei oder sie ihre Hände verstecken wollte, und antwortete: »Jakob war ehrgeizig. Er war arrogant, rücksichtslos und manchmal größenwahnsinnig. Das habe ich oft genug am eigenen Leib zu spüren bekommen.«

»Wie meinen Sie das?«

»Ich hätte seine Hilfe gebraucht. Aber...« – Sie trank einen Schluck, stellte das Glas ab, sah mich an und sagte: »Eines müssen Sie mir glauben. Er war kein Betrüger. Er wollte einfach immer nur ein Prinz sein.«

Der Schimmer in ihren Augen verriet mir, dass dieser Satz keine Lüge sein konnte. Jakob war kein Betrüger. Ich verspürte eine große Erleichterung, die sich plötzlich, ohne dass ich damit gerechnet hatte, in heiße Rührung verwandelte. Ich bückte mich rasch nach der Flasche, aber da war nichts mehr drin.

Ich wollte Nachschub holen, aber Maria fuhr fort: »Es gab einen Moment in seinem Leben, da war Jakob schutzlos ehrlich, nackt und bloß.« Maria erhob sich mit einer Feierlichkeit, als ließe sich dieser Moment nur im Stehen verkünden, und sagte: »Ich muss jetzt gehen.«

Ich war verwirrt. »Es ist doch gleich zwölf.«

»Irene wollte Ihnen ein Bild von Jakob bringen«, sagte Maria. »Erinnern Sie sich? Sie hatten sie angeschrien und rausgeworfen.«

»Sie meinen das Bild, das er meiner Schwester und mir gewidmet hat?« Ich stand nun auch auf, damit ich nicht so zu ihr aufschauen musste. »Irene wollte es uns verkaufen. Verstehen Sie? Alle Leute versuchen die ganze Zeit, noch Kapital aus dieser unglückseligen Geschichte zu schlagen. Da bin ich ausgerastet.«

»Irene ist ein armes Hascherl, das gerade ziemlich allein dasteht«, sagte sie, und es kam mir vor, als ob sie gerade von sich selbst gesprochen hätte.

Sie streckte mir die Hand hin, aber als ich sie ergreifen

wollte, umarmte sie mich plötzlich. Ich war überrascht, hielt sie fest, fühlte ihr schmales Schulterblatt und zog wohl ein wenig an ihrem Pullover. An ihrem Hals trat eine rote Stelle hervor, wie ein Stück wunde, alte Haut.

Maria machte sich los und griff nach ihrer Handtasche. Was war mit ihren Händen? Auch dort befanden sich die Spuren der Hautkrankheit.

»Und was ist mit Ihnen?«, fragte ich. »Geht es Ihnen gut?«

»Machen Sie sich um mich mal keine Sorgen«, sagte Maria.

Ich wünschte, sie würde bleiben – reden, schweigen, ganz egal –, und sagte: »Jetzt lassen Sie uns doch noch auf das neue Jahr anstoßen. Es ist ja gleich so weit.«

»Die Beerdigung ist am elften. Nordfriedhof.«

»Wenn Sie meine Hilfe brauchen, auch was die Kosten angeht ...«

»Schon gut.«

Nur mit einer Frage konnte ich sie noch aufhalten: »Verraten Sie mir: Wann war der Moment, wo Jakob – wie sagten Sie? – ›schutzlos ehrlich, nackt und bloß‹ war?«

Maria ging einfach aus dem Zimmer, durch den Flur zur Wohnungstür. Ich folgte ihr. Hatte ich etwas falsch gemacht? Sie öffnete und zerrte von draußen ein Paket herein, das dort im Dunkeln an der Wand gelehnt hatte. Es war dasselbe Paket, das Irene schon einmal hergeschleppt hatte und wieder mitnehmen musste.

»Als Sie auf mein Klingeln nicht öffneten, hatte ich es vor Ihrer Tür stehen lassen. Darin finden Sie Jakobs Moment der Ehrlichkeit. Den wahren Jakob, wenn Sie so wollen. Wir schenken es Ihnen. Es gehört Ihnen. Leben Sie wohl.«

Maria ging die Treppe hinunter.

»Danke«, rief ich ihr hinterher. »Und frohes neues Jahr!«

Ohne sich umzudrehen, hob sie die rechte Hand, was mir wohl sagen sollte: Danke, ich hab's gehört – und war verschwunden.

Ich trug Jakobs Bild ins Zimmer. Ich lehnte es an die Wand. Jetzt flogen draußen erste Feuerwerkskörper in die Luft. Ich riss das Papier nieder und sah im buntflackernden Licht, was Jakob auf die Leinwand gebracht hatte: das Drama, den Humor und den Moment der Wahrheit. Ich ging in die Knie und dachte: Jakob, verzeih, diese Situation, das ist alles sehr, sehr – unerwartet.

19

Alexander Quasten wollte etwas sagen. Er legte den Kopf schief, er machte den Mund auf. Aber die Worte, über die er verfügte, wären vielleicht ohne Sinn und Verstand? Die Stille verlockte Giselind von Bresinsky, nun doch den Stift niederzulegen und von ihrem Platz am Schreibtisch herüberzukommen. Als sie mit uns das Bild anschaute, hörten ihre Armreifen auf zu klirren. Jakob kam ins Zimmer. Ziemlich abgerissen sah er aus in den zerbeulten Jeans, dem Pullover, der unter der Jacke hervorquoll, und den Turnschuhen, die schon lange nicht mehr weiß waren.

Den ganzen Tag hatte ich gestern mit dem Bild verbracht. Ich hatte die Pasolini-Ausstellung sausen lassen und meiner Schwester klargemacht, dass ich momentan nicht der Besucher-Joker für ihre quengelige Brut war und sie sich um einen anderen Babysitter kümmern mussten. Ich wollte bei dem Bild sein und bemühte mich, Aljoscha am Telefon zu beschreiben, wie Regula am Tisch neugierig den Kopf reckt, so dass es aussieht, als hätte sie Angst, etwas zu verpassen. Ich dagegen ducke mich misstrauisch, beinahe ängstlich hinter meiner Schwester weg. Eine Alte tappt ungläubig auf Jakob zu. Die Dienstboten im Hintergrund halten die Luft an. Es war die Adaption einer dramatischen Begegnung, wie Ilja Repin sie vor mehr als hundert Jahren gemalt, wie wir sie vor ein paar Wochen im Museum gesehen hatten und sie kurz darauf in unserem Leben tatsächlich passiert war. Jakob hatte sie neu und aufregend in Szene gesetzt. Und jetzt gehörte dieses Bild mir und meiner Schwester.

»Hübsch«, sagte die Bresinsky. »Sehr hübsch.«

Quasten nickte.

»Und was sollen wir damit?« Giselind ging zurück an ihren Schreibtisch.

»Ich habe mal eine Frage«, sagte ich.

Mein Plan war, Irene und Maria den Geldwert dieses Bildes zu bezahlen. Ich fand, das wäre doch das Mindeste. Aljoscha hatte übers Telefon grob geschätzt, dass man dafür wohl drei-, vier-, vielleicht auch nur zweieinhalbtausend Euro bekommen würde. Mir kam das sehr wenig vor. Klar, ich könnte verdoppeln, verdreifachen. Ich wollte die Frauen nicht übers Ohr hauen. Beinahe hätten wir gestritten. Aljoscha hatte gesagt: »Dann frag doch einfach die Bresinsky.«

Also fragte ich sie jetzt: »Wie viel ist das Bild wert?«

»Wie viel es wert ist?«, wiederholte die Bresinsky, und auch Quasten machte mit seiner Miene wieder auf begriffsstutzig.

»Nun, welchen Preis man damit auf dem Markt erzielen würde.«

»Ich schätze – gar keinen. Wer interessiert sich schon für einen Jakob Zimmermann? Wo haben Sie den überhaupt her?«

»Von Irene Herrlich, indirekt.«

»Hat die noch mehr, indirekt?«

»Keine Ahnung. Ich glaube nicht.«

»Ich mache Ihnen einen Vorschlag.« Giselind öffnete einen Hefter und schaute weitsichtig durch eine schmale Brille über die Seiten. Wie Aljoscha es mir prophezeit hatte: Erst werden sie tun, als würde es sie nicht die Bohne interessieren. Aber dann ... »Sie lassen das Bild einfach mal da, und wir prüfen die Sache.«

»Einverstanden«, sagte ich.

»Überhaupt nicht einverstanden«, sagte Gregor. Niemand hatte ihn kommen hören. Also hatte der Salon im neuen Jahr gleich wieder alle meine Termine verraten. In dieser Beziehung waren sie wirklich zuverlässig. Und beim Haareschneiden würde wahrscheinlich in der nächsten Zeit unablässig mit gesenkter Stimme von Beas Festnahme geraunt werden. Frisöre. Aber war es nicht auch richtig so? Sollte die Welt von dieser Ungerechtigkeit erfahren, und das so schnell wie möglich.

»Wenn du ihnen jetzt das Bild gibst, schwör ich dir, du siehst es nie wieder«, sagte Gregor.

»Ich wünsche dir auch ein frohes neues Jahr.« Giselind sah ihn über den Rand ihrer Brille hinweg an. »Sieh doch erst mal, was dein Freund Jakob uns hinterlassen hat.«

»Maria hat es mir gebracht«, sagte ich.

»Maria?« Gregor, fiel mir auf, war blasser als sonst. Was war mit ihm los? »Hat sie dir alles erzählt?«, fragte er. »Weißt du jetzt Bescheid?«

»Ja, und ich bin ehrlich froh, dass dieses Bild mir endlich beweist, dass Jakob kein Betrüger war.«

»Verstehe. Aber was soll denn dieses Bild beweisen?«, fragte Gregor. »Es ist inszeniert, wie alles andere auch.«

»Inszeniert? Sicher, aber es ist die Botschaft, dass er als fremder, unbekannter Sohn in unsere Familie kommt. Es ist wahrhaftig, verstehst du?«

»Krieg dich ein. Er hat das Sujet von diesem Gemälde geklaut, das dich in Moskau so beeindruckt hat. Wenn ich mich nicht irre, hatte Aljoscha ihm davon erzählt. So einfach ist das. Wahrhaftig! Wenn ich das schon höre.«

Ich war verwirrt. Hatte Gregor recht? Dann würde das Bild plötzlich das Gegenteil bedeuten – und wäre sogar ein Indiz für Jakobs Kaltblütigkeit. So einfach war das? Dann hatte Maria mich mit »Jakobs Moment der Wahrheit« nur auf die falsche Fährte gebracht!

»Jakob wusste schon, wie er dich kriegen kann«, sagte Gregor nachsichtig wie ein Vater. »Aber jetzt nimm das Bild und komm.«

Gehorsam wie ein Kind legte ich das Papier um den Keilrahmen, damit es nicht beschädigt würde. Ich wusste plötzlich überhaupt nicht mehr, was ich glauben sollte, als Quasten plötzlich sagte, und in seiner Stimme lag Kraft: »Was immer Jakob in diesem Bild inszeniert hat – es ist phänomenal!« Wie ein Anwalt ging er um das rätselhafte Beweisstück herum. »Ich weiß nicht, was da passiert ist. Aber das hier ist das Beste, was Jakob je gemalt hat. Und wir alle hier wissen das. Sogar der Frisör hat es gespürt.«

Giselind lehnte sich zurück und nahm endlich ihre Brille ab, als Quasten vor Gregor stehenblieb und leise sagte: »Darum halte du besser dein Maul.«

»Warum sollte ich?« Doch Gregors kleiner Schritt rückwärts verdarb den Versuch, selbstbewusst zu tun.

»Weil deine Eifersucht armselig ist«, sagte Quasten. »Nicht einmal nach seinem Tod kannst du es ertragen, wenn Jakob Erfolg hat. Ich habe ihm gesagt, er soll dich in die Wüste schicken. Er brauchte keine falschen Freunde, keine russischen Galeristen, Verbrecher, die ihn über den Tisch ziehen und ausnehmen wollten. Er sollte seinen eigenen Weg machen. Ich wollte ihm dabei helfen. Und was machte er?«

Quasten ist bei Jakob gewesen, dachte ich. Mir war auf einmal alles sonnenklar. Er ist zu ihm gegangen, damit er sich nicht mit den Russen einlässt. Er wollte ihn umstimmen. Welche Kraft verbarg sich unter diesem sauberen Anzug?

»Alexander!«, sagte die Bresinsky. »Wo ist der Scheck für Gregor? Ich kann ihn nicht finden.«

Quasten einfach konfrontieren, dachte ich. Ihm geradeheraus meinen Verdacht, alles ins Gesicht sagen.

Giselind rief in meine Richtung: »Was hat Herr Aljoscha eigentlich zu dem Vorschlag gesagt, den ich ihm gemacht habe?«

»Vorschlag?«, sagte ich und beobachtete, wie Quasten auf seinem Schreibtisch suchte. Zitterten seine Hände? Sie waren kräftig und konnten bei mehr zupacken als nur bei einem Stück Papier. Ob es die Hände des Mörders waren, der Jakobs Kopf unter Farbe drückte, bis er sich nicht mehr rührte? Ich sollte meinen Mund halten, das Weite suchen und der Kommissarin alles erzählen.

Quasten nahm Gregors Arm und legte ihm den Scheck in die Hand, wie einem Hilfsbedürftigen das Almosen.

»Gehen wir«, sagte Gregor und packte Jakobs Bild an, als wäre Bilderschlepper sein Beruf.

»Und was hat er nun gesagt?«, rief die Bresinsky.

Aber ich war schon draußen, hinter Gregor her, der mit meinem Bild auf dem Weg durch den Schneematsch war.

Jonas lag da, die Wange an den Fußboden gepresst, und beobachtete, wie sich die Speichen in den Rädern des Spielzeug-Oldtimers drehten. In seiner Vorstellung gab es keine Hand, die das Auto schob, keine Finger mit dem verhexten Jucken, sondern einen Motor, der das Fahrzeug statt durch Teppichnoppen brummend über eine bucklige Piste vorantrieb, gegen ein unüberwindbares Hindernis: Annas Knie. Sie steckten in Strumpfhosen mit winzigen Blumen, auf denen sie ihre Puppe wie über eine blühende Wiese tollen und auf und nieder springen ließ, so dass die abenteuerlich langen Zöpfe wild umherschlenkerten. Die Puppe, die fröhliche Prinzessin, kreischte vor Vergnügen, und meine Glückwünsche zum neuen Jahr wurden zu einer bloßen Lippenbewegung. Es sind ja auch immer die gleichen Worte. Das Bild schob ich erst einmal zu den Kartons und Kisten im Flur, zwischen denen es so verschwand, dass man sofort dachte, es hätte schon immer dort gestanden.

»Von Jakob?«, fragte Christopher. Er fuhr mit dem Finger an den Teetüten im Regal entlang und griff beim ›Wintermärchen‹ zu, diesem Alptraum, der hoffentlich im Frühling endlich aufgebraucht sein würde.

Ich war froh, im Hause Seidlein zu sein, wo der Junge das Jungsspiel und das Mädchen das Mädchenspiel spielte, Christopher das Teelicht im Stövchen anzündete und mein Besuch überhaupt nichts durcheinanderbringen konnte. Ich wollte alles vergessen: Bea, schutzlos im Gefängnis, die Galeristen, behütet im Büro, Maria abgetaucht. Und Gregor? Er hatte mir geholfen, das Bild im Kofferraum des Taxis zu verstauen, und zwischen den Handgriffen hatte ich ihn beiläufig gefragt, ob er Alexander Quasten für fähig halte, einen

Mord zu begehen. Ich hatte mir Widerspruch erhofft. Gregor nahm sich für die Antwort Zeit, forschte mit seinen grauen Augen in meinem Gesicht und schien abzuwägen, wie viel Wahrheit er mir zumuten könnte. Dann fasste er nüchtern zusammen: Quasten wollte damals, dass Jakob ihn, Gregor, zum Teufel jage, seinen »besten Freund«. Quasten wollte den Deal mit Aljoscha verhindern, der für Jakob »das Beste war, was ihm überhaupt passieren konnte«. Und plötzlich, auf einmal, wollte Quasten Jakob groß rausbringen, Gregor nannte es beim Namen: »Er wollte sich anbiedern, und zwar auf eine ziemlich widerliche Art und Weise. Du kannst dir vorstellen, wie Jakob darauf reagiert hat.«

»Wie denn?«, fragte ich.

»Jakob wird ihn ausgelacht haben – eine Demütigung für Alexander Quasten, den großen Freund und Gönner.« Gregor klappte die Kofferraumhaube zu. »Ich glaube, Quasten ist zu allem fähig.«

»Wenn du das glaubst«, hatte ich gesagt, »musst du zur Polizei gehen.«

Aber Gregor ging rückwärts, hob die Arme, als würde er einen Angriff abwehren, lachte und sagte: »Tut mir leid, aber mit dem Verein will ich nichts zu tun haben.«

Auf der Fahrt hierher, nach Schwabing, hatte der Taxifahrer im Rückspiegel in meinen blauen Augen und den glattrasierten Wangen ängstlich nach der Verbrechervisage gesucht.

»Bist du okay?«, fragte Christopher.

»Jaja. Es ist nur… Ach, ist jetzt auch egal. Gibt's Zucker?«

Die Sache war klar, und ich trank Tee. War das in Ordnung? Auf keinen Fall wollte ich der Kommissarin noch ein

Hirngespinst liefern, das hübsch zusammengestrickt schien, aber im Licht von Annette Glasers Schreibtischlampe absurd und löchrig war wie Kittys Theorie vom Bilderraub – Jakobs Renovierungen mit anschließendem Einbruch.

Jonas kam, setzte sich auf meinen Schoß und fragte: »Was ist in dem Paket?«

»Nur ein Bild.«

»Kann ich es anschauen?«

Wie oft und wie lange hatte ich in den vergangenen sechsunddreißig Stunden dieses Bild angestarrt? Ob es mir irgendwann einmal etwas verraten würde?

Wir trugen das Bild ins Zimmer. Christopher und Anna setzten sich wie zu einem großen Kinoerlebnis aufs Sofa, Jonas half mir mit seinen kleinen Händen, das Papier zu entfernen. Die Neurodermitis – wie bei Maria: alte, wunde Haut. Der arme Kleine. Die Allergie bei Jonas war schlimm. Aber in Marias Beruf war sie eine Katastrophe.

»Hat Anna eigentlich auch diese Hautkrankheit?«, fragte ich.

»Hat sie nicht«, sagte Anna. »Sie hat Glück gehabt.«

Ich musste mir angewöhnen, das Kind selbst zu fragen und nicht aus Bequemlichkeit Vater oder Mutter.

»Sag mal«, sagte ich zu Jonas. »Manchmal ist es doch auch ganz okay mit deinen Händen, oder?«

Jonas blieb stumm und schaute auf das Bild. Christopher antwortete an seiner Stelle: »Es kommt in Schüben. Wasser unter der Haut, die nicht austreten kann, oder so etwas.«

»Durch Umwelteinflüsse? Oder psychisch?«

»Oder erblich. Aber bei den Seidleins hat nie jemand diese Krätze gehabt. Und bei euch doch auch nicht.«

»Nicht dass ich wüsste.«

Anna sagte: »Onkel Jakob ist unheimlich, wie er da einfach in die Stube kommt. Was will er?«

»Er will uns besuchen.«

»Warum guckt er dann so komisch?«

»Weil er nicht so genau weiß, ob er willkommen ist.«

»Warum weiß er es nicht?«

»Weil er vielleicht nicht dazugehört«, sagte ich.

»Oder er nicht der ist, der er sein will«, sagte Christopher.

»Kapier ich nicht«, sagte Anna. »Mama will doch mit ihm reden.«

»Weil Mama mutig ist«, sagte Jonas. »Nur du, Onkel Tom, bist ein Angsthase.«

Was für ein denkwürdiger, philosophischer Satz von meinem Schwager: ›Jakob ist nicht der, der er sein will.‹ Es brachte mich auf einen Gedanken. Dieses Sternzeichen, das er erfunden hatte, das falsche Geburtsdatum. Bea glaubte, das hätte er getan, um astrologisch besser zu ihr zu passen. Humbug. Er hatte einfach mit dem Geburtstermin getrickst, um rechnerisch der uneheliche Sohn zu werden, der er nicht war.

»Angsthase!«, rief Anna.

Hatte er sich das Datum ausgedacht, oder hatte er es sich – geborgt? Ich dachte wieder an die Neurodermitis, mit der Maria geplagt war. Was hatte Gregor gemeint, als er mich gefragt hatte, ob Maria mir alles erzählt hätte und ich jetzt Bescheid wisse? Bescheid worüber? Über Jakob? Über Maria?

Jakob – der Mann, der nicht der ist, der er sein will. War

Maria also die Person? Der Gedanke war ungeheuerlich. Das änderte alles.

»Angsthase, du!«, wiederholte Jonas.

»Ich bin kein Angsthase«, sagte ich. »Ich bin nur ein großer Dummkopf!«

Zu Hause ging ich zum Kühlschrank. Ich musste mit Maria sprechen. Leicht gesagt, ich hatte nichts von ihr – keine Adresse, keine Telefonnummer. Selbst wenn ich Trottel nicht versäumt hätte, sie danach zu fragen, wäre sie jetzt vielleicht schon nicht mehr aktuell und gültig. Aber sie musste doch eine Geschäftsnummer, eine Nummer für Kunden haben. Und ich wollte mit dem Wiedersehen nicht einfach bis zur Beerdigung warten.

Ich ging von Zimmer zu Zimmer, ohne etwas anderes zu tun als nachzudenken. Ich hatte mit Bea gesprochen, nur ein kurzer Besuch, und wie erwartet erfahren, dass Jakob sich nicht nur das falsche Sternzeichen gegeben, sondern sich auch ein paar Jahre älter gemacht hatte – Bea »zuliebe«. Ich hatte es dabei belassen, auch wenn ich dachte: Bea, hier hättest du schalten können. Hier hättest du kapieren müssen, dass Jakob ein Betrüger war. Aber ich wollte sie nicht noch mehr beunruhigen.

Ich hielt die Wasserflasche in der Hand, ich trank, bis ich plötzlich sah: drei Nachrichten auf dem Anrufbeantworter. Eine kleine Hoffnung. Es könnte doch sein! Maria könnte zum Beispiel wissen wollen, wie mir das Bild gefiel.

Nachricht Nummer eins – daneben. Es war Mutter: »Recht hat die Frau Kommissarin, wenn sie sich darüber mokiert, dass man dich nicht erreicht. Geht's dir gut? Was ist mit Bea?

Ich hoffe, die Probleme mit ihr schlagen sich bei dir nicht bereits im Umsatz nieder. Und bei mir? Wetter ist schön. Sonne, auch ein paar Wolken. Ich habe im Casino Geld verjuxt. Aber dafür lege ich dem jungen Pianisten jeden Tag einen Schein in den Hut, weißt du, der junge Mann mit dem Klavier auf Rädern ist wieder da. Jeden Tag die Promenade runter, fast bis zu deinem Hotel, das Publikum dort ist auch etwas gewöhnungsbedürftig, aber – Junge, ich muss los. Und ich habe es nicht vergessen: Alles Gute zum neuen Jahr.«

Nächste Nachricht – wieder nichts. Regula: »Tom, bist du zu Hause? Nimm ab, ich muss dir etwas erzählen. Stell dir vor, was passiert ist. Mama hat einen Innenarchitekten aufgerissen, oder er sie. Sieht aus wie François Mitterrand und heißt auch so, also François. Mit dem ist sie jetzt ständig auf Achse. Aktuell Riesenrad. Er lutscht die ganze Zeit von ihren neuen Bonbons, der Giftmischung, die sonst keiner haben will. Ist alles klar bei dir? Ganz schöner Mist, das mit Bea, wie? Und der Anwalt, habe ich gehört, ist wohl eher eine Niete. Muss ich mir Sorgen machen? Ich gehe skaten. Geh du zu Christopher und den Kleinen. Und morgen Abend bin ich ja wieder da. Ciao.«

Mit der dritten Nachricht langte es mir – Christopher: »Warst ja plötzlich so schnell weg. Bist wohl ein bisschen durch den Wind, was? Verständlich. Also, das war's auch schon. Man sieht sich. Oder auch nicht. Weißt schon. Bis dann.«

Keine Nachricht, die mir weiterhalf.

Ich ging ins Bett.

Was war der nächste Schritt? Stempelte ich mit meiner Theorie Maria nicht automatisch als Mörderin ab? Und wenn sie wirklich die Mörderin wäre? Ich hatte keine Angst vor ihr. Ich war kein Angsthase.

Die Stille ließ mich nicht schlafen.

Ich zog mit meiner Decke aufs Sofa. Im Licht der Straßenlaterne trudelten die Schneeflocken.

Ich versuchte, meine Gedanken zu ordnen. Keine Frage, ich musste mit der Kommissarin sprechen. Nein, ich musste in den ›Bayrischen Hof‹. Ich musste so viel tun. Ich musste Neujahrsgrüße an Eisenblätters schreiben.

Auf dem Briefbogen in der offenen Schreibmappe stand eine Nummer. Wo kam die plötzlich her? Eine Mobilfunknummer, mit meinem Malachit-Füller geschrieben, in gerader, klarer Schrift. Marias Schrift? Die Nummer war ein Angebot.

Mit der Angst, dass diese Zahlen in nächster Sekunde vor meinen Augen verschwinden könnten, griff ich hastig zum Hörer und wählte. Das Tuten nahm kein Ende.

»Hallo?«, fragte eine Stimme.

»Maria? Ich muss Sie sprechen.«

20

Manchmal muss man Hemd an Hose halten und prüfen, was für den Anlass besser zueinander passt – schwarz mit weiß, oder weiß mit blau, oder blau mit schwarz? Es gibt so viele Möglichkeiten, etwas falsch zu machen und die ganze Sache zu vermasseln. Ich wollte alles richtig machen. Noch vier Stunden. Ich war nervös.

Ich würde sie am besten zum ›Ederer‹ einladen. Ein paar Schritte gehen, etwas essen – da spricht es sich leichter. Allerdings wären wir dann den Augen und Ohren der Öffentlichkeit ausgesetzt. Warum nicht? Es gab keinen Grund, Maria zu verstecken oder sich ihrer zu schämen. Und wenn sie mir nach dem ersten oder dritten Satz den Chablis ins Gesicht schüttet, aufsteht, die Serviette in die Consommé klatscht und geht? In ihrem Hotelzimmer wäre alles egal und Weglaufen auch nicht so einfach. Aber bedeutete für mich Öffentlichkeit nicht auch Sicherheit?

Die Butterbrezel aß ich heute im Schneckentempo. Sie war trotzdem viel zu schwer für meinen nervösen Magen. Noch drei Stunden. Kim beugte sich herüber und fragte: »Musst du heute noch zum Zahnarzt?«

Die beiden Termine am Mittag könnte Dennis übernehmen, und die Termine am Nachmittag? Verteilen. Ich brauchte für meine Aktion Zeit. Die Dinge könnten sich zuspitzen, und ich wollte nicht wegen der Haare von Vera Zernack die Verbrecherjagd absagen. Der Gedanke machte mich flattrig. Noch über zwei Stunden.

»Was ist los?«, fragte Kitty und nahm mir den Radiergummi aus der Hand. »Triffst du das Hänschen gleich wegen der Steuern? Oder gibst du ein Interview?«

Wenn nicht die Kunden wären, könnte Haareschneiden eine einfache Sache sein. Man könnte gar nichts falsch machen. Wenn ich das falsche Ende erwische, Ecken produziere oder zu lang abschneide, gehe ich wieder rein, kürze, passe an. Was aber, wenn ich bei Maria nicht den richtigen Ton traf? Wenn meine Vermutung als Unterstellung ankam, meine Unsicherheit als Bedrohung? – Dieses Gerede! Wie? Tom und Jerry würden es noch einmal miteinander versuchen? Ich schaute auf die Uhr. Nicht mal mehr eine Stunde.

»Hast du heute noch ein Rendezvous?«, fragte Susi in ihrem Umhang.

Ein Blick in den Spiegel. Rasiert bis in die Grübchen. Die Schläfen, die bei all den Sorgen auch nicht besser wurden. Ich wollte pünktlich sein.

»Wo gehst du eigentlich hin?«, fragte Dennis. »Zur Tanzstunde?«

Ich hätte ihm sagen können, dass ich zu einer Prostituierten ginge, aber er hätte mir, nehme ich an, nicht geglaubt.

Ich ließ mich nicht über den Portier anmelden. Sie hatte mir die Zimmernummer gesagt.

Dreihundertzwei – vier – sechs. Hier musste es sein. Ich klopfte. Es war plötzlich alles so einfach. Eigentlich kannte ich diese Tür doch schon längst.

Kein Geräusch. Dann ein leises Klicken. Jemand machte

am Schloss herum. Würde ich gleich eins über den Schädel bekommen?

»Kommen Sie herein«, sagte Maria.

Kein Händedruck, kein Lächeln, und das Kostüm, natürlich, hochgeschlossen, wie zum Businesstermin. Nichts Verruchtes. Fast war ich enttäuscht. Was hatte ich mir denn vorgestellt?

»Sind Sie okay?«, fragte sie.

»Da sind Sie nicht die Erste, die mich das heute fragt.«

»Sie sind aber nicht zum ersten Mal mit einer Frau allein auf einem Hotelzimmer, oder?«

»Nein, natürlich nicht«, sagte ich. Dass ich überhaupt auf so eine Frage antwortete!

Im Sessel schlug ich ein Bein übers andere. Es sollte lässig aussehen, und war es auch, fand ich. Ich beschloss, mich nicht provozieren zu lassen.

»Wohnen Sie hier?«, fragte ich und schaute mich um, aber es gab nichts zu entdecken. Nicht einmal einen Koffer. Ob sie das Zimmer stundenweise mietete? Bei ihren Preisen und als Stammgast könnte sie hier vielleicht eine Tagespauschale bekommen. Der ›Bayrische Hof‹ war doch kein Stundenhotel. Aber die Details gingen mich nichts an. Ich war wegen anderer Dinge hier.

»Tomas, Ihre Zeit läuft. Was wollen wir tun?«

»Wir wollen uns unterhalten.«

»Worüber?«

Diese Frage hatte ich erwartet und mir etwas zurechtgelegt. Ich sagte: »Zum Beispiel, wann Sie geboren sind.«

»Diese Frage finde ich uncharmant, um nicht zu sagen: unverschämt.«

»Können Sie nicht etwas – kooperativer sein? Hilfsbereiter?«

»Langsam finde ich unser Rendezvous doch ganz amüsant.«

Ich sagte es einfach: »Sie sind am einundzwanzigsten April neunzehnhundertzweiundsiebzig geboren, stimmt's?«

»Sie kennen mich wirklich in- und auswendig.«

»Dann stimmt es also.« Meine Halbschwester saß mit mir gegen Bezahlung in einem Münchner Hotelzimmer. Sollte ich sie nicht wenigstens umarmen?

»Was stimmt?«, fragte Maria. »Dass ein Friedrich Jakob Prinz Anfang der siebziger Jahre mit einer Elisabeth Zimmermann sexuellen Kontakt hatte? Ein Zufall, ein Unfall, mehr nicht. Und?«

»Maria, du bist meine Schwester.«

»Dann dürfen wir jetzt ›du‹ zueinander sagen?«

»Klar.«

Maria verschränkte die Arme vor der Brust, als wäre vieles denkbar, aber das nicht. »Seit wann wissen Sie es?«, fragte sie. »Hat Gregor es ausgeplaudert?«

»Ich bin selbst darauf gekommen. Und durch meinen Schwager. Eigentlich durch meinen kleinen Neffen.«

Sie sah mich erstaunt an.

»Und Sie?«, fragte ich. »Seit wann wissen Sie es?«

»Dann sind wir jetzt also beim Thema?« Sie stand auf, machte ein paar Schritte, aber Weglaufen ging ja nicht.

Ich wartete einfach.

Sie setzte sich wieder. »Also gut. Wenn es Sie denn interessiert: Eigentlich wusste ich es schon immer. Unsere Mutter hat nie ein Geheimnis daraus gemacht. Für sie war Ihr

Vater ein Heiliger, aber kein Geheimnis. Aber mir hat es nie etwas bedeutet. Ich habe zu meiner Mutter gesagt: Wenn der Mann so toll ist, warum lässt er dann zu, dass deine Finger verkrüppeln und wir in diesem Loch hausen? Der Mann könnte dir das Leben leichter machen und würde es auf seinem Bankkonto nicht einmal merken! Und dass ich recht hatte, zeigen ja all die Artikel, die sie über ihn gesammelt hat, in diesem Buch, das wir nach ihrem Tod gefunden haben. Aber diese Wahrheit zu Lebzeiten – das kam bei ihr nicht gut an.«

»Dann wusste Jakob, dass Sie die Tochter meines Vaters waren und nicht er?«

»Das ist so ein Thema. Wissen Sie, Jakob war der Liebling meiner Mutter, ich das hässliche Entlein, das ungeliebte Stiefkind. Doch, es war so, Sie brauchen mir nicht zu widersprechen. Ich weiß nicht, wie man psychologisch erklärt, was da bei meiner Mutter passiert ist, dafür habe ich zu wenig Bücher gelesen. Vielleicht konnte meine Mutter das Bild, das sie von ihrem Traumprinzen hatte, besser in ihrem Sohn als in der Tochter finden. Mich konnte sie ja nicht einmal Jakob nennen. Wenn sie mich anschaute, hat sie sich daran erinnert, dass der Traumprinz eben doch kein Traumprinz war, dass er sie sitzenließ und nie mehr zu ihr zurückgekehrt ist. Aber vielleicht spinne ich mir etwas zusammen. Vielleicht war Jakob einfach das liebere Kind, nicht so garstig und aufsässig wie ich.«

»Und was hat Jakob geglaubt?«

»Was meinen Sie wohl? Er ist natürlich davon ausgegangen, dass Friedrich Jakob Prinz sein Vater ist. Und mir war es einerlei. Ich wollte deshalb keinen Streit anfangen. Ich habe meinen Bruder geliebt. Wer weiß, wer sein echter Vater ist. Und für Jakob wäre vielleicht eine Welt zusammengebrochen.«

»Wann hat er es dann erfahren?«

»Als unsere Mutter starb.«

»Hat sie ihm die Wahrheit im Testament hinterlassen?«

»Testament? Wir sind hier bei den Zimmermanns. Es gab nur dieses Buch. Und, wie gesagt, ich bin mir nicht sicher, ob unsere Mutter zuletzt überhaupt noch zugegeben hätte, dass Friedrich Prinz der Vater ihrer missratenen Tochter war und niemals der Vater von Jakob gewesen ist. Ich hatte keinen Kontakt mehr zu ihr. Aber Jakob die ›Wahrheit‹, wie Sie es nennen, beizubringen – das hat sie schön mir überlassen.«

»Wie hat er darauf reagiert?«

»Er hatte alles schon recherchiert: die Adresse in Zürich und dass es Sie beide, Sie und Ihre Schwester, in München, um die Ecke, gibt. Komisch, ich bin nie auf die Idee gekommen, dass Sie etwas mit dieser Schweizer Familie zu tun haben könnten. Für mich waren Sie einfach der Frisör aus den Zeitschriften. Aber stellen Sie sich mal vor: Da steht Jakob neben mir an der Grube und sagt: ›So. Und morgen besuche ich meine Familie.‹ Ich habe versucht, es ihm auszureden. Aber dann ...«

»Was dann?«

»Er war nicht mehr zu stoppen. Ich wollte nicht, dass er es von Ihnen, Ihrer Schwester und gar von Ihrer Mutter erfährt. Rein rechnerisch war es überhaupt nicht möglich, dass er sich einbilden konnte, zu Ihrer Familie zu gehören. Also hab ich es ihm gesagt.«

»Er war wahrscheinlich fix und fertig. Er hat sich ja sein ganzes Leben lang vorgestellt, ein Prinz zu sein.«

»Denken Sie? Dachte ich auch. Und wir haben falsch gedacht. Er ist eben nicht nur ein Prinz, sondern auch ein Zimmermann.«

»Was heißt das?«

»Jakob ist, wenn es darauf ankommt, Pragmatiker. Er hat gesagt, dann gehen wir beide hin und schauen uns die Bande mal an.«

»Die Bande. Gut gesagt.«

»Fand ich gar nicht. Das war das Letzte, was ich wollte. Ich wollte mit den Prinzen und Prinzessinnen nie etwas zu tun haben. Auch jetzt nicht. Ich will nicht mit Ihnen hier sitzen und erzählen, was ich noch keinem Menschen erzählt habe. Wozu? Was habe ich davon? Bin ich Ihr Entertainer? Ich könnte manchmal wirklich kotzen. Jaja, schon gut. Sie können ja auch nichts dafür. Sie sind ja nur der Frisör. Wo war ich stehengeblieben? Genau. Ich habe gesagt: Wenn du da hingehen willst, bitte, dieser Salon steht jedem offen. Mich interessiert das nicht. Mach, was du willst. Aber ohne mich. Ich dachte, damit wäre der Fall für mich erledigt.«

»Das war dann der Zeitpunkt, als Jakob zu mir in den Salon kam und mir Ihr Geburtsdatum, Ihre Geschichte als seine verkauft hat. Und ich habe in seinem Gesicht nach Ähnlichkeiten gesucht. Und sogar welche gefunden!«

»Kann alles sein. Ich habe davon nichts gewusst. Ich habe es erst kapiert, als Sie sich mir in der Galerie vorgestellt haben. Erinnern Sie sich? Als Sie sagten, Sie seien Tomas Prinz, da war mir klar, Jakob macht mit seinem Plan also wirklich ernst.«

»Als ich Sie sah, habe ich gleich gewusst, dass Sie irgendwie …«

»Dass ich – was? Ihre Schwester sein könnte? Sie haben die Stimme des Blutes gehört? Machen Sie keine Witze. Sie haben gedacht, ich sei Jakobs Exfreundin.«

»Und dass Sie etwas Besonderes sind.«

»Das bin ich gewohnt. Das denken die Männer häufig. Aus Ihrem Munde klingt es nett, danke. Aber wir waren in der Galerie, bei Jakob und dem Spiel, das er mit Ihnen getrieben hat. Es war zwar eine Sauerei, aber vielleicht gefiel es mir gerade deshalb. Ja, ich gebe zu, ich fand es nicht schlimm. Wenn er meinte, mit meinem Geburtsdatum einen Nutzen aus der ganzen Sache zu ziehen, sollte er es tun. Mir war es recht.«

»Warum ist Jakob dann in der Galerie ausgerastet? Ich erinnere mich genau. Ich dachte, er verprügelt Sie.«

»Jakob hatte so seine verschiedenen Gesichter. Ich kenne meinen Bruder in- und auswendig. Soll ich Ihnen jetzt auch noch den Menschen erklären, ja? Ich hoffe, Sie haben genug *cash*. Sagen Sie mal, war Jakob zu dem Zeitpunkt eigentlich schon mit dieser Lea zusammen?«

»Bea? Das fing da, glaube ich, gerade an.«

»Jakob, jedenfalls, hatte für mich drei Gesichter. Da war der Jakob, der unglaublich charmant, lieb, zurückhaltend, fast schutzbedürftig ist. So war er, wenn er etwas haben wollte, wenn er etwas brauchte. Um es böse auszudrücken: Wenn er Beute machen wollte. Dann gab es den Jakob, der kalt, arrogant und überheblich war. So war er, wenn er seine Beute sicher hatte. Und der dritte Jakob – das war der Jakob, der brutal um sich schlug, aus Wut und Angst, dass man ihm die Beute wegnehmen könnte, die er erobert hatte und um keinen Preis wieder hergeben wollte. Ich schätze, Sie kennen nur den ersten, den lieben Jakob.«

»Den dritten, brutalen Jakob habe ich dann mit Ihnen in der Galerie gesehen.«

»Das war der zweite, der arrogante, nicht der brutale.«

Maria schaute auf ihre Hände. Beide erinnerten wir uns an den Vorfall in der Galerie. Jakob, der brav in Schürze den Wein ausgeschenkt, der diese merkwürdige Besprechung mit Giselind in der Kaffeeküche hatte, der sich die Kante gab und plötzlich ausrastete, als er Maria in der Menge sah. – Ob ich nicht etwas zu trinken bestellen sollte? Aber ich wollte keine Unterbrechung. Ich wollte alles fragen. »Was war zwischen Giselind von Bresinsky und Jakob? Hatten die beiden ein Verhältnis?«

»Ein Abhängigkeitsverhältnis.«

»Nicht mehr?«

»Das behaupten Leute immer wieder. Auch die Kommissarin interessiert sich dafür brennend, aber ich weiß davon nichts.«

»War nur eine Idee«, sagte ich. »Aber warum ist Jakob ausgerastet, als er Sie in der Galerie gesehen hat? Sie sind seine Halbschwester, und Sie wollten ihm doch nichts wegnehmen.«

»Da hat er schon etwas geahnt.«

»Was hat er geahnt?«

»Tomas, zu meiner Sicherheit: Nur, weil Sie mich bezahlen, werden Sie diese Informationen nicht nehmen und da draußen herumposaunen. Das hier geht nur uns beide etwas an, sonst niemanden. Keinen Salonklatsch, bitte. Keine Journalisten, keine Polizei.«

Ich nickte. Ich wusste nicht, wie es enden würde. Ich wollte nur die Wahrheit erfahren.

»Er hat geahnt, dass ich etwas wollte. Und dann war ich bei ihm«, sagte Maria. »In dieser Wohnung, in der er renoviert hat.«

»Am Tag, an dem der Mord geschah?«

»Ich habe geklingelt. Es war schließlich Weihnachten. Ich wollte mir mein Geschenk abholen. Wieso nicht?«

»Dann wussten Sie von dem Deal mit Moskau. Wer hat es Ihnen erzählt?«

»Das tut nichts zur Sache. Das ist egal. Sie müssen nicht alles wissen. – Also gut. Darauf kommt es jetzt auch nicht mehr an: Ich wusste es von Gregor. Er hat es mir erzählt. Er kommt manchmal. Wir treffen uns ab und zu, jedenfalls, wenn er flüssig ist. Das heißt, jetzt nicht mehr.«

»Verstehe.« Deshalb war Gregor so panisch, wenn die Sprache auf Maria kam. Kunde von Maria zu sein war ihm peinlich. Ich fragte: »Wusste Jakob davon?«

»Jakob war in diesen Dingen erstaunlich ahnungslos. Der wollte eigentlich nur seine schönen Bilder malen und abends bei Irene seine Bratkartoffeln essen. Deshalb kann ich mir, was diese Galeristin betrifft, auch höchstens vorstellen, dass er ein gewisses Knistern für sich ausgenutzt hat. Oder war es am Ende umgekehrt? Ich hatte mich nämlich gewundert, als ich später von der Geschichte mit dieser Lea erfahren habe.«

»Sie heißt Bea.«

»Jedenfalls hat mich Jakobs Ahnungslosigkeit, die auch eine Ignoranz mir gegenüber war, auf die Palme gebracht. Er wusste nichts über mich, und er wollte es auch nicht wissen.«

»Bitte der Reihe nach.«

»Es gibt keine Reihe. Hören Sie, ich bin am Ende. Ich habe keine Rücklagen. Ich bin, Sie haben es selbst gesehen, entstellt. Die Krankheit ist über mich hereingebrochen, und ich kann nicht von heute auf morgen das Fach wechseln. Das liegt mir nicht.«

»Maria, darüber müssen Sie sich jetzt keine Sorgen mehr machen. Wir werden Ihnen helfen. Jetzt gucken Sie nicht so zum Fenster raus. Sie sind arrogant und stolz. Warum können wir Ihnen nicht helfen? Es steht Ihnen zu. Oder nehmen Sie es, von mir aus, als Kredit. Wissen Sie, dass Sie mich an meine Mutter und, mehr noch, an meine Schwester erinnern? Diese ewigen Prinzipien!«

»Haben Sie etwa keine?«

»Prinzipien kann man auch mal brechen.«

»Wann? Wenn sie einem nichts mehr nützen? Wenn sie einem im Weg sind und gerade nicht in den Kram passen? Sind wir jetzt etwa bei den Prinzipien der Familie Prinz angelangt?«

»Prinzipien kann man brechen, wenn es zum Beispiel die Situation erfordert. Oder wenn man am Ende ist und nicht mehr anders kann. Und in keinem Fall muss man immer gleich eine Staatsaffäre daraus machen.«

»Ich staune und lerne von Ihnen. Aber stellen Sie sich vor: Ich war gerade dabei, Ihnen zu erzählen, wie ich ein Prinzip von mir gebrochen habe. Soll ich weiterreden?«

»Bitte.«

»Ich habe Jakob um Geld gebeten. Ich habe ihn um meinen Anteil an seiner Beute gebeten, wenn Sie so wollen. Sie können sich seine Reaktion vorstellen?«

»Jakob Nummer zwei oder Jakob Nummer drei?«

»Eine Mischung aus beiden. Es war nicht witzig. Darum ist mir herausgerutscht, was er gar nicht wissen durfte. Was er niemals erfahren sollte.«

»Sie meinen, er hatte keine Ahnung von Ihrem Business?«

»Wenn der beste Freund zum Kundenkreis gehört, ist die ganze Angelegenheit nicht mehr so abstrakt, sondern wird ein bisschen plastischer. Ich wollte ihn nicht verletzen oder quälen. Ich habe nur gemerkt: Jetzt ist der Augenblick, wo er alles erfahren muss. Meine ganze beschissene Situation, klar und deutlich. Ich dachte, dass ich in solch einem Moment Angst vor ihm haben würde. Aber das war nicht so. Es war notwendig, damit er kapiert, in welcher vertrackten Situation ich stecke.«

»Es kam zu einer Auseinandersetzung?«

»Nettes Wort. Ich bin mir sicher, man hat es im ganzen Haus gehört.«

»Das war auch so. Aber reden Sie weiter.«

»Da gibt es nichts mehr zu erzählen. Er wollte mir das Geld geben. Sobald er das Geld gehabt hätte, wollte er es mir schenken.«

»Plötzlich, einfach so?«

»Plötzlich, einfach so. Und wissen Sie, was das Merkwürdige war? In dem Moment, als Jakob sagte, er würde mir helfen, war es mir gar nicht mehr wichtig. Ich wusste jetzt, dass ich mich auf ihn verlassen konnte. Es war das Versprechen, das zählte. Der Moment der Wahrheit. Wenn Sie so wollen, war es ein sehr schöner Abschied von Jakob.«

»Abschied?«

»Auch wenn ich nicht wusste, dass es ein Abschied für immer sein sollte. Scheiße.«

»Ein Abschied ohne Bedingungen?«

»Wie? Nein, keine Bedingungen. Nur eine kleine.«

»Welche?«

»Was spielt das noch für eine Rolle? Dass ich Gregor keine Termine mehr gebe. Um nichts in der Welt. Und ich halte mich an dieses Versprechen. Daher auch wieder mal das ganze Verwirrspiel mit den Telefonnummern.«

Was für eine Geschichte. Ich fühlte mich, als hätte ich die doppelte Kilometerzahl auf dem Laufband zurückgelegt. Viele Kalorien verbrannt und – wer war jetzt der Mörder? Aber hätte ich mir überhaupt nur eine Sekunde lang vorstellen können, dass Maria zu diesem brutalen Verbrechen fähig gewesen wäre? Allein die Kraft, die dafür nötig ist! Ausgeschlossen, nicht einmal auf dem Höhepunkt der Auseinandersetzung. Und welcher Mörder wäre so aufmerksam gewesen, mir daheim auf dem Briefpapier seine Telefonnummer zu hinterlassen? Ich kannte nun viele Geheimnisse, ein Drama unter Geschwistern mit einem bis dahin eigentlich glücklichen Ende. Aber wie kam es zu der Tragödie?

»Glauben Sie mir, oder glauben Sie mir nicht«, sagte Maria. »Aber mehr kann ich Ihnen nicht erzählen. Sie wissen jetzt mehr als die Polizei. Nehmen Sie alles mit, und machen Sie damit, was Sie wollen. Aber ich möchte unser Treffen jetzt gerne beenden.«

Ich stand auf. Was sollte ich tun? »Ihre Telefonnummer habe ich ja jetzt«, sagte ich.

»Ich überlege mir noch, ob ich sie wechsle. Nein, das war ein Scherz. Sind Sie sicher, dass Sie nichts vergessen haben?«

»Wie? Natürlich, klar. Würde es Ihnen etwas ausmachen, wenn Sie mir einfach Ihre Kontonummer ...?«

Maria schaute mich aus ihrem Sessel heraus an, als wolle sie sich jedes meiner Worte, jede meiner Bewegungen einprägen, um sich später noch einmal alles abrufen zu können – zur Erheiterung.

Ich legte die grünen Scheine auf den Tisch. Sollte ich das Bündel noch ein wenig auffächern, damit sie sah, dass der Betrag stimmte? Herrgott, war das peinlich! Ich beleidigte sie. Mir wurde heiß vor Scham.

Maria legte ihre Hand auf das Geld, zog es – wie ein Croupier am Spieltisch den Schieber – zu sich heran und sagte: »Danke.«

Der Taxifahrer drehte Runden mit mir. Ich wollte nicht nach Hause, nicht in den Salon, nicht unter Menschen. Ich hatte meine Halbschwester kennengelernt. Ich mochte sie. Ich würde ihr die Repin-Zeichnung, die Geschwister-Studie, schenken. Immerhin. Und ich würde ihr eine Kur bezahlen, einen Beruf suchen, alles, was ich für sie tun könnte, wollte ich tun.

Wir fuhren den Halbkreis um den Friedensengel.

Zur Polizei? Alles erzählen, was Maria mir anvertraut hatte? Sollte die Kommissarin ihre Schlüsse daraus ziehen.

Und ich? Ich würde Bea im Knast besuchen und Zuversicht verbreiten. Bei Regula zu Abend essen und mir alles über François, Mutters Verehrer, erzählen lassen. Aljoscha anrufen und auf Stephans Rückkehr warten.

Bei ›Käfer‹ war abgeschmückt. Jetzt war Weihnachten wirklich vorbei.

Eine Möglichkeit gab es noch. Mir war nicht wohl bei der Sache. Doch nach allem, was Maria erzählt hatte, musste ich es probieren, es wagen. Ich durfte kein Angsthase sein.

»Ich habe es mir überlegt«, sagte ich. »Wir fahren nach Nordschwabing.«

Der Taxifahrer brummte und kurbelte am Lenkrad.

»In die Domagkstraße, bitte.«

21

Die Gebäuderiegel mit den langen Fensterreihen und den Nummern über den schmalen Eingangstüren waren mir beim dritten Besuch schon vertraut. Ein Auto stand auf dem Parkplatz. Ich beruhigte mich mit dem Gedanken, dass ich wohl nicht völlig allein auf dem Gelände war, bei meinem Besuch im Atelier, von dem ich nicht wusste, wie er enden würde. Vielleicht war ja auch niemand da, und mit meiner goldenen Kreditkarte würde ich das Schloss kaum aufbringen.

Wie beim ersten Mal brach gerade die Dämmerung an. Wieder hielten die Krähen auf den schwarzen Bäumen mit ihrem Geschrei Wache. Ich ging durch die Tür, die Treppe hinauf. Ich kannte den Weg. Hier war es. Unter der Tür schimmerte Licht. Ich klopfte. Ein Laut war zu hören. Die Tür wurde aufgerissen, aggressiv und erschrocken zugleich.

Gregor entspannte sich. »Komm rein«, sagte er, als wären wir täglich um diese Uhrzeit verabredet. Er hatte gewusst, dass ich irgendwann kommen würde. Der Mann war cool. Er hatte Nerven. Hatte er nichts zu befürchten? Oder nichts mehr zu verlieren?

Nach der schockierenden Leere beim letzten Mal lehnten jetzt wieder Bilder in Stapeln aneinander, auch wenn ich wie damals nur die Konstruktion der Keilrahmen zu sehen bekam. Zerdrückte Farbtuben auf dem Boden, Pinsel in Gefäßen mit schmutzigem Wasser, Farben auf Brettchen angerührt – alles, als würde Jakob hier arbeiten. Gregor malte an mehreren Bildern gleichzeitig. Er malte im Akkord. War er wahnsinnig?

Er schrubbte sich am Waschbecken die Hände und fragte über die Schulter: »Willst du Tee? Es gibt welchen.«

»Ich weiß«, sagte ich, wedelte mit dem alten Handtuch über den einzigen Stuhl und setzte mich, wie damals Aljoscha, mit dem Rücken zu den schwarzen Fensterscheiben. Mir war nicht wohl, aber ich musste es versuchen.

Ich sagte: »Und jetzt willst du Jakobs Ruhm einfahren, stimmt's?«

»Ruhm ist gut.« Gregor kam mit den dampfenden Tassen. »Aber wenn ich im MoMA in New York ausstelle, lege ich ihm Blumen aufs Grab, versprochen.«

»Witzig«, sagte ich. Sein gemütlicher Tonfall ärgerte mich.

»Jakobs Bilder sind doch nicht heilig«, sagte Gregor. »So wie er kann ich auch. Schau es dir doch erst einmal an. Deshalb bist du doch gekommen, oder? Hat dich Aljoscha geschickt? Checken, ob der Weg von Moskau sich noch einmal lohnen würde? Recht hat er, warum noch einmal ein Risiko eingehen?«

Gregor schlenderte zu den Bildern, die hintereinander an der Wand lehnten. Er war sich seiner Sache sicher. Er klappte ein Bild weg, damit er es angucken konnte, zögerte, stellte es zur Seite. Er wählte sorgsam aus, holte das nächste hervor, betrachtete es wieder, trug es mit langen Armen an die freie Wand und stellte es ab, mir gegenüber, in gerader Blickrichtung.

Da saß ein Mann auf einem Bett, ein wenig verstrubbelt, wie nach einem Mittagsschlaf, die Zigarette zwischen den Lippen, und griff, ohne hinzusehen, neben sich, wahrscheinlich nach einem Aschenbecher oder Feuerzeug. Sein Gesichtsausdruck war gleichgültig und melancholisch, als wäre von diesem Tag nichts mehr zu erwarten. Wenn ich es nicht besser gewusst hätte, würde ich denken, dieses Bild wäre von Jakob. Es gefiel mir auf Anhieb.

Gregor hatte bereits das nächste Bild hingestellt und kam schon mit dem übernächsten an. Es war wie ein Aufmarsch. Überall die alltäglichen Jakob-Szenen, angewinkelte Knie, hochgezogene Schultern, beiläufige Gesten, verstohlene Blicke, alles in seinem kräftigen Farbstrich, der saß und genau den Punkt traf. Wie war das möglich? Ich war verblüfft.

»Und die sind alle von dir?«, fragte ich.

»Du musst dich nicht wundern«, sagte Gregor und stellte noch ein Bild dazu, die Großaufnahme eines Gesichts mit einem Finger an der blassen Wange, ein Bild der Unschuld. »Ich war Jakobs Lehrer. Ich habe ihm den Pinselstrich beigebracht, ich habe ihn gelehrt, hinzuschauen, Dinge wegzulassen, Akzente zu setzen. Jakob hatte das große Glück, mich als Lehrer zu haben.«

Ein kleines Mädchen in einem Kleid mit getupften, duftigen Blumen darauf, bäuchlings ausgestreckt, das Kinn in beide Hände gestützt, die Haltung, in der wir früher die Sesamstraße geguckt hatten und Anna und Jonas heute ihren Kinderkanal sehen. Ich verliebte mich sofort in dieses Bild.

»Jakob, das muss man schon mal lobend erwähnen, hat sich nie beirren lassen«, sagte Gregor beim Tragen. »Er hat zwar mal versucht, kleinformatiger zu malen, aber bei seinen

Themen ist er immer geblieben. Und jetzt ist die Zeit gekommen, wo man damit den Nerv der Leute trifft.«

Eine Frau am Tisch, die aufhorcht, weil sie vielleicht gerade angesprochen wird. Vor ihr ein Haufen leerer Flaschen.

»Das sind Moden, die kommen und gehen. Da ist es doch kein Verbrechen, wenn ich mir meinen Anteil nehme, oder? Was denkst du?«

Waren die Farben bei Jakob nicht leichter, irgendwie frischer? Nicht so kräftig und plakativ wie hier bei Gregor? Ich suchte nach etwas, was den Wert der Bilder schmälern würde. Ich hatte plötzlich Angst, dass er mit diesen Bildern erfolgreich werden würde. Wenn Aljoscha sich nicht darum kümmerte, würde es Giselind tun. Es war abzusehen.

Gregor lehnte an der Wand und pikste mit einem Messer ein Loch in eine Büchse Kondensmilch. Die Farbe am Messer störte ihn nicht. Den Schluck Tee schien er mehr zu genießen als seine Bilder, die er wie einen netten Gegenstand betrachtete. Immerhin – es war seine Arbeit, auch wenn er Jakobs Stil kopierte. Doch war er stolz, zufrieden? Schämte er sich eigentlich gar nicht? Gregor stocherte friedlich mit dem Messer unter seinem Fingernagel. Er wartete ab, was ich tun oder sagen würde. Ein merkwürdiger Typ. Er war mir unheimlich.

Ich sagte: »Meinst du, Jakobs Bilder tauchen irgendwann wieder auf, so, wie Giselind es glaubt?«

»Interessiert mich nicht.«

»Für dich und deine Bilder wäre es natürlich ziemlich – scheiße. Deine Bilder würden gegen Jakobs stehen. Jeder würde sehen: Hier ist das Original – da die Fälschung.«

»Hätte, wäre, könnte.«

»Ich bin zwar kein Experte, aber den direkten Vergleich würden sie wohl kaum aushalten. Aber es ist egal. Du musst dir keine Sorgen machen. Jakobs Bilder sind ja futsch.«

Gregor trank Tee.

»Hast du sie beiseitegeschafft?«, fragte ich.

Gregor sah mich nur an. »Und wenn?«

»Du hast sie auf die Müllkippe gebracht? Du hast sie vernichtet.«

»Meinst du?«, fragte Gregor, und er hörte sich beinahe freundlich an.

»Erinnerst du dich, wie Bea sagte, der Bilderraub käme einem Doppelmord gleich? Du hast ihr zugestimmt. Erst Jakob umbringen, dann das Werk vollenden und die Bilder vernichten. Den Doppelmord, eben.«

»Und was wäre, wenn du dir hier gar nicht meine, sondern Jakobs Bilder anschaust?« Gregor grinste.

Was erzählte er? Ich sah auf die Bilder, all die Gestalten, die uns umringten. Konnte das möglich sein? Ja, ich traute ihm alles zu. Mein Magen krampfte sich vor Wut zusammen. Ich wollte Gregor niederschlagen. Ich zählte, und als ich bei zehn war, sagte ich: »Ich war bei Maria. Sie hat mir alles erzählt.«

Gregor stellte seine Tasse auf dem Boden ab, vorsichtig, als würde er sich auf etwas vorbereiten.

Ich sagte: »Jakob fand die Sache natürlich nicht witzig. Wenn der beste Freund mit der eigenen Schwester, auch wenn sie nur die Halbschwester ist, und dann noch gegen Bezahlung.«

Gregor schaute gerade vor sich hin. Er lächelte.

Ich redete einfach weiter: »Für Maria war das Geständnis, glaube ich, so etwas wie eine Erleichterung. Zwischen ihr und Jakob war jetzt reiner Tisch, alles ausgesprochen. Und es wäre doch toll gewesen, wenn Jakob Maria hätte helfen können, irgendwie neu anzufangen, oder so.«

»Maria würde nie neu anfangen. Sie hat es sich selbst so ausgesucht. Oder glaubst du, sie hätte keine anderen Möglichkeiten? Der Beruf macht ihr Spaß. Zu so etwas gehören immer zwei. Und du machst aus mir keinen Zuhälter.«

»Maria hat dich gesehen.«

»Wo?«

»Bei Jakob.«

»Das kann nicht sein.«

»Hat sie mir aber erzählt.«

»Und wann soll das gewesen sein?«

»Keine Sorge, der Polizei hat sie nichts gesagt. Noch nicht.«

»Was redest du für einen Müll?«

Ich stand auf, ging mit der Tasse in der Hand zu den Bildern. Mein Herz klopfte stark, wollte auf sich aufmerksam machen.

»Sie kann mich gar nicht gesehen haben«, sagte Gregor.

Also doch? Hatte ich richtig getippt? Ich sagte: »Du wolltest zu Jakob, richtig? Aber drinnen war dieser wütende Streit im Gange. Du hast geklingelt, aber sie haben dich nicht gehört. Oder hast du gleich abgewartet, oben auf dem Treppenabsatz, bis der Sturm vorüber war?«

Gregor schüttelte nur den Kopf. Er schien nicht zu spüren, wie er das Messer umklammerte.

»Was wolltest du von Jakob?«, fragte ich.

»Was ich von ihm wollte?«

»Beim Streichen helfen? Seinen Job übernehmen? Jakob hatte es ja nicht mehr nötig.«

»Ich wollte von Jakob meinen Anteil, mehr nicht.«

»Was für einen Anteil?«

»Ich habe ihn zu dem gemacht, was er ist. Jetzt war er plötzlich der Erfolgversprechende und ich der komische Künstler, der brav und bieder seine Bildchen macht. Das war – nicht einfach. Es ist schon eigenartig, wie rasant sich eine Hierarchie umdrehen kann. Aber ich habe bei der Wende geholfen. Ich war an der Entwicklung beteiligt. Dafür konnte er mir dankbar sein. Aber Dankbarkeit war nicht so Jakobs Sache. Gut, im ersten Moment war er euphorisch, als er mir am Telefon von den Russen erzählte.«

»Und jetzt wolltest du dich bei Jakob in Erinnerung bringen.«

»Halt doch dein Maul, Mann! Ich hatte keinen Plan. Ich wollte einfach mit ihm sprechen, bei Bier und Farbe, sozusagen. Es gab verschiedene Möglichkeiten. Er hätte mich mit ein paar kleinen Prozenten beteiligen können. So, wie ich ihn beteiligt hatte, wenn er mir die Tipps mit den Wohnungen gab, in denen man interessante Dinge finden könnte. Wir waren schließlich ein Team. Er hätte auch einfach ein gutes Wort bei den Russen für mich einlegen können. Keine Ahnung. Ich wollte mit ihm nur mal darüber nachdenken. Und es hätte ja auch alles gar keine Eile gehabt.«

»Ein schlechter Augenblick fürs Nachdenken und Verhandeln unter Freunden – unter ehemaligen Freunden, nach dem, was Jakob gerade von Maria erfahren hatte.«

Gregor presste das Messer. »Es war eine Katastrophe. Er ist auf mich losgegangen. So habe ich ihn noch nie gesehen. Kennst du das Gefühl, wenn dich jemand im Schwitzkasten hat und es klar ist, hier geht nur einer lebend wieder raus?«

Gregors Gesicht war rot und erhitzt, wie damals, im Kampf.

Ich tat, als sei ich ruhig, und stellte langsam die Tasse ab. Ich schaute auf sein Messer. Er wusste nicht, was er tun sollte.

Ich ging zur Tür.

Gregor gab einen Laut von sich, merkwürdig gequält.

Ich war schon draußen, raus aus dem Raum, und ging den Gang entlang. Ich hörte, wie er tobte. Es war ein Reißen. Gregor zerschnitt Leinwände. Ich ging schneller.

Auf dem Parkplatz kamen mir Annette Glaser und ihr Assistent entgegen. Eine knappe Stunde hatten sie bis hierher, in die Domagkstraße, gebraucht. Wir nickten uns zu.

Gut, dass ich das Taxi hatte warten lassen. Ich machte die Tür auf und setzte mich hinein.

Es hätte jetzt ruhig mal richtig schneien können.

Danksagung

Vor allem danke ich Christa Geissler, meiner Freundin und ersten Leserin, die mir, in ihrer Kritik unbeirrbar, zwar manchmal das Leben schwerer, aber den Satz immer besser gemacht hat. Ich danke besonders Ulrich Graf, dem Frisör, und Monika Wolff, der Farbstylistin, für ihre Anregungen und die Geduld, mit der sie mir wieder die Kunst im Umgang mit Haarschere und Haarfarbe zeigten. Meiner Lektorin Ursula Baumhauer für die Unterstützung und exzellente Zusammenarbeit. Und nicht zuletzt Detlef Weitz, Rafael Arnold und allen anderen Freunden, denen bei meinem »Frisör« möglicherweise graue Haare wuchsen.

Christian Schünemann

Christian Schünemann
Der Frisör

Roman

In welchem Dilemma steckte die Beauty-Redakteurin Alexandra Kaspari am Abend vor ihrem Tod? War sie in Intrigen verwickelt, in Korruption, gab es ein persönliches Motiv? Starfrisör Tomas Prinz fühlt sich persönlich herausgefordert, denn abgesehen vom Mörder war er der Letzte, mit dem Alexandra plauderte.

»Christian Schünemanns wunderbarer Krimi *Der Frisör* erzählt von Haarbeschaffenheit, Schneidetechniken und Kopfmassagen so anschaulich und zugleich im Tonfall so unaufdringlich, dass man meint, während man eigentlich über den Mörder nachsinnt, sich eine neue Dimension der Sinnlichkeit erschlossen zu haben. Der schwule Frisör und die oberflächliche Modezeitschriften-Zicke in einem stylishen Dunst aus Glamour und Depression – was für eine Einladung zur Klischeeproduktion könnte das sein. Aber Christian Schünemann ist mit seiner eleganten, unprätentiös-perlenden Sprache und seiner großen Begabung der Figurenzeichnung vollständig gegen diese Versuchung gefeit. Schünemann hat wie nur je ein Frisör Geschmack.«
Ijoma Mangold / Süddeutsche Zeitung, München

»Christian Schünemann legte einen leichten Roman hin, der in allen Situationen die Spannung hält wie der Dreiwettertaft die Frisur und der stets so elegant bleibt, wie die Kundinnen in Prinz' Salon gerne wären. Ein Mordsgeschehen mit großem Unterhaltungswert.«
Bernhard Flieher / Salzburger Nachrichten

Borger & Straub im Diogenes Verlag

»Mit ihrer eleganten Prosa und profunden Kenntnis der menschlichen Seele erinnern Borger & Straub an Patricia Highsmith.«
Angela Gatterburg / Spiegel Special, Hamburg

»Was zwei italienische Herren konnten, gelingt auch zwei deutschen Damen. Und wie! Borger & Straub wohnen an die tausend Kilometer voneinander entfernt und schreiben dennoch aus einem Guss.«
Ditta Rudle / Buchkultur, Wien

»Sie erweisen sich als meisterhafte Beobachter von Seelenzuständen. Ihr genauer Blick wird nicht geblendet von moralischer Entrüstung, deckt die Ambivalenz auf, die menschlichen Gefühlen oft innewohnt.«
Susanna Gilbert-Sättele / dpa, Hamburg

Katzenzungen
Roman

Kleine Schwester
Erzählung

Im Gehege
Roman

Jakob Arjouni im Diogenes Verlag

»Ein großer, phantastischer Schriftsteller, der genau und planvoll und lesbar schreibt.«
Maxim Biller / Tempo, Hamburg

»Seine Virtuosität, sein Humor, sein Gespür für Spannung sind ein Lichtblick in der Literatur jenseits des Rheins, die seit langem in den eisigen Sphären von Peter Handke gefangen ist.« *Actuel, Paris*

»Seine Texte haben Qualität. Sie sind ambitioniert, unaufdringlich-provokativ, höchst politisch.«
Barbara Müller-Vahl / General-Anzeiger, Bonn

»Arjouni weiß als Dramatiker genauso wie als Krimiautor, wie er Spannung erzielt, ohne platt zu wirken.«
Christian Peiseler / Rheinische Post, Düsseldorf

Happy birthday, Türke!
Ein Kayankaya-Roman
Auch als Diogenes Hörbuch erschienen, gelesen von Rufus Beck

Mehr Bier
Ein Kayankaya-Roman

Ein Mann, ein Mord
Ein Kayankaya-Roman
Auch als Diogenes Hörbuch erschienen, gelesen von Rufus Beck

Magic Hoffmann
Roman

Ein Freund
Geschichten
Daraus vier Geschichten auch als Diogenes Hörbuch erschienen: *Schwarze Serie*, gelesen von Gerd Wameling

Kismet
Ein Kayankaya-Roman

Idioten. Fünf Märchen

Hausaufgaben
Roman

Chez Max
Roman
Auch als Diogenes Hörbuch erschienen, gelesen von Jakob Arjouni

Andrej Kurkow im Diogenes Verlag

Andrej Kurkow, geboren 1961 in St. Petersburg, lebt seit seiner Kindheit in Kiew. Er studierte Fremdsprachen (er spricht insgesamt elf Sprachen), arbeitete als Redakteur und während des Militärdienstes als Gefängniswärter. Danach wurde er Kameramann und schrieb zahlreiche Drehbücher. Seit 1996 ist er freier Mitarbeiter bei Radio und Fernsehen und freier Schriftsteller. Er lebt in Kiew und London.

»Kurkow beweist, dass man auch in Russland wieder frische Geschichten erzählen darf: intelligent, witzig, weder die Realität verkleisternd noch sie ausblendend, nicht angestrengt antirealistisch, aber auch nicht wirklich traditionell.«
Thomas Grob/Neue Zürcher Zeitung

Picknick auf dem Eis
Roman. Aus dem Russischen
von Christa Vogel

Petrowitsch
Roman. Deutsch von Christa Vogel

Ein Freund des Verblichenen
Roman. Deutsch von Christa Vogel

Pinguine frieren nicht
Roman. Deutsch von Sabine Grebing

Die letzte Liebe des Präsidenten
Roman. Deutsch von Sabine Grebing

Herbstfeuer
Erzählungen. Deutsch von
Angelika Schneider

Leon de Winter im Diogenes Verlag

Leon de Winter wurde 1954 in 's-Hertogenbosch als Sohn niederländischer Juden geboren und begann als Teenager, nach dem Tod seines Vaters, zu schreiben. Er arbeitet seit 1976 als freier Schriftsteller und Filmemacher in Holland und den USA. Seine Romane erzielen nicht nur in den Niederlanden überwältigende Erfolge; einige wurden für Kino und Fernsehen verfilmt, so 2000 *Der Himmel von Hollywood* (Regie: Sönke Wortmann) und 2003 *SuperTex* unter der Regie von Jan Schütte.

»Leon de Winter ist ein wunderbar phantasievoller Erzähler. Er liebt seine Figuren, hat ein herrliches Gespür für deren Entwicklungen und Abgründe und erzählt immer leicht und lakonisch.«
Joachim Knuth / Norddeutscher Rundfunk, Hamburg

»Leon de Winter, mittlerweile zum Kultautor avanciert, ist ein gewiefter Erzähler, der dem Leser die Tür nur einen Spaltbreit öffnet und in ihm eine unstillbare Neugierde auf das weitere Geschehen erweckt.«
Hans Christian Kosler

Hoffmans Hunger
Roman. Aus dem Niederländischen von Sibylle Mulot

SuperTex
Roman. Deutsch von Sibylle Mulot

Serenade
Roman. Deutsch von Hanni Ehlers

Zionoco
Roman. Deutsch von Hanni Ehlers

Der Himmel von Hollywood
Roman. Deutsch von Hanni Ehlers

Sokolows Universum
Roman. Deutsch von Sibylle Mulot

Leo Kaplan
Roman. Deutsch von Hanni Ehlers

Malibu
Roman. Deutsch von Hanni Ehlers

Place de la Bastille
Roman. Deutsch von Hanni Ehlers

Esmahan Aykol im Diogenes Verlag

Esmahan Aykol wurde 1970 in Edirne in der Türkei geboren. Während des Jurastudiums arbeitete sie als Journalistin für verschiedene türkische Zeitungen und Radiosender. Darauf folgte ein Intermezzo als Barkeeperin. Heute konzentriert sie sich aufs Schreiben. Sie ist Schöpferin der sympathischen Kati-Hirschel-Romane, von denen weitere in Planung sind. Esmahan Aykol lebt in Berlin und Istanbul.

»Wer von der Schwermut skandinavischer Krimiautoren genug hat, ist bei Esmahan Aykol an der richtigen Adresse: Nicht in Eis, Schnee und Regen, sondern unter der sengenden Sonne Istanbuls deckt ihre herzerfrischend sympathische Heldin Kati Hirschel Mord und Totschlag auf.« *Deutsche Presseagentur*

»Esmahan Aykol ist eine warmherzige, vor allem aber kenntnisreiche Schriftstellerin.«
Angela Gatterburg / Der Spiegel, Hamburg

Goodbye Istanbul
Roman. Aus dem Türkischen von
Antje Bauer

Die Kati-Hirschel-Romane:

Hotel Bosporus
Roman. Deutsch von
Carl Koß

Bakschisch
Roman. Deutsch von
Antje Bauer

Magdalen Nabb im Diogenes Verlag

»Wie man Italophilie, Krimi und psychologisches Einfühlungsvermögen zwischen zwei Buchdeckel bekommt, ist bei der Engländerin Magdalen Nabb nachzulesen. Die Reihe um einen einfachen, klugen sizilianischen Wachtmeister, der seinen Dienst in Florenz versieht, ist ein Kleinod der Krimikultur.«
Alex Coutts / Ultimo, Bielefeld

Die Fälle für Maresciallo Guarnaccia:

Tod im Frühling
Roman. Aus dem Englischen von Matthias Müller. Mit einem Vorwort von Georges Simenon

Tod im Herbst
Roman. Deutsch von Matthias Fienbork

Tod eines Engländers
Roman. Deutsch von Matthias Fienbork

Tod eines Holländers
Roman. Deutsch von Matthias Fienbork

Tod in Florenz
Roman. Deutsch von Monika Elwenspoek

Tod einer Queen
Roman. Deutsch von Matthias Fienbork

Tod im Palazzo
Roman. Deutsch von Matthias Fienbork

Tod einer Verrückten
Roman. Deutsch von Irene Rumler

Das Ungeheuer von Florenz
Roman. Deutsch von Silvia Morawetz

Geburtstag in Florenz
Roman. Deutsch von Christa E. Seibicke

Alta moda
Roman. Deutsch von Christa E. Seibicke

Nachtblüten
Roman. Deutsch von Christa E. Seibicke

Eine Japanerin in Florenz
Roman. Deutsch von Ursula Kösters-Roth

Cosimo
Roman. Deutsch von Ursula Kösters-Roth

Magdalen Nabb & Paolo Vagheggi:
Terror
Roman. Deutsch von Bernd Samland

Jugendbücher:

Ein neuer Anfang
Roman. Deutsch von Ursula Kösters-Roth

Das Zauberpferd
Roman. Deutsch von Sybil Gräfin Schönfeldt

Kinderbücher:

Finchen im Winter
Finchen im Herbst
Finchen im Frühling
Mit Bildern von Karen Donnelly. Deutsch von Ursula Kösters-Roth

Petros Markaris im Diogenes Verlag

»Es gibt jetzt das Marseille von Jean-Claude Izzo, es gibt meinen Commissario Montalbano, und es gibt das Griechenland von Petros Markaris. Der Kriminalroman ist damit einen großen Schritt vorangekommen.« *Andrea Camilleri*

»Markaris zeichnet ein überaus lebendiges Bild von der Athener Gegenwart. Mit Witz, Charme und Ironie erzählt er eine reizvolle, geschickt verwobene Kriminalgeschichte mit überaus lebensnahen Figuren. Eine glatte Zuordnung nach Gut und Böse geht nicht auf, Täter wie Opfer werden gleichermaßen als gebrochene und zumeist rätselhafte Gestalten präsentiert.«
Christina Zink / Frankfurter Allgemeine Zeitung

»Kommissar Charitos hat längst Kultstatus. Spannung, Humor und Sozialkritik verbindet Markaris zum Gesamtkunstwerk.« *Welt am Sonntag, Hamburg*

Hellas Channel
Ein Fall für Kostas Charitos. Roman
Aus dem Neugriechischen von Michaela Prinzinger

Nachtfalter
Ein Fall für Kostas Charitos. Roman
Deutsch von Michaela Prinzinger

Live!
Ein Fall für Kostas Charitos. Roman
Deutsch von Michaela Prinzinger

Balkan Blues
Geschichten. Deutsch von
Michaela Prinzinger

Der Großaktionär
Ein Fall für Kostas Charitos. Roman
Deutsch von Michaela Prinzinger

Liaty Pisani
im Diogenes Verlag

Mit Ogden hat Liaty Pisani einen Spion geschaffen, der eine fatale Schwäche hat: Er hat ein Gewissen. Dennoch wird er mit seiner Intelligenz und Schnelligkeit bei den heikelsten Missionen eingesetzt. Für Ogden ist der Dienst seine Familie: Als Ziehsohn eines Geheimdienstbosses ist er mit den Umgangsformen in der Welt der Top-Secret-Informationen vertraut. Was ihm nicht jede böse Überraschung erspart.

»Wenn es sich nicht noch herausstellt, dass es sich bei Liaty Pisani um John Le Carrés Sekretärin handelt, die ihm die Manuskripte maust, dann haben wir endlich eine weibliche Spionage-Autorin. Noch dazu eine mit literarischem Schreibgefühl.«
Martina I. Kischke/Frankfurter Rundschau

Der Spion und der Analytiker
Roman. Aus dem Italienischen von Linde Birk
(vormals: *Tod eines Forschers*)

Der Spion und der Dichter
Roman. Deutsch von Ulrich Hartmann

Der Spion und der Bankier
Roman. Deutsch von Ulrich Hartmann

Der Spion und der Schauspieler
Schweigen ist Silber
Roman. Deutsch von Ulrich Hartmann

Die Nacht der Macht
Der Spion und der Präsident
Roman. Deutsch von Ulrich Hartmann

Stille Elite
Der Spion und der Rockstar
Roman. Deutsch von Ulrich Hartmann

Das Tagebuch der Signora
Roman. Deutsch von Ulrich Hartmann

Jason Starr
im Diogenes Verlag

Jason Starr, geboren 1968, wuchs in Brooklyn auf und begann in seinen College-Jahren zu schreiben, zunächst Kurzgeschichten, später auch Romane und Theaterstücke. Früher verkaufte er Parfüm, Computer und – Höhepunkt seiner Karriere – unzerreißbare Strumpfhosen und redete sich die Seele aus dem Leib als Telefonverkäufer. Heute ist Jason Starr selbsternannter Experte für American Football und Baseball, für Pferderennen und Glücksspiel. Er lebt in New York.

»Jason Starr ist ein phantasievoller Autor und schreibt so rabenschwarz wie im Hollywood der vierziger Jahre. Als ein gescheiter Krimi noch ein richtiger Lesegenuß war.«
Martina I. Kischke/Frankfurter Rundschau

»Die unwiderstehliche Schwärze und Rasanz, in der Jason Starr den ethischen und zwischenmenschlichen Niedergang seiner Protagonisten schildert, sucht ihresgleichen.« *Stadtblatt Osnabrück*

Top Job
Roman. Aus dem Amerikanischen
von Bernhard Robben

Die letzte Wette
Roman. Deutsch von Bernhard Robben

Ein wirklich netter Typ
Roman. Deutsch von Hans M. Herzog

Hard Feelings
Roman. Deutsch von Bernhard Robben

Twisted City
Roman. Deutsch von Bernhard Robben

Hans Werner Kettenbach im Diogenes Verlag

»Schon lange hat niemand mehr – zumindest in der deutschen Literatur – so erbarmungslos und so unterhaltsam zugleich den Zustand unserer Welt beschrieben.« *Die Zeit, Hamburg*

»Hans Werner Kettenbach erzählt in einer eigenartigen Mischung von Zartheit, Humor und Melancholie, aber immer auf erregende Art glaubwürdig.«
Neue Zürcher Zeitung

»Dieses Nie-zuviel-an-Wörtern, diese unglaubliche Leichtigkeit und Selbstverständlichkeit ... ja, das ist in der zeitgenössischen Literatur einzigartig!«
Visa Magazin, Wien

»Ein beweglicher ›Weiterschreiber‹ nicht nur der Nachkriegsgeschichte, sondern der Geschichte der Bundesrepublik ist Hans Werner Kettenbach. Seine Romane aus dem bundesrepublikanischen Tiergarten sind viel unterhaltsamer und spitzer als alle Weiterschreibungen Bölls.« *Kommune, Frankfurt*

Minnie oder Ein Fall von Geringfügigkeit
Roman

Hinter dem Horizont
Eine New Yorker Liebesgeschichte

Sterbetage
Roman

Schmatz oder Die Sackgasse
Roman

Davids Rache
Roman

Die Schatzgräber
Roman

Grand mit vieren
Roman

Glatteis
Roman

Die Konkurrentin
Roman

Kleinstadtaffäre
Roman

Zu Gast bei Dr. Buzzard
Roman